Le Livre de Poche Jeunesse

LANCELOT DU LAC

ANNE-MARIE CADOT-COLIN

LANCELOT DU LAC

Première partie

LES ENFANCES DE LANCELOT

1

Le roi Ban de Bénoïc

Aux confins de la France et de la Petite-Bretagne[1], vivaient jadis deux rois qui étaient frères, et qui avaient épousé deux sœurs : le roi Ban régnait sur Bénoïc, et le roi Bohort sur Gaunes. Le roi Ban était âgé. De sa femme Hélène, qui était jeune et d'une grande beauté, il eut un seul enfant, un fils, qui porta le nom de Lancelot.

Le roi Ban avait un voisin dont la terre touchait la sienne, du côté du Berry. C'était Claudas, roi de la Terre Déserte, un chevalier très vaillant, fort intelligent, mais déloyal à l'extrême. Il était vassal du roi

1. Au Moyen Âge, on nomme *Petite Bretagne* (ou Armorique) l'actuelle Bretagne française, pour la distinguer de la Grande-Bretagne, appelée *Bretagne* (tout court), qui est le royaume du roi Arthur.

de France et haïssait les rois de Bretagne, car Uter Pendragon, le père du roi Arthur, avait jadis tellement ravagé sa terre qu'on l'appelait la Terre Déserte. Les royaumes voisins, Bénoïc et Gaunes, étaient au contraire vassaux du roi Arthur, comme toute la Petite-Bretagne.

Avec le soutien du roi de France, Claudas entreprit de conquérir les royaumes de Bénoïc et de Gaunes. Les deux rois se défendirent vaillamment. Ils demandèrent de l'aide au roi Arthur, leur suzerain[1], mais celui-ci était trop occupé à mettre de l'ordre dans son propre royaume pour intervenir. Claudas s'empara coup sur coup de la cité de Bénoïc et de toutes les villes du royaume. À la fin, il ne resta plus au roi Ban que la forteresse de Trèbe, où il s'enferma avec son épouse et son fils. L'armée du roi Claudas prit alors position pour l'assiéger.

Le siège se prolongea un mois durant, la famine menaçait. Sur le conseil de son sénéchal[2], le roi Ban décida d'aller lui-même demander du secours au roi Arthur. Mais craignant qu'il n'arrive malheur au château en son absence, il voulut que son épouse l'accompagne avec leur fils. Il choisit un écuyer[3] digne

1. Le *vassal* doit à son *suzerain* aide et loyauté. En contrepartie, le suzerain lui accorde sa protection : il a le devoir de le secourir s'il est attaqué. On nomme contrat vassalique cet ensemble de droits et de devoirs réciproques.

2. Seigneur important de la cour d'un roi. Le *sénéchal* a la charge de l'intendance et des expéditions militaires.

3. Jeune noble qui fait son apprentissage de chevalier auprès

de confiance pour préparer les chevaux, ainsi que l'or et les richesses nécessaires au voyage : ils partiraient de nuit, peu avant le jour.

Le château[1] n'était assiégé que d'un côté, car de l'autre, des marécages rendaient l'accès très difficile. Seule une étroite chaussée, au bout d'un petit pont de branches, permettait de les franchir. Le roi recommanda à Dieu son sénéchal, à qui il confiait la forteresse, puis il monta sur son palefroi[2], accompagné de la reine. L'écuyer, quant à lui, portait l'enfant dans son berceau.

Ils traversèrent une forêt, puis une grande lande, et parvinrent au bord d'un lac, au pied d'une colline. De là, on pouvait observer tout le pays. Le jour commençait à se lever, et le roi s'arrêta. Il voulait monter en haut du tertre, pour contempler encore une fois son château de Trèbe, qu'il aimait tant. Laissant la reine, avec l'enfant et l'écuyer, au bord du lac, il gravit la colline.

Le jour était tout à fait clair. Le roi vit sa belle cité, mais tout à coup il aperçut une grande fumée, et des flammes qui jaillissaient des remparts. La ville brûlait,

---

d'un seigneur. Entre autres choses, il apprend à s'occuper des armes et des chevaux de son seigneur.

1. Le nom de *château* désigne souvent, au Moyen Âge, un ensemble plus vaste qu'aujourd'hui : il comprend l'ensemble des habitations regroupées à l'intérieur de l'enceinte fortifiée, donc une ville. La maison du seigneur, au centre, est nommée *tour*, *donjon* ou *palais*.

2. Le *palefroi* est un beau cheval de promenade ou de cérémonie, dressé pour sa démarche douce.

le palais, les églises et les monastères s'effondraient. L'air embrasé était rouge et la terre tout autour illuminée par les flammes. La cité avait été livrée à Claudas par le sénéchal, une trahison longuement préméditée.

Le roi Ban voyait brûler son château, son seul espoir de pouvoir un jour retrouver son royaume. Il se sentit très vieux et brisé.

— Ah ! Seigneur Dieu, que ferai-je ? Qui pourra m'aider en cette détresse ? Mon fils ? Pauvre enfant innocent, quel destin sera le sien ! Son enfance connaîtra la misère et le malheur. Et mon épouse, haute dame honorée, devra-t-elle dépendre de la bienveillance d'autrui ?

La douleur qui l'étreignait était si forte qu'il ne pouvait pleurer. Le cœur lui manqua et il tomba évanoui de son cheval, si brutalement qu'il faillit se briser le cou. Un sang vermeil lui jaillit de la bouche, du nez et des oreilles. Longtemps il resta inanimé. Quand il revint à lui, il regarda le ciel.

— Ah ! Seigneur, je vois que je suis venu à ma fin. Ma mort est proche. Recevez-moi en votre paradis malgré mes péchés[1] ! Ayez pitié de ma femme Hélène que je laisse sans protection, et de mon fils, si jeune et déjà orphelin !

Ses yeux se troublaient. L'angoisse et la détresse

1. Les *péchés* sont les fautes commises contre Dieu, quand on ne respecte pas ses commandements. Le chrétien, avant de mourir, cherche à se réconcilier avec Dieu, pour que son âme, après sa mort, puisse être sauvée, c'est-à-dire aller au paradis.

l'oppressaient. Incapable de se redresser, il retomba si durement que les veines de son cœur se rompirent. Il resta là, mort, les bras en croix, le visage tourné face au ciel.

2

La reine aux Grandes Douleurs

Le palefroi, effrayé par la chute de son maître, s'était enfui. Il redescendit la colline pour rejoindre les autres chevaux. Quand la reine le vit, elle dit à l'écuyer de le rattraper. Celui-ci donna l'enfant à la reine et courut reprendre la bête. Puis il gravit la colline où il découvrit le roi mort, gisant à terre. Il poussa un cri si déchirant que la reine l'entendit. Posant son fils sur le sol et relevant ses robes, elle s'élança vers le sommet du tertre et trouva le jeune homme, en larmes auprès du roi.

La reine, éperdue, s'effondra sans connaissance sur le corps de son mari. Revenant à elle, elle laissa éclater sa douleur. Elle se griffait le visage, faisant couler sur ses joues le sang. Arrachant ses beaux cheveux blonds et déchirant ses vêtements, elle poussait des gémissements pitoyables. Ses cris étaient si forts que la colline, la vallée et le lac en retentissaient. À la fin, quand sa voix fut trop enrouée pour crier, elle s'arrêta et resta un instant immobile.

Soudain, elle repensa à son fils. Elle l'avait posé sur l'herbe aux pieds des chevaux. Et si les bêtes l'avaient piétiné ? Elle poussa un cri et se précipita comme une folle vers le lieu où elle l'avait abandonné. Les cheveux épars, les vêtements déchirés, elle arriva au bord du lac. Son fils avait été sorti de son berceau et se trouvait dans les bras d'une dame, qui le serrait contre sa poitrine. Elle lui embrassait doucement la bouche et les yeux, et elle n'avait pas tort, car c'était le plus bel enfant du monde.

— Belle douce amie, dit la reine, laissez cet enfant, pour l'amour de Dieu ! Son père vient de mourir en perdant son royaume. C'est une vie de misère et de douleur qui l'attend.

La dame ne répondit pas. Elle se leva, tenant l'enfant dans ses bras, et se dirigea vers le lac, où elle sauta à pieds joints.

Voyant son fils disparaître dans le lac, la reine s'évanouit. Quand elle revint à elle, l'enfant et la dame n'étaient plus là. Désespérée, elle se serait elle-même jetée dans le lac, si l'écuyer ne l'avait retenue. Sa douleur était impossible à décrire.

Tandis qu'elle se lamentait, il arriva qu'une abbesse[1] passa par là, accompagnée de deux nonnes, et suivie

1. Dans une *abbaye* (ou monastère) de femmes, c'est *l'abbesse* qui commande aux autres religieuses, appelées *nonnes* au Moyen Âge.

d'un chapelain[1], d'un moine et d'un écuyer. Elle fut saisie de pitié devant les plaintes de la malheureuse.

— Que Dieu vous donne réconfort !

— Ah ! j'en aurais bien besoin, car je suis la femme la plus désespérée du monde. J'ai perdu en ce jour tout ce qui faisait ma joie.

— Mais qui êtes-vous, dame ?

— Peu importe qui je suis désormais. J'ai vécu trop longtemps.

Mais le chapelain l'avait reconnue et dit à l'abbesse :

— Dame, par ma foi, je pense que c'est la reine de Bénoïc.

— Êtes-vous notre dame la reine ?

— En vérité, dame, je ne suis plus que la reine des Grandes Douleurs.

Et elle lui conta son malheur, sans rien omettre, le royaume perdu, le roi son époux mort sur la colline, et son fils qui venait d'être englouti dans le lac.

— Pour l'amour de Dieu, demanda-t-elle à l'abbesse, acceptez-moi parmi vos nonnes, car je veux prendre le voile[2]. Tous les trésors de mon mari, or et joyaux, je vous les donne pour qu'on fasse construire une belle église au lieu même qui a vu sa mort. Il y

1. Religieux chargé de la chapelle d'un château ou d'un monastère.

2. *Prendre le voile*, c'est se faire religieuse dans un monastère ; en effet, lorsqu'une femme entre au couvent, on lui coupe les cheveux et on lui rase la tête, sur laquelle elle portera désormais un voile.

sera enseveli et l'on priera Dieu tous les jours pour l'âme du roi Ban[1].

— Dame, je vous recevrai très volontiers dans notre abbaye, et nous allons nous occuper du corps de votre époux, en attendant que cette église soit bâtie. Mais vous ne savez pas combien dure est la vie des nonnes !

— Je vous en supplie, prenez-moi parmi vous, car je ne veux plus vivre en ce monde. Si vous refusez, j'irai vivre solitaire au fond d'une forêt, comme une malheureuse abandonnée.

L'abbesse, voyant sa résolution, l'accepta dans son monastère. Aussitôt, ses belles tresses blondes furent coupées et elle prit le voile. La reine demeura dans l'abbaye. Quand l'église fut construite sur la colline, on y fit porter le roi, et tous les jours elle montait pour entendre la messe qu'elle faisait dire pour son époux. Puis elle redescendait vers le lac, à l'endroit où elle avait perdu son fils, et pleurait tendrement.

Quelque temps après, sa sœur, la reine de Gaunes, vint la rejoindre. Son époux le roi Bohort était mort, et Claudas s'était emparé du royaume. Il avait fait prisonniers ses deux fils, Lionel et Bohort, et les retenait captifs dans sa tour.

Les deux sœurs ainsi réunies au monastère, elles pouvaient au moins mettre en commun leurs douleurs, et leur peine s'en trouva un peu allégée.

---

1. Lorsque quelqu'un était mort, surtout de mort violente, on craignait que son âme ne puisse être sauvée et aller en paradis. Les vivants devaient donc prier Dieu pour son âme, et faire pour lui des cérémonies religieuses (funérailles et messes).

3

Lancelot enfant

Or, la dame qui avait emporté Lancelot dans le lac était une fée. Elle avait pour nom Viviane, et avait appris tous ses enchantements de Merlin, qui avait été amoureux d'elle. Le lac, dans lequel elle avait paru se jeter, n'était qu'un enchantement. À l'endroit où il semblait le plus profond, la dame possédait un palais et de riches maisons. Tout autour s'étendaient de belles forêts, traversées par une petite rivière poissonneuse. Mais l'apparence du lac protégeait son domaine si bien que nul ne pouvait le voir.

Elle enleva l'enfant, mais c'était pour le sauver des entreprises du roi Claudas, et l'élever avec la plus grande tendresse. Elle l'aima autant que si elle l'avait porté dans son ventre. Elle lui procura d'abord une nourrice, puis, quand il put s'en passer, un maître qui lui enseigna à se comporter comme un garçon de noble naissance. La dame n'était pas seule dans son domaine du lac, elle avait avec elle toute une compagnie de chevaliers, de dames et de demoiselles. Mais personne ne connaissait le nom de l'enfant, sauf elle, et ils le nommaient de diverses façons : les uns « bel enfant trouvé », les autres « fils de roi ». Elle-même l'appelait souvent ainsi, et aussi parfois « riche orphelin ».

Les années s'écoulèrent. Lancelot était parfaitement heureux avec la dame, et croyait réellement qu'elle était sa mère. Son maître lui avait fabriqué un arc à sa taille, et des flèches légères, et il lui enseigna comment tirer, d'abord sur une cible, puis sur les petits oiseaux de la forêt. À mesure qu'il grandissait, il apprit à chasser les lièvres et les gibiers plus importants. Dès qu'il sut monter à cheval, on lui en procura un fort bien dressé et équipé d'une selle et d'une bride. Il pouvait chevaucher tout autour du lac, mais sans jamais s'éloigner du domaine. Il avait pour compagnons de jeunes garçons nobles, et avec eux il apprit à jouer aux échecs et au trictrac[1], ainsi qu'à toutes sortes de jeux.

De l'avis de tous, c'était le plus bel enfant du monde. Son teint n'était ni blanc, ni brun, mais un peu bronzé, et ses joues légèrement colorées d'un sang vermeil. Sa bouche était petite et fermement

1. Les *échecs*, introduits du Moyen-Orient en Occident à la suite des croisades, étaient un jeu très apprécié, ainsi que le *trictrac* (jeu voisin du jacquet ou des dames).

dessinée, ses dents blanches et bien rangées, son nez aquilin, et une petite fossette creusait son menton. Il avait le front haut et large, et ses cheveux, d'un blond brillant dans sa petite enfance, devinrent châtains par la suite, tout en restant clairs et raisonnablement bouclés. Ses yeux vifs pétillaient quand il était joyeux, mais la colère les rendait pareils à des charbons ardents. Son nez se fronçait alors comme celui d'un cheval rétif, il serrait les dents, sa parole se faisait violente comme le son d'une trompette, et il déchirait ce qui lui tombait sous la main. La colère lui faisait oublier toute autre chose.

Son corps était admirablement proportionné : des épaules larges et hautes, des membres déliés, une poitrine bien plus large et profonde que la moyenne. La reine Guenièvre, qui devait si bien le connaître par la suite, dit un jour que si sa poitrine avait été plus petite, elle n'aurait pu loger son cœur sans en éclater. Ses mains étaient aussi fines que celles d'une dame, mais dotées cependant de doigts vigoureux. Ses cuisses et ses jambes étaient fermes, ses pieds cambrés, et nul ne se tenait plus droit, quand il était debout.

Il chantait merveilleusement bien quand il le voulait, mais ce n'était pas souvent, car il n'exprimait sa joie qu'avec modération. En revanche, quand il avait une bonne raison d'être joyeux, la gaîté illuminait ses traits. Il parlait avec beaucoup d'assurance, mais seulement par confiance en lui, et non par orgueil ou vantardise.

Tel était Lancelot, bien fait de corps et de visage, et ses qualités morales étaient à la mesure de son apparence. C'était l'enfant le plus doux et le plus aimable du monde quand on le traitait avec bonté. Mais face à la méchanceté, sa gentillesse disparaissait, et une fois son courroux allumé, il n'était pas aisé à calmer. Sa générosité était sans bornes : tout ce qu'on lui donnait, il le distribuait de bon cœur à ses jeunes compagnons. Il était bien élevé et traitait avec respect les gens de bien. Quand il eut passé douze ans, son esprit était assez clair et droit pour qu'il pût juger par lui-même si une chose était bonne et raisonnable, et s'il en était persuadé, il n'était pas facile de lui faire lâcher prise.

Un jour, il arriva qu'il chassait le chevreuil avec son maître. Ses autres compagnons, lassés, étaient restés en arrière. Le roncin[1] de son maître fit une chute, désarçonnant son cavalier. Lancelot, tout à sa poursuite, ne s'en aperçut pas. Éperonnant son cheval, il finit par rejoindre sa proie, qu'il tua d'une flèche. Il mit pied à terre pour charger le chevreuil sur la croupe de son cheval. À l'avant, il plaça son chien braque, qui avait traqué l'animal pour lui.

Comme il s'en retournait vers ses compagnons, qui devaient être inquiets à son sujet, il rencontra un homme à pied, menant par la bride un roncin las et fourbu. Le jeune homme, vêtu d'une cotte[2] et d'une

---

1. Le *roncin* est un bon cheval robuste aux usages multiples, mais de moindre valeur que le destrier (cheval de combat) ou le palefroi.

2. Robe plus ou moins longue, selon qu'elle est portée par un homme ou par une femme.

cape attachée sur le dos, était couvert d'égratignures, et ses éperons étaient rouges du sang de son cheval. Il pleurait amèrement.

Lancelot lui demanda qui il était et où il allait dans cet état. Le cavalier comprit qu'il avait affaire à un jeune garçon de haut rang.

— Cher seigneur, peu importe qui je suis. En vérité, je suis un pauvre homme, et je le serai plus encore dans deux jours, car je serai déshonoré. Je suis de noble naissance, pourtant, et le roi Claudas m'a fait assigner devant sa cour pour demain. Je dois y confondre un traître, qui a tué il y a peu de temps mon parrain. Il m'a fait tendre une embuscade hier soir dans la forêt que je traversais, mes amis ont été tués, ainsi que mon cheval. Un vavasseur[1] du voisinage – que Dieu le récompense de sa bonté ! – m'a fourni celui-ci, mais il est complètement épuisé, comme vous le voyez. Si je pleure, c'est pour mes amis que j'ai perdus dans cette attaque, et parce que je ne pourrai être demain à la cour du roi Claudas, pour défendre mon droit et mon honneur.

— Dites-moi, avec un cheval robuste et rapide, pourriez-vous arriver à temps ?

— Certes, oui, seigneur.

— Par Dieu, dit l'enfant, vous ne serez pas déshonoré faute d'un cheval !

Il mit aussitôt pied à terre, donna son excellent roncin, et prit celui du jeune homme, après avoir

1. Le *vavasseur* (« vassal de vassal ») est un chevalier de la petite noblesse.

chargé dessus sa venaison[1]. Coupant court à ses remerciements, il reprit son chemin, menant son braque par la laisse et conduisant le cheval par la bride[2], car la bête était trop épuisée pour être montée.

Il n'était pas allé bien loin quand il rencontra un vavasseur assez âgé, monté sur un palefroi. L'homme avait avec lui un braque et deux lévriers. L'enfant le salua aussitôt.

— Qui êtes-vous, mon enfant, et d'où venez-vous ? dit le vavasseur, séduit par sa bonne éducation.

— Je suis d'un pays étranger. Pour l'heure, je reviens de la chasse, où j'ai pris cette venaison. Mais je la partagerais volontiers avec vous, si vous le voulez.

— Grand merci, mon cher enfant. Je ne refuserai pas votre offre, faite de si bon cœur, car j'en ai bien besoin. J'étais allé à la chasse pour régaler de quelque gibier les invités qui sont chez moi pour le mariage de ma fille. Mais comme vous le voyez, je n'ai rien pu prendre.

Le vavasseur mit pied à terre et demanda à Lancelot ce qu'il pouvait emporter du chevreuil.

— Seigneur, dit l'enfant, êtes-vous chevalier ?

— Assurément.

— Alors, prenez-le tout entier. Ce chevreuil ne pourrait être mieux employé que pour la noce d'une fille de chevalier.

---

1. La *venaison* est la viande fournie par le gros gibier (chevreuil, biche, sanglier).

2. Partie du harnais d'un cheval, la *bride* permet de le guider ou de l'arrêter.

Le vavasseur, tout heureux, prit la venaison et la chargea derrière lui. Puis il partit, après l'avoir mille fois remercié pour sa générosité. Mais comme il cheminait, il ne pouvait s'empêcher de penser à l'enfant. À qui ressemblait-il ? Le souvenir lui revint du roi Ban de Bénoïc. Faisant alors demi-tour, il éperonna son palefroi et rejoignit facilement Lancelot.

— Mon cher enfant, ne pourriez-vous me dire qui vous êtes ?

— Non, mais qu'en avez-vous à faire ?

— C'est que vous ressemblez à mon seigneur, qui fut un des meilleurs chevaliers du monde, et des plus nobles.

— Et qui était-il ?

— En vérité, c'était le roi Ban de Bénoïc, dit le vavasseur, les larmes aux yeux. Tout ce pays lui appartenait, et il en fut injustement dépouillé par le roi Claudas de la Terre Déserte. Si vous êtes son fils, dites-le-moi, car ce serait une grande joie pour tous ceux de ce pays. Quant à moi, je me mettrais aussitôt à votre service avec les quarante hommes qui sont à moi.

— Je ne suis pas fils de roi, à ce que je sais, et pourtant on m'appelle parfois ainsi.

— Votre comportement montre en tout cas que vous êtes de haute noblesse. Ces deux lévriers sont les meilleurs que j'aie jamais possédés. Choisissez-en un, je vous prie, et que Dieu vous accorde de grandir en âge et en prospérité !

L'enfant était rempli de joie à l'idée d'avoir un si beau lévrier. Il l'accepta avec gratitude.

— Donnez-moi le meilleur !

Le vavasseur le lui remit avec la chaîne, puis il regarda encore l'enfant. Il était persuadé qu'il était bien le fils de son seigneur. Ils se recommandèrent à Dieu, puis partirent chacun de leur côté.

Peu de temps après, Lancelot retrouva son précepteur et ses jeunes compagnons. Ils furent stupéfaits de le voir revenir sur ce maigre roncin, et tenant en laisse deux chiens.

— Et qu'avez-vous fait de votre bon cheval ? lui dit son maître.

— Je l'ai perdu.

— Et celui-ci, où l'avez-vous pris ?

— On me l'a donné.

Mais le maître ne le crut pas. Il le pressa tant de dire ce qu'il avait fait, que l'enfant finit par avouer la vérité sur le roncin et sur le chevreuil. Le maître voulut lui faire la leçon et s'ëcria, menaçant :

— Comment ? Vous avez donné sans mon autorisation votre excellent roncin, et la venaison qui appartient à ma dame ?

— Maître, ne vous mettez pas en colère. Le lévrier que voici vaut autant que deux roncins comme celui-là.

— Quelle folie ! Vous allez vous en repentir !

Il leva la main et lui donna une telle gifle qu'il le fit tomber du cheval. L'enfant ne pleura ni ne cria, mais il répéta qu'il aimait mieux son lévrier que deux roncins. Le maître, furieux de s'entendre contredire, leva le bâton qu'il tenait à la main et l'abattit sur le flanc du lévrier. L'animal poussa un hurlement, et

Lancelot, saisi d'une grande colère, marcha sur son maître. Prenant son arc à deux mains, il le lui brisa sur la tête, arrachant une touffe de cheveux et fendant le cuir chevelu. Il aurait bien continué à frapper, avec le morceau d'arc qui lui restait dans les mains, mais les trois autres garçons accoururent pour le maîtriser. Il leur lança alors les flèches du carquois, car il n'avait rien d'autre pour se défendre. Ses compagnons prirent la fuite à pied dans la forêt avec le maître.

Resté seul, Lancelot monta sur le cheval de son maître, et partit avec ses deux chiens. Arrivé dans une grande vallée, il vit un troupeau de biches en train de paître. Il leva la main pour saisir son arc, et ne trouva rien. Se souvenant qu'il l'avait brisé sur la tête de son maître, il fut envahi de colère. À cause de lui, il allait rentrer bredouille, alors qu'avec son lévrier et son braque, il était sûr d'attraper au moins une biche ! Il allait le lui payer cher !

Il se résigna à revenir au lac. Encore bouillant de colère, il entra dans la cour. Il descendit de cheval pour aller faire admirer à sa dame le lévrier. À côté d'elle se tenait son précepteur, encore ensanglanté, qui était venu se plaindre. La dame aimait l'enfant plus que s'il avait été de sa chair, mais elle feignit d'être très courroucée :

— Fils de roi, comment avez-vous osé frapper et blesser celui que je vous avais donné pour maître ?

— Dame, il n'était pas un vrai maître, quand il me battait, alors que je n'avais rien fait de mal. Il pouvait me battre, cela m'était bien égal, mais il a frappé sauvagement mon lévrier. Il a manqué de le tuer, simplement parce que je l'aimais ! Et en plus, à cause de lui, je n'ai pas pu tuer la plus belle biche du monde !

Lancelot raconta alors à sa dame comment il avait donné le roncin et le chevreuil, et comment il aurait tué la biche, si seulement il avait eu son arc !

— Comment ? fit la dame, simulant la colère. Vous avez l'audace de donner votre roncin et le gibier qui m'appartient ? Et vous battez le maître que j'ai placé auprès de vous ? Voilà deux choses dont il faudra vous abstenir à l'avenir.

— Dame, il le faudra bien, puisque je suis sous votre tutelle. Si l'on doit accepter l'autorité de son seigneur ou de sa dame, on ne peut obéir longtemps à un goujat. Mais je ne me soucie plus d'avoir un maître. Sachez que le cœur d'un homme ne peut s'élever à de grandes choses s'il n'a la liberté de le faire. Malheur au fils de roi qui ne peut donner largement !

— Comment ? Vous croyez être fils de roi, parce que je vous appelle ainsi ?

— Dame, quelqu'un m'a dit aujourd'hui que je l'étais.

— Il vous connaissait mal.

— C'est dommage, dit-il en soupirant, car mon cœur aurait bien osé l'être.

Voyant sa mine sombre, la dame le prit dans ses bras et l'embrassa tendrement.

— Cher fils, ne soyez pas malheureux. Donnez largement chevaux et venaison autour de vous, tout ce que votre cœur généreux vous dicte. Je serai la dernière à vous le reprocher, car ce que vous avez fait aujourd'hui mérite louange. Je fais confiance à votre jugement, et désormais vous serez maître et seigneur de vous-même, car votre cœur est bien celui d'un fils de roi.

4

Les enfants de Gaunes

Lorsque le roi Bohort de Gaunes était mort, Claudas, non content de mettre la main sur sa ville et sa terre, s'était emparé de ses deux fils, âgés de quelques années à peine, Lionel et Bohort. Quand les chevaliers de Gaunes s'inquiétèrent du sort qu'il réservait aux deux enfants de leur précédent suzerain, Claudas leur adressa ce discours :

— Je suis prêt à le jurer sur les saints Évangiles[1], je les garderai de manière à pouvoir, lorsqu'ils seront grands, leur rendre leur héritage. Vous aurez vous-même la garde, si je meurs, de la terre de Gaunes et

1. Les quatre *Évangiles* sont la partie de la Bible qui raconte la vie de Jésus. Ce sont les textes sacrés les plus importants pour les chrétiens. Un serment prêté sur les livres saints est particulièrement solennel, on ne peut le rompre sans être déshonoré.

de celle de Bénoïc, puisqu'il paraît que le fils du roi Ban est mort. Je n'ai déshérité leur père que parce qu'il refusait de devenir mon vassal, alors que son propre suzerain l'avait abandonné. Les enfants n'ont rien à craindre de moi.

Les hommes de Gaunes crurent à son serment. Le plus vaillant et le plus sage d'entre eux, Pharien, entra à son service avec son neveu, pour protéger les enfants et leur servir de maîtres chez le roi Claudas. Mais, peu de temps après, le roi les fit mettre tous les quatre dans la tour de Gaunes. Ces enfants, disait-il, étaient trop jeunes pour monter à cheval, et il valait mieux les garder à l'abri. Ainsi Lionel et Bohort furent-ils emprisonnés dans la tour avec leurs maîtres. Ils avaient tout ce qu'ils pouvaient désirer, hormis la liberté.

Quelques années passèrent. La Dame du Lac avait appris que les fils du roi de Gaunes étaient emprisonnés, et elle en était très malheureuse. Elle se demandait par quel moyen les arracher aux mains du roi Claudas. Elle apprit un jour que le roi devait réunir sa cour et donner une fête très importante, pour célébrer l'anniversaire de son couronnement. L'avant-veille, la dame appela une de ses suivantes[1]

1. Jeune fille noble qui sert de compagne à une dame (de rang plus élevé) : elle fait partie de sa *suite*. La *suivante* est souvent chargée de missions de confiance et ne remplit pas de tâches domestiques : ce n'est pas une servante. Elle appartient à la petite noblesse et on l'appelle le plus souvent *demoiselle*, à la différence de la *dame*, de haute noblesse.

nommée Saraïde, qui était très noble, sage et courtoise[1]. Elle voulait l'envoyer en ambassade à la cour de Gaunes, et elle lui expliqua par le détail sa mission.

Saraïde partit donc avec une escorte de deux écuyers, ainsi que des chevaliers en armes au nombre de dix. Ils arrivèrent près de Gaunes, et la demoiselle laissa ses hommes à la lisière de la forêt, n'emmenant avec elle que les deux écuyers.

Le roi Claudas tenait une cour solennelle dans son palais de la cité de Gaunes. Il était assis à la table d'honneur, avec à ses côtés ses barons et son fils Dorin, lorsque Saraïde fit son entrée dans la salle, tenant deux lévriers par leurs riches chaînes d'argent. Elle parla d'une voix claire, pour être entendue de tous :

— Roi Claudas, que Dieu vous protège ! Je vous salue au nom de la plus noble dame qui soit au monde. Elle vous a beaucoup estimé jusqu'à ce jour, mais aujourd'hui elle a entendu sur vous des choses qui lui font douter de votre bonté, de votre sagesse et de votre courtoisie.

— Demoiselle, soyez la bienvenue, et que Dieu bénisse votre dame ! Mais expliquez-moi, je vous prie, pourquoi cette dame a changé d'opinion à mon sujet.

— Je ne vous cacherai pas la vérité. On lui avait dit que vous étiez un roi noble, fort et généreux, et

1. Une personne *courtoise* doit faire preuve des qualités morales et sociales qui la rendent digne de vivre à la *cour* : générosité, noblesse, politesse, mesure, respect des autres.

un véritable chevalier. Or, ce qu'elle a appris, et que je constate, montre que vous n'avez ni bonté, ni sagesse, ni courtoisie.

— Certes, demoiselle, celui à qui ces qualités manquent ne peut prétendre être un véritable chevalier. Dites-moi donc ce que vous avez vu, et qui vous déplaît si fort.

— Seigneur, n'est-il pas vrai que vous infligez aux fils du roi Bohort le traitement indigne de la prison ? Un enfant n'a besoin que de douceur et de pitié, et celui qui lui fait du mal est méchant et cruel. Votre conduite a donc été sans bonté. Pour la sagesse, qu'il vous suffise de réfléchir : tous, voyant le traitement que vous leur infligez, sont persuadés que vous les ferez mourir. À cette pensée, ils sont pleins de pitié pour eux et de haine pour vous. Il est bien sot, celui qui se fait haïr de tout le monde ! Si vous étiez courtois, enfin, vous les auriez fait venir à cette fête, vêtus comme des fils de roi, et tout l'honneur en aurait été pour vous. On aurait pu croire alors que vous traitiez noblement les orphelins et que vous leur gardiez leur terre.

— Par Dieu, vous avez raison, demoiselle !

Claudas donna aussitôt l'ordre à son sénéchal d'aller chercher Lionel et Bohort et de les amener avec une riche et nombreuse escorte, comme il convenait à des fils de roi.

La veille au soir, justement, les enfants étaient assis dans la tour et mangeaient ensemble dans la même écuelle[1]. Le bel appétit de Lionel faisait l'admiration de son maître. Pharien se prit à le contempler, et bientôt les larmes se mirent à couler le long de son visage. Lionel s'en aperçut.

— Qu'avez-vous, cher maître ?

— Laissez, seigneur. Il ne sert à rien d'en parler.

— Par ma foi, je ne mangerai plus avant de savoir pourquoi vous pleurez.

— Seigneur, dit-il avec un profond soupir, je pleure en songeant à la haute gloire de votre lignage[2]. Et j'ai le cœur bien serré quand je vous vois dans la prison de cet homme, qui tient sa cour et porte la couronne dans cette ville qui est la vôtre.

Lionel portait ce nom car il avait sur la poitrine une tache de naissance vermeille en forme de lion. Et du lion, il avait déjà le cœur, lui qu'on devait appeler plus tard « cœur sans frein ». Quand il entendit son maître parler ainsi, d'un coup de pied il renversa la table. Le visage rouge de colère, il courut se réfugier dans une embrasure de fenêtre pour réfléchir. Pharien vint le rejoindre au bout d'un moment.

— Seigneur, venez manger. Il est déjà tard. Si vous n'en avez pas envie, faites au moins semblant, pour l'amour de votre frère qui, sans vous, ne mangera pas.

---

1. Au Moyen Âge, partager son *écuelle* avec quelqu'un est une marque d'amitié, d'affection.

2. Le *lignage* est l'ensemble des personnes d'une même famille (ancêtres et descendants). Au Moyen Âge, on se soucie beaucoup des origines familiales : il est très important, pour un chevalier, d'avoir des ancêtres nobles et renommés.

— Maître, ne suis-je pas votre seigneur ?

— Certainement.

— Eh bien, je vous ordonne d'aller manger avec mon frère. Pour moi, je ne mangerai plus avant d'avoir exécuté un projet que j'ai formé, et dont je ne veux pas parler.

— Quel projet ? Ne me le cachez pas, car c'est mon devoir de vous conseiller, comme un homme lige[1] conseille son suzerain. Sinon, je ne puis rester à votre service.

Il fit semblant d'être courroucé, et Lionel, qui l'aimait tendrement, se mit à pleurer.

— Ah ! maître, ne partez pas ! Mais ne me blâmez pas, et aidez-moi loyalement. En fait, j'ai l'intention de me venger du roi Claudas.

— Et comment comptez-vous le faire ?

— Je vais vous le dire. Je compte refuser de manger jusqu'à ce que le roi vienne me voir. Et là, je serai bien assez vaillant pour l'assaillir et le tuer.

— Et quand vous l'aurez tué, que ferez-vous ?

— Mais enfin, tous ceux de ce pays ne sont-ils pas mes hommes ? Ils me défendront de tout leur pouvoir, et Dieu, qui protège les déshérités, les aidera. Et si je dois mourir pour conquérir mon droit, peu importe. Mieux vaut périr avec honneur que vivre dans la honte.

— Cher seigneur, dit Pharien, pour l'amour du

---

1. Le terme de *homme lige* (ou *femme lige*, éventuellement) s'emploie couramment pour désigner le vassal par rapport à son suzerain. Une de ses principales fonctions est celle de *conseil*.

Ciel, prenez le temps de la réflexion. Attendez que Dieu vous donne plus de vigueur que vous n'en avez encore. Quand viendra le moment de vous venger, je vous aiderai de toutes mes forces, car je vous aime plus que je n'aimerais mon propre fils.

Lionel écouta Pharien lui faire la leçon, et il finit par accepter d'attendre un peu pour se venger, à condition toutefois de ne pas voir Claudas. Mais Pharien passa la nuit à s'inquiéter, car il comprenait que l'enfant ne changerait pas d'idée.

Le lendemain matin, quand le sénéchal de Claudas vint chercher les enfants, Lionel n'avait toujours rien mangé. Couché dans sa chambre, il se prétendait malade. Pharien essayait à grand-peine de faire manger Bohort, qui ne voulait rien savoir en l'absence de son frère.

Le sénéchal s'avança et, s'agenouillant devant Lionel, il dit son message. L'enfant se leva et fit semblant d'accueillir la nouvelle avec joie, puis il pria le sénéchal de l'attendre ici avec Pharien ; lui irait se préparer dans la chambre à côté. Là, il appela un serviteur pour qu'il lui apporte un superbe couteau, de belle taille, dont on lui avait fait cadeau. Mais Pharien se méfiait de la soudaine bonne volonté de l'enfant. Il entra dans la chambre au moment où Lionel était en train de cacher le couteau sous sa cotte, et il le lui arracha.

— Vous ne l'emporterez pas à la cour !

— Dans ce cas, je n'y mettrai pas les pieds, je le jure. Vraiment, vous me détestez, pour m'ôter ainsi ce qui me fait plaisir !

— Seigneur, soyez raisonnable ! Tout le monde

apercevra ce couteau. Donnez-le-moi plutôt, je le cacherai mieux que vous.

— Alors, promettez-moi de me le rendre quand je vous le demanderai.

— Assurément, si ce n'est pas pour commettre quelque folie.

— Je ne ferai rien de blâmable, assura Lionel.

— Ce n'est pas ce que j'ai dit. Promettez-moi de ne rien faire contre mon gré.

— Gardez donc le couteau, cher maître. Vous en aurez peut-être besoin pour vous-même.

Les deux enfants, montés sur de beaux palefrois et suivis par leurs maîtres, traversèrent la ville pour se rendre au palais. Le peuple s'était massé sur leur passage pour voir ses seigneurs légitimes. Tous, jeunes et vieux, pleuraient et priaient pour qu'ils soient un jour rétablis dans leurs droits. Quand ils furent arrivés au palais, on se pressa pour les aider à descendre. Pharien, inquiet, glissa à Lionel :

— Seigneur, pour l'amour de Dieu, gardez-vous de toute folie ! Ce serait notre mort assurée.

— N'ayez pas peur, maître, je ne suis pas assez sot pour entreprendre une action que je ne saurais mener à bout. D'ailleurs, comme vous le savez, je n'ai que mes mains nues.

Lionel s'avança, la tête haute, suivi de son frère. Les chevaliers de Gaunes et de Bénoïc avaient les larmes aux yeux : ces enfants, si beaux et si fiers à la fois, étaient bien des fils de roi. Le roi Claudas, revêtu de la robe de son sacre, était assis à sa haute table, dans un riche fauteuil orné d'or. Assurément, il avait belle allure, noble et vaillant, mais son visage était celui d'un homme cruel et félon[1]. Devant lui, posée sur un piédestal d'argent, la couronne d'or étincelait du feu de toutes ses pierreries. De part et d'autre, sur de riches socles, on pouvait voir l'épée royale, tranchante et brillante, la pointe en l'air, et le lourd sceptre d'or, orné de pierres précieuses.

Le roi fit bel accueil aux enfants et appela auprès de lui Lionel, dont il admirait le maintien assuré. Voulant l'honorer, il lui tendit sa riche coupe d'or et l'invita à boire. Mais l'enfant ne lui jeta même pas un regard : il n'avait d'yeux que pour la belle épée étincelante. Claudas crut qu'il était pris de timidité.

Alors Saraïde, la demoiselle du lac, s'avança. Elle plaça sur la tête de chaque enfant un beau chapeau[2] de fleurs nouvelles, et autour du cou un riche collier d'or orné de pierreries. Puis elle posa sa main sur la tête de Lionel, afin qu'il tourne les yeux vers la coupe.

— Vous pouvez boire maintenant, beau fils de roi.

— Je vais boire, demoiselle, dit-il en tendant la main vers la coupe. Mais c'est un autre qui payera le vin !

— Non ! Jette-la par terre ! lui cria Bohort.

Mais Lionel la leva à deux mains, renversant le vin sur la robe royale, et de toutes ses forces il en frappa le roi au visage, si rudement qu'il lui fendit la peau

1. Un *félon* est un traître, un homme déloyal.

2. Couronne de fleurs et de feuilles portée sur la tête lors d'une fête.

du front jusqu'à l'os, faisant couler son sang. Puis il s'empara de la couronne, la jeta sur le pavé de la salle et la piétina, faisant voler les pierres.

Les deux enfants semblaient prêts à toutes les folies. Cela leur venait de nature, mais aussi des herbes magiques que la Dame du Lac avait fait tresser dans les couronnes de fleurs confiées à Saraïde. Quant aux chaînes d'or qui étaient à leurs cous, elles les protégeaient par la vertu[1] de leurs pierres précieuses : aucune arme n'aurait pu faire couler leur sang ni briser leurs membres.

La confusion était extrême. Tous avaient quitté leurs places, les uns pour se saisir des enfants, les autres pour les protéger. Le roi gisait à terre, la face ensanglantée par le hanap[2] qui l'avait frappé. Son fils Dorin se précipita pour le venger. Mais Lionel ramassa l'épée tombée à terre et la leva à deux mains. Bohort avait saisi le sceptre. Ils se mirent à distribuer de grands coups à droite et à gauche sur tout ce qu'ils pouvaient atteindre.

Cependant Claudas était revenu à lui. Empoignant une épée qu'un de ses hommes lui tendait, il cria :

— Saisissez-vous d'eux ! Que je sois maudit si un seul en réchappe !

---

1. La *vertu* est la force, le pouvoir résidant dans certains objets. Au Moyen Âge, on croyait que les pierres précieuses possédaient des pouvoirs quasiment magiques. On parle encore de vertus des plantes ou d'un remède.

2. Coupe à boire en métal, montée sur un pied, parfois avec des anses ou un couvercle.

Son fils Dorin s'élança vers Lionel, qui tentait de s'enfuir avec son frère, guidé par Saraïde. Lionel lui fit face et leva à deux mains la bonne épée tranchante. Dorin avançait la main gauche pour le saisir. Elle fut coupée net. Bohort brandit alors le lourd sceptre d'or et frappa Dorin au front de toutes ses forces. Le coup fit éclater son crâne et il tomba à terre, blessé à mort.

Le tumulte redoubla. Certains voulaient s'interposer pour sauver Lionel et Bohort, car ils haïssaient Claudas. Le roi n'hésita pas, l'épée brandie il courut sus aux enfants. Saraïde, le voyant venir fou de rage, fut saisie de frayeur. Mais elle se souvint de l'enchantement prévu par la Dame du Lac. D'une seule parole, elle donna aux enfants la forme des lévriers, et aux lévriers celle des enfants. Au même instant, le roi levait l'épée pour les frapper. La demoiselle s'interposa, le coup descendit sur son visage et déchira la chair tendre de son front. Couverte de sang, elle cria au roi :

— Ah ! seigneur Claudas, vous me faites cher payer l'hospitalité de votre cour ! Vous m'avez blessée, et vous voulez tuer mes lévriers, les plus beaux du monde.

Le roi baissa les yeux et vit à côté d'elle deux lévriers. Un peu plus loin, il aperçut des enfants qui tentaient d'atteindre une chambre pour s'y réfugier. Il les poursuivit en courant, et il levait l'épée pour les tuer, quand son fer heurta le linteau de la porte où il vola en éclats. Il s'arrêta et regarda le tronçon qui lui restait dans les mains.

— Seigneur Dieu, je vous rends grâces. Si j'avais

tué de mes mains les fils du roi Bohort, on me l'aurait reproché éternellement, et j'en aurais été honni dans toutes les cours. Je saurai trouver un moyen plus discret de les faire disparaître.

Alors il jeta à terre son épée et ordonna à ses hommes de saisir les fugitifs, pour les enfermer jusqu'à ce qu'il décide de leur sort.

Après cela, il revint vers la salle et se livra tout entier à la douleur de la mort de son fils. La demoiselle Saraïde, pendant ce temps, franchissait tranquillement la porte avec ses deux lévriers. Ses deux écuyers, stupéfaits de la voir blessée, s'empressèrent de panser sa plaie. Mais elle ne tenait pas à s'attarder. Elle monta sur son palefroi en plaçant Lionel devant elle, tandis qu'un écuyer se chargeait de Bohort. Ils s'avancèrent au milieu de la foule assemblée devant le palais royal, inquiète du tumulte et craignant pour le sort des jeunes princes. Ils la virent passer, emportant deux lévriers, sans pouvoir se douter de la vérité.

Ils rejoignirent dans la forêt le reste de l'escorte, et chevauchèrent jusqu'à leur gîte de la nuit. Là, la demoiselle sauta à terre et, d'une seule parole, dissipa l'enchantement. Les deux enfants parurent aux yeux stupéfaits des chevaliers.

— Alors, seigneurs, n'ai-je pas rapporté un bel et bon gibier ? dit Saraïde à ceux qui l'accompagnaient.

— Certes oui, la prise est belle ! Et qui sont ces enfants ?

Mais elle ne leur répondit pas. La demoiselle prit grand soin de Lionel et de Bohort, comme sa dame le lui avait demandé. Les garçons étaient un peu désorientés, et inquiets au sujet de leurs maîtres.

— N'ayez pas peur, mes enfants. Je vous emmène en un endroit où vous serez en sûreté, et où l'on vous donnera tout ce que vous pourrez désirer. Quant à vos maîtres, ils seront bientôt auprès de vous.

Pendant ce temps, à Gaunes, ceux qu'on croyait être les deux princes avaient été enfermés dans une chambre. Au moment même où Saraïde rendit leur apparence à Lionel et Bohort, ils redevinrent des chiens. Quand au matin on ne retrouva que deux lévriers, la stupéfaction fut immense. Certains pensèrent que c'était une ruse du roi, qui avait tué secrètement les enfants. La colère gronda à Gaunes contre Claudas. Mais Pharien et son neveu, prévenus par un messager que les enfants étaient en sûreté, n'hésitèrent pas : ils quittèrent la ville et les rejoignirent au domaine du lac.

Lionel et Bohort, sous la conduite de la demoiselle, étaient arrivés au lac, chez la dame qui les attendait. La Dame du Lac fut transportée de joie à leur vue, et fit les plus grands compliments à Saraïde pour le succès de sa mission.

Lancelot fut ravi de l'arrivée de ces nouveaux compagnons. Il pensa qu'ils étaient des neveux de la dame, comme on le lui laissait entendre. Très vite il les aima plus que tous les autres, sans savoir qu'ils étaient ses cousins. Dès le premier jour, ils mangèrent dans la même écuelle et partagèrent le même lit. Ainsi les trois cousins grandirent ensemble sous la garde de la bonne Dame du Lac.

5

Chevalier

Lancelot resta sous la garde de la Dame du Lac jusqu'à l'âge de dix-huit ans. C'était un jeune homme plus beau et plus fort que nul autre, et d'une sagesse peu commune à son âge.

La dame comprit qu'il était temps pour lui de recevoir l'ordre de chevalerie. Elle savait bien, grâce aux sortilèges qu'elle pratiquait, qu'il était promis à une haute destinée. Attendre davantage serait une véritable trahison, un péché mortel[1]. Et pourtant, elle l'aurait fait très volontiers, car elle tenait à lui de toute sa tendresse de mère nourricière.

1. Péché très grave qui empêche d'obtenir le paradis après la mort.

Un peu après la Pentecôte[1], Lancelot alla chasser dans un bois et rencontra un cerf, qu'il tira et abattit. La bête était d'une taille exceptionnelle, et tous ses compagnons de chasse en furent étonnés. Il le fit porter à sa dame par deux valets.

Resté dans la forêt, Lancelot se reposa un long moment sous un chêne, sur l'herbe verte, car la journée était très chaude. À la fraîcheur du soir, il remonta sur son cheval pour revenir au lac. Il portait une courte cotte verte, bien faite pour la chasse, et un chapeau de feuilles sur la tête, pour se protéger de la chaleur. Il se tenait sur son cheval, bien ferme dans les arçons[2], et un valet portait son arc. Quant à son carquois de flèches, il était à sa ceinture, car il ne s'en séparait jamais.

La dame le vit arriver dans la cour, où elle l'attendait. Elle sentit les larmes lui monter aux yeux, et prit la fuite dans sa chambre. Étonné de la voir partir à son approche, Lancelot la suivit et la trouva couchée à plat ventre sur son lit, soupirant et pleurant.

— Ah ! dame, dites-moi ce que vous avez ! Quelqu'un vous a contrariée ?

À ces paroles, elle éclata en sanglots, incapable de s'exprimer. Au bout d'un moment, elle articula :

— Ah ! fils de roi, partez d'ici, ou mon cœur va se briser !

---

1. Fête située cinquante jours après Pâques, donc en mai ou juin.

2. On nomme *arçons* les rebords qui, à l'avant et à l'arrière de la selle, maintiennent en place le cavalier.

— Dame, je m'en irai, puisque je vous fais tant souffrir.

Et Lancelot sortit de la pièce. Il alla chercher son arc, le passa à son cou, et se dirigea à grands pas vers la cour pour prendre son cheval. Mais la dame comprit qu'elle avait trop parlé. Elle se leva d'un bond, essuyant ses yeux rouges et gonflés, et courut jusqu'à la cour, où Lancelot avait déjà le pied à l'étrier. Elle le saisit par la bride.

— Et où voulez-vous donc aller ?

— Je veux retourner dans la forêt.

— Vous n'irez pas. Descendez de cheval.

Il mit pied à terre et la dame fit signe aux serviteurs de s'occuper de sa monture. Le prenant par la main, elle emmena le jeune homme dans sa chambre et le fit asseoir auprès d'elle sur le lit.

— Dites-moi maintenant, sans mentir, où vous vouliez aller.

— Dame, vous paraissiez fâchée contre moi, et vous refusiez de me parler. J'ai donc voulu aller dans un autre lieu.

— Et où donc ?

— Je serais allé tout droit à la cour du roi Arthur. Là, j'aurais demandé à quelque prudhomme[1] de m'accepter à son service jusqu'à ce que je puisse être chevalier.

1. Mot formé de *preux* et *homme*. Être *preux*, ce n'est pas seulement être vaillant, courageux, mais aussi sage, généreux et loyal, toutes les qualités prisées par la noblesse. Le *prudhomme* représente donc l'idéal de la société médiévale.

— Vous désirez donc être chevalier ?

— Oui, dame, plus que tout au monde.

— Vraiment ? Vous en auriez l'audace ? C'est une lourde charge que celle de l'ordre de chevalerie. Votre cœur serait peut-être effrayé, si on vous l'expliquait.

— Dame, il faudrait être bien lâche et paresseux pour avoir peur de recevoir l'ordre de chevalerie. Je vous ai souvent entendue dire que ce qui fait le prudhomme, c'est le cœur. Les vertus du corps, force, beauté, robustesse, agilité, chacun les reçoit à sa naissance, quand il sort du ventre de sa mère. Mais celles du cœur, courage, sagesse, loyauté, largesse, chacun doit s'efforcer de les acquérir. C'est donc la paresse qui empêcherait de devenir un prudhomme. Mais éclairez-moi sur ce lourd fardeau que pourrait être la chevalerie.

— Sachez donc comment fut créée la chevalerie. À l'origine, tous les hommes étaient égaux, car ils étaient nés d'un même père et d'une même mère, nos parents Adam et Ève[1]. Mais Envie et Convoitise s'emparèrent d'eux et la force commença à l'emporter sur le droit. Quand les faibles ne purent plus supporter l'oppression des forts, ils établirent au-dessus d'eux des défenseurs pour leur permettre de vivre en paix, en les protégeant contre les injustices et les outrages des forts. Ces défenseurs devaient avoir plus

1. *Adam et Ève* sont, dans la Bible, le premier homme et la première femme. Ils sont donc considérés comme les parents de l'humanité tout entière.

de valeur que le commun des hommes, ils devaient être forts, beaux, loyaux, hardis et justes, doués de toutes les vertus du corps et du cœur.

« C'est ainsi que fut instituée la chevalerie, mais elle reçut de ce fait une lourde tâche. Avant toute chose le chevalier avait à protéger la sainte Église[1], dont les hommes n'ont pas le droit de porter les armes. Il devait être compatissant aux malheureux, large pour les pauvres, prêt à poursuivre voleurs et assassins, juge équitable pour tous. Il devait craindre le déshonneur plus que la mort.

« À l'origine, nul n'avait l'audace de monter à cheval s'il n'était chevalier. C'est pourquoi on leur donna ce nom. Et les armes que porte le chevalier sont toutes pleines de signification. L'écu qui lui pend au cou et dont il se protège, c'est pour lui rappeler qu'il doit lui-même protéger la sainte Église, et les pauvres gens contre les voleurs et les mécréants. Le haubert qui couvre son corps montre que de toutes parts il doit se défendre contre les ennemis de Dieu et de la sainte Église. Le heaume qui couvre sa tête doit être porté bien haut, pareil au beffroi qui garde la ville contre les malfaiteurs et les brigands. La lance longue et acérée doit mettre en fuite les ennemis de la sainte Église. L'épée est, de toutes les armes, la plus haute et la plus honorée. Elle peut frapper d'estoc, avec la pointe, mais aussi de taille avec la lame aux deux

1. L'*Église* est l'ensemble des chrétiens et, plus spécialement, le clergé. Ces hommes d'Église (prêtres, moines) ont à leur tête des évêques, et tout en haut de la hiérarchie, le pape de Rome.

tranchants, qui montrent que le chevalier est à la fois au service de Dieu et de son peuple. Le chevalier est assis sur le cheval, et ce cheval représente le peuple. Ce dernier doit le soutenir en lui procurant tout ce dont il a besoin pour vivre honorablement, et en contrepartie, le chevalier le protégera et le servira jour et nuit. Comme on mène le cheval où l'on désire, le chevalier mènera le peuple à sa volonté, parce qu'il est au-dessus de lui. Il sera en toutes choses le seigneur du peuple et le soldat de Dieu.

« Le chevalier doit avoir deux cœurs, l'un dur et compact comme le diamant, l'autre tendre et malléable comme la cire chaude. Son cœur se fera dur et cruel contre les violents et les déloyaux, qui seront combattus sans faiblesse. Il se fera doux et tendre pour les bonnes gens, qui méritent sa pitié et sa bonté.

« Celui qui reçoit un jour l'ordre de chevalerie fait serment devant Dieu d'avoir toutes ces vertus. Malheur à lui s'il se parjure ! Il sera déshonoré aux yeux du monde et au regard de Dieu. À vous de me dire maintenant si vous voulez être chevalier ou bien renoncer.

— Dame, je n'ai pas de plus grand désir. Si je trouve quelqu'un qui veuille bien me faire chevalier, je ne refuserai pas, pour quelque crainte que ce soit. Si Dieu m'a donné les bonnes qualités qui sont nécessaires, j'y mettrai moi-même tout mon cœur et mon corps, sans craindre peine ni travail.

— Par Dieu, vos vœux seront exaucés, et vous serez chevalier sans tarder. C'est pour cette raison que vous m'avez trouvée en train de pleurer tout à l'heure. Je vous aime autant qu'une mère pourrait aimer son enfant, et il va bien falloir que je me passe de votre présence. J'en ai beaucoup de peine, mais vous ne perdrez pas à cause de moi le grand honneur d'accéder à la chevalerie. Si vous saviez aussi qui fut votre père et de quel lignage est issue votre mère[1], vous n'auriez aucune crainte de n'être pas un prudhomme. Mais je ne vous en dirai pas plus à ce sujet avant qu'il ne soit temps. Vous serez bientôt chevalier, et de la main du meilleur prudhomme vivant dans ce siècle, le roi Arthur. Nous partirons la semaine prochaine pour être à sa cour le vendredi avant la fête de Saint-Jean. Je veux que vous soyez adoubé[2] le jour même de cette fête.

La dame avait acquis depuis un certain temps tout ce qui serait nécessaire pour son adoubement : un haubert blanc, léger et solide, un heaume de toute beauté orné d'argent, un écu blanc comme neige à boucle[3] d'argent. Elle avait préparé pour lui une longue épée, tranchante et légère, à la solidité éprouvée,

---

1. On pense, au Moyen Âge, que les qualités de vaillance, de noblesse, sont héréditaires, transmises par le sang. D'où l'importance du lignage : des ancêtres nobles sont une garantie de qualité pour leur descendance.

2. L'*adoubement* est la cérémonie par laquelle un jeune noble est fait chevalier, après avoir appris (comme écuyer) le métier des armes. L'armement lui est en général donné par celui qui l'adoube.

3. L'*écu* est formé de planches de bois reliées par des bandes de métal, et recouvertes de cuir. Il peut être suspendu au cou par une longue lanière, la guiche, mais pendant le combat, le

et une lance droite et solide, au fer bien aiguisé[1]. Le destrier[2] qui devait le porter était blanc comme une fleur de pommier, fort et fringant, d'une vitesse et d'une endurance remarquables. Elle lui avait fait faire une cotte de samit[3] blanc doublée de cendal, et un manteau[4] blanc fourré d'hermine[5] immaculée. Pour cette occasion, il ne porterait rien que du blanc.

Dix jours avant la Saint-Jean, la Dame se mit en route avec Lancelot, pour se rendre en grand équipage à la cour du roi Arthur. Son escorte de quarante personnes comptait six chevaliers et trois demoiselles, dont Saraïde, et bien sûr Lionel et Bohort avec leurs précepteurs, qui méritaient bien d'être du voyage.

---

chevalier l'enfile à son bras par des courroies placées à l'intérieur. La partie centrale renflée s'appelle la *boucle* (d'où le nom de *bouclier* qu'on lui donnera plus tard).

1. La *lance* est composée d'un fer aiguisé placé au bout d'un manche en bois appelé *hampe*. C'est pour cette raison que, sous le choc, elle vole souvent en éclats. Elle mesure environ 2,50 m et s'utilise dans le combat à cheval.

2. Cheval de bataille, rapide et fougueux, dressé pour le combat à la lance. On le ménage et, quand le chevalier ne le monte pas, son écuyer le mène à côté de lui en le guidant par la main droite (*dextre*).

3. Le *samit* est une étoffe orientale, sorte de satin broché (entremêlant des fils de soie, d'argent ou d'or de façon à former des dessins en relief). Le *cendal* est une étoffe de soie unie et légère, proche du taffetas.

4. Le *manteau* est un vêtement d'apparat, sorte de grande cape sans manches fermée devant par une broche.

5. Fourrure blanche à petits points noirs, très prisée à l'époque.

Tous étaient vêtus de blanc et montés sur des palefrois blancs.

Ils chevauchèrent tant qu'ils arrivèrent au bord de la mer, et là ils embarquèrent sur un navire qui les mena en Bretagne, au port de Floudehueg. Ils gagnèrent ensuite en plusieurs étapes Camaalot, où on leur avait dit que le roi tenait sa cour[1]. Pendant tout le voyage, la dame fut pensive et abattue, car elle songeait à la séparation proche.

1. Au Moyen Âge, les rois se déplacent souvent et viennent tenir leur cour dans diverses villes ou résidences. La plus connue pour le roi Arthur est Camaalot, mais on le trouvera aussi à Carduel et à Carlion, et dans d'autres lieux moins célèbres.

6

Lancelot à la cour du roi Arthur

Le roi Arthur était effectivement à Camaalot, avec une foule de chevaliers pour tenir sa cour de la Saint-Jean. Le vendredi matin, il voulut aller dans la forêt pour chasser à l'arc. Il sortit de la ville avec un groupe de chevaliers, parmi eux monseigneur Gauvain, le visage encore bandé à cause d'une blessure récente, Yvain, le fils du roi Urien, et Keu le sénéchal. Quand ils approchèrent de l'orée du bois, ils virent venir un groupe de chevaliers, accompagnant une litière portée par deux palefrois. À l'intérieur il y avait un blessé, qui fit arrêter ses compagnons pour pouvoir saluer le roi. Celui-ci s'approcha et, stupéfait, il découvrit un chevalier revêtu de toutes ses armes, excepté son écu. Son corps était traversé par deux tronçons de lances avec leurs fers. Une épée tachée de sang et rouillée était enfoncée dans sa tête par la ventaille[1] de son heaume.

— Roi Arthur, que Dieu vous protège, comme le meilleur et le plus secourable des rois !

— Que Dieu vous bénisse, seigneur, et vous donne la santé, car vous en avez bien besoin !

— Seigneur, je vous supplie de me secourir. Cette épée et ces tronçons me tuent. Faites-moi déferrer !

— Bien volontiers, dit le roi en avançant lui-même la main.

— Ah, ne soyez pas si pressé ! s'écria le blessé. Celui qui voudra me soulager devra d'abord jurer, sur les saints Évangiles, de me venger de tout homme qui dira préférer mon agresseur à moi-même.

Le roi fit un pas en arrière.

— Seigneur, cet engagement n'est guère raisonnable. Celui qui vous a blessé peut avoir une très nombreuse parenté, et des amis qui se déclareront pour lui. Aucun chevalier ne saurait en venir à bout. Mais en revanche, je peux m'engager à vous venger, à condition que ce ne soit pas contre le bon droit.

— Je me suis vengé moi-même en lui coupant la tête.

1. Sous le *heaume*, le chevalier a la tête couverte par la *coiffe*, sorte de capuchon de mailles attenant au haubert. La *ventaille* est la partie basse de la coiffe, qui protège le bas du visage. Elle est en partie amovible, et quand le chevalier veut parler, il la rabat sur sa poitrine.

— Cela me semble suffisant. Pour ce qui est du reste, je ne conseillerai à personne de vous faire une telle promesse.

— Seigneur, j'avais fondé de grands espoirs sur votre cour, car on m'avait dit que nul n'en partait sans recevoir aide et secours, et me voilà bien déçu. Mais Dieu voudra peut-être m'envoyer ma délivrance.

— Demeurez dans ma maison autant qu'il vous plaira, on vous y fera bon accueil.

Le blessé se fit alors conduire à Camaalot et porter dans la salle du haut, où on le coucha sur un lit magnifique.

Le roi continua sa route et pénétra dans les bois. Il y chassa jusqu'à vêpres[1], puis prit le chemin du retour. Au sortir de la forêt, il rejoignit la grand-route, où il vit venir le cortège de la Dame du Lac.

En tête venaient deux valets à pied menant deux chevaux de somme[2] tout blancs. L'un portait un petit pavillon[3] de campement richement orné, l'autre un coffre où étaient rangées la robe qui devait servir pour l'adoubement, une autre robe de cérémonie, et une robe de voyage. Après ces chevaux de somme venaient, montés sur des roncins tout blancs, deux

---

1. Office religieux de la soirée, vers six heures.

2. Le *cheval de somme* (ou *sommier*) est un animal de bât fait pour porter des charges diverses. C'est encore le cas de notre sommier (qui porte la charge du corps).

3. Le *pavillon* est une tente assez vaste où l'on peut se tenir debout à plusieurs et faire dresser des lits. Elle sert quand le chevalier est en déplacement, pour les tournois ou la guerre.

écuyers portant un écu blanc comme neige et un heaume brillant. D'autres écuyers tenaient une lance de bois blanc au fer aigu, et une épée tranchante dans son fourreau blanc, retenue par un blanc baudrier[1]. Un autre menait un destrier blanc comme une fleur de pommier, suivaient d'autres écuyers et sergents[2], puis trois demoiselles et des chevaliers sur des palefrois blancs. En dernier lieu venait une dame, en train de parler avec un jeune homme beau comme le jour.

Le roi s'arrêta, émerveillé. Montrant cette troupe à Gauvain et Yvain, il s'exclama :

— Quelle allure ils ont, tous vêtus de blanc sur leurs chevaux blancs ! Jamais je ne vis cortège chevaucher aussi gracieusement.

La dame, avertie de la présence du roi, rejoignit la tête de son escorte pour aller le saluer. Elle s'avança, sur son palefroi blanc dont la selle était d'ivoire et le mors[3] d'argent pur. Elle-même était richement parée d'une robe de blanc samit et d'un manteau doublé d'hermine. À son côté se tenait le jeune homme, vêtu d'une cotte de drap blanc breton, et monté sur un

---

1. L'*épée* est transportée dans un étui, le *fourreau*. Le *baudrier* est une large bande de cuir ou d'étoffe portée en travers du corps, permettant de suspendre au côté gauche le fourreau avec son épée.

2. Le *sergent* est un homme d'armes, non noble. Ce n'est pas encore, comme aujourd'hui, un grade de l'armée.

3. Le *mors* est la partie du harnais que le cheval mord, c'est-à-dire tient dans sa bouche. C'est elle qui permet de le guider.

cheval de chasse vigoureux et rapide. La dame écarta sa guimpe[1] pour parler au roi.

— Seigneur, que Dieu vous bénisse comme le meilleur roi de la terre ! Je suis venue de loin pour vous demander un don que vous ne pouvez me refuser, car il ne vous coûtera rien.

— Dame, même s'il devait me coûter, je ne refuserais pas !

— Seigneur, je désire que vous fassiez chevalier ce jeune homme ici présent, avec les armes et l'équipement qu'il apporte, dès qu'il vous le demandera.

— Dame, ce jeune homme est fort beau, confiez-le-moi, et je le ferai volontiers chevalier. Mais j'ai coutume de donner moi-même à ces jeunes gens tout le nécessaire, vêtements, armes et chevaux. Quant au reste, la prouesse et toutes les qualités chevaleresques, que Dieu y pourvoie !

— Seigneur, je ne veux pas vous offenser, mais je vous demande d'accepter mes conditions. Sachez que ce jeune homme ne peut porter d'autres vêtements que ceux-ci pour son adoubement. À vous de savoir si vous voulez le faire chevalier.

— Seigneur, intervint Yvain, acceptez ce que cette dame vous demande, même si ce n'est pas la coutume. Vous ne pouvez laisser partir un jeune homme aussi beau et si riche de promesses.

Le roi céda à la prière de la dame, qui le remercia

1. Voile de tête porté par les femmes lorsqu'elles sont en déplacement. Il cache en grande partie le visage, et elles doivent le rabattre quand elles veulent parler.

chaleureusement. Puis elle donna à Lancelot deux chevaux de somme, deux palefrois et quatre écuyers pour le servir, et voulut prendre congé du roi. Celui-ci la pria instamment de demeurer chez lui, mais elle refusa.

— C'est tout à fait impossible, affirma-t-elle.

— Dame, puisque vous ne pouvez rester, à mon grand regret, dites-moi au moins votre nom.

— Seigneur, on ne saurait le cacher à un prud-homme tel que vous. On m'appelle Viviane, la Dame du Lac.

Le roi fut très étonné, car il n'avait jamais entendu parler d'elle.

La dame s'éloigna d'une portée d'arc, et le jeune homme la suivit à l'écart.

— Cher fils de roi, je veux que vous sachiez que vous n'êtes pas mon fils, mais celui d'un chevalier et d'une dame parmi les plus nobles et les meilleurs du monde. Vous saurez prochainement la vérité sur eux. Lionel et Bohort sont bien vos cousins germains, et votre noblesse n'est pas moins haute que la leur. Demain soir, vous demanderez au roi de vous faire chevalier. Quand vous le serez, ne restez pas une nuit de plus dans sa maison, allez errant par tous les pays en quête d'aventures et de merveilles, car c'est ainsi que vous pourrez conquérir gloire et honneur. Ne vous arrêtez nulle part, mais ne laissez derrière vous aucune aventure inachevée. Ayez soin d'être aussi vaillant et noble de cœur que vous êtes beau de corps. Si l'on vous demande qui vous êtes ou qui je suis, répondez que vous l'ignorez, et que je suis la dame qui vous a élevé.

Alors la dame retira de son doigt un petit anneau qu'elle mit au doigt de Lancelot : il avait le pouvoir de dissiper les enchantements. Puis elle le recommanda à Dieu.

— Allez sous la protection de Dieu ! Adieu donc, le beau, le bon, le gracieux, le noble, le plus aimé parmi tous les chevaliers. Tout cela, vous le serez, je le sais bien.

Une dernière fois, elle lui embrassa tendrement les yeux, le visage et la bouche, puis elle s'en alla, si bouleversée qu'elle ne pouvait plus dire un mot. Le jeune homme était si ému qu'il ne put s'empêcher de courir à ses cousins pour les embrasser encore une fois.

— Lionel, Lionel, ne soyez pas si triste et désespéré ! Nous nous retrouverons et un jour nous reprendrons votre royaume au roi Claudas !

Puis il partit au grand galop rejoindre le roi et sa compagnie qui l'attendaient. Le roi le confia alors à monseigneur Yvain : personne ne serait mieux placé que lui pour guider les premiers pas du futur chevalier.

Dès le samedi au matin, Lancelot vint trouver Yvain, qui l'avait hébergé dans son logis. Il le pria de demander au roi qu'il le fasse chevalier dès le lendemain.

— Mon ami, ne vaudrait-il pas mieux attendre encore un peu, le temps de vous faire au métier des armes ?

— Non, je ne veux pas être écuyer plus longtemps.

Yvain fit donc la demande au roi.

— Parlez-vous du jeune homme vêtu de blanc que je vous ai confié ? s'étonna le roi. Il veut déjà être chevalier ? Qu'en pensez-vous, Gauvain ?

— Ma foi, il est très beau et semble de haute naissance. Je ne serais pas étonné qu'il fasse un excellent chevalier.

— Et quel est ce jeune homme, seigneur Yvain ? demanda la reine Guenièvre.

— Ah ! dame, je n'en ai jamais vu de si beau.

— Et il veut être chevalier dès demain ?

— Oui, il en brûle d'envie.

— J'aimerais bien le voir.

Le roi envoya Yvain le chercher, et pendant ce temps il raconta à la reine la requête de la Dame du Lac.

Le bruit courut aussitôt par la ville que le jeune homme arrivé la veille allait être fait chevalier dès le lendemain. Tout le monde se pressa pour le voir passer. Yvain lui avait fait revêtir sa belle robe de cérémonie, et le jeune homme avait fière allure, chevauchant avec lui vers le palais. Mettant pied à terre, ils entrèrent tous deux dans la salle.

Le roi et la reine vinrent à leur rencontre et prirent le jeune homme chacun par une main pour l'accueillir, avant de le faire asseoir avec eux. La reine, frappée par sa beauté, le regardait avec douceur. Quant à Lancelot, il ne pouvait empêcher ses regards de revenir sur elle à la dérobée, tellement il était ébloui. Aucune dame, même la Dame du Lac, ne lui paraissait comparable, et il avait raison, car la reine était véritablement la dame des dames, une fontaine de beauté.

— Et comment se nomme ce beau jeune homme ? demanda-t-elle.

— Dame, je sais seulement qu'il vient du pays de France.

Alors la reine prit le jeune homme par la main en lui demandant d'où il était et quel était son nom. À ce contact, il tressaillit de tout son corps, si ému qu'il était incapable de parler. Percevant son trouble, et se doutant qu'elle en était la cause, elle lui répéta sa question.

— Dame, je l'ignore, répondit-il dans un soupir.

Voyant à quel point il semblait ébahi et hors de lui, elle ne voulut pas accroître sa confusion. Elle se leva pour partir, et pour donner le change elle dit à Yvain, qui la raccompagnait :

— Ma foi, ce garçon ne me semble pas très sensé.

— Dame, dit Yvain, il n'a peut-être pas le droit de dévoiler qui il est et d'où il vient.

— C'est, ma foi, bien possible.

Quand ce fut l'heure des vêpres, toute la cour se rendit à l'église, et Lancelot avec eux. En rentrant au palais, ils traversèrent la salle où était couché le chevalier enferré. Ses plaies empestaient tellement que les chevaliers étaient obligés de se couvrir le nez de leur manteau. Comme Lancelot demandait à Yvain la raison de tout cela, celui-ci le mena au blessé.

— Seigneur chevalier, qui vous a blessé si vilainement ?

— Un chevalier que j'ai tué.

— Et pourquoi ne pas vous faire déferrer ?

— Parce que personne n'est assez hardi pour le faire à mes conditions.

Et il lui exposa les conditions point par point. Lancelot resta songeur. Yvain, qui était plein de sagesse, le prit par la main et l'entraîna plus loin pour lui expliquer à quel point les conditions étaient inacceptables.

— Des chevaliers confirmés n'oseraient même pas s'y engager, ajouta-t-il.

Après le dîner, Lancelot fut conduit dans une église où il passa toute la nuit en prières[1]. Au petit matin, Yvain, qui ne l'avait pas quitté, le reconduisit à son logis pour qu'il puisse dormir un peu avant la cérémonie. Puis tous deux rejoignirent le cortège du roi pour se rendre à la grand-messe[2]. Avant d'entrer dans l'église, on apporta aux nouveaux chevaliers les armes qu'ils devaient revêtir. Le roi leur donna la colée[3], mais sans leur ceindre encore l'épée, qui ne devait leur être remise qu'au retour de l'église.

---

1. L'usage veut que le futur chevalier passe la nuit qui précède son adoubement en prières, pour demander à Dieu aide et protection dans sa vie de chevalier.

2. La messe est le principal office religieux des chrétiens. On peut en célébrer plusieurs dans la matinée. La *grand-messe* est la plus solennelle.

3. La *colée* est une gifle (ou un coup de plat d'épée) donnée sur le cou ou l'épaule, au chevalier nouveau par celui qui l'adoube. À l'origine, c'était un coup vigoureux destiné à éprouver la solidité du futur chevalier. Le geste devient vite un rituel, symbolisant le don de l'ordre de chevalerie.

Aussitôt la messe terminée, Lancelot quitta monseigneur Yvain et monta seul dans la salle où le blessé était couché.

— Je suis en mesure de vous déferrer, maintenant que je suis chevalier.

— Je ne demande pas mieux, mais aux conditions que vous connaissez.

Lancelot prononça le serment d'une voix ferme, puis il mit la main à l'épée plantée dans la tête du chevalier, et la retira aussi doucement que possible. Il fit de même pour les tronçons de lance. Pendant qu'il le déferrait ainsi, un écuyer vit la scène et courut avertir Yvain, qui se trouvait dans la grande salle, où le roi était en train de remettre leurs épées aux nouveaux chevaliers.

Yvain accourut dans la chambre et s'écria hors de lui :

— Vous l'avez donc déferré ?

— Oui, seigneur, comme vous le voyez. Sa douleur me faisait trop pitié.

— J'ai bien peur que vous n'ayez fait une grave sottise, en vous lançant dans une entreprise que vous ne pourrez assumer. Des chevaliers qui sont ici, parmi les meilleurs du monde, ont préféré y renoncer. Votre manque de sagesse risque fort d'abréger votre vie.

— Il vaut mieux que ce soit moi qui meure, moi dont l'origine est obscure, plutôt que ce chevalier, qui est peut-être d'une grande valeur, ou bien un chevalier de la maison du roi. Mais je vous en prie, allez lui quérir un médecin, car il a besoin de soins.

Yvain revint, très affligé, auprès du roi, qui avait déjà appris la nouvelle.

— Est-il donc vrai, Yvain, que ce garçon a déferré le chevalier ?

— Hélas, seigneur, je n'ai pu l'en empêcher. Je l'ai fortement blâmé de sa témérité, mais il était trop tard.

— C'est une entreprise qui risque bien de le conduire à la mort, conclut le roi, les larmes aux yeux.

La nouvelle se répandit dans tout le palais. La reine en fut bien malheureuse, car elle craignait que le jeune homme ne se soit lancé dans cette folie que pour elle, pour accroître son mérite à ses yeux. Tous se lamentaient sur cette malheureuse affaire, et au milieu de ce chagrin, le roi ne pensa plus à l'épée qu'il avait oublié de ceindre au nouveau chevalier.

Après le repas, on introduisit dans la salle un chevalier armé de toutes ses armes, à l'exception de son heaume, et qui venait porter un message au roi.

— Roi Arthur, que Dieu vous protège, vous et votre compagnie. Je vous salue de la part de la Dame de Nohaut, à qui j'appartiens. Elle vous fait savoir que le roi de Northumberland a envahi sa terre et mis le siège devant son château. Ses armées ont ravagé le pays. Après des négociations menées par des chevaliers et des hommes d'Église, le roi a déclaré qu'il prouverait son bon droit par un duel judiciaire[1] d'un

1. Au Moyen Âge, on a recours au *duel judiciaire* pour résoudre de graves conflits : ici la Dame de Nohaut dont le roi de Northumberland revendique la terre. Les adversaires se mettent

contre un, deux contre deux ou trois contre trois. Ma dame vous demande de lui envoyer un chevalier pour soutenir sa cause, puisque vous êtes son suzerain et elle votre femme lige.

— Cher ami, répondit le roi, je lui porterai secours bien volontiers. C'est une dame de grand mérite et elle tient de moi sa terre. Il est donc juste qu'elle reçoive mon aide.

Lancelot se leva alors et vint s'agenouiller devant le roi.

— Seigneur, vous m'avez fait chevalier, et je vous en remercie. Je viens vous prier humblement de m'accorder un don : acceptez que je sois celui qui défendra la Dame de Nohaut.

— Mon ami, vous ne savez pas ce que vous demandez. Le roi de Northumberland compte dans ses rangs des chevaliers aguerris, et il confiera la bataille aux meilleurs d'entre eux. Je comprends que vous aspiriez à conquérir honneur et gloire, mais cette tâche est trop lourde pour vous. Je ne voudrais pas qu'un don reçu de moi vous conduise à la mort.

— Seigneur, c'est ma première requête ! Vous ne pouvez faire obstacle à ce que je demande raisonnablement. Si vous me le refusez, les autres auront bien

---

d'accord pour défendre leur cause par les armes et fixent un jour pour le combat. Celui qui gagne fait la preuve de son bon droit. Cette pratique repose sur l'idée que Dieu est l'arbitre du combat et qu'il ne peut laisser triompher une mauvaise cause. Il donne donc la victoire à celui qui la mérite : c'est ce qu'on appelle le *jugement de Dieu*.

peu d'estime pour moi. Je serai déconsidéré, si vous ne voulez me confier une mission où il suffit d'un seul chevalier.

— Seigneur, intervinrent Gauvain et Yvain, donnez-lui cette mission. Il s'en acquittera fort bien.

Le roi accepta donc à contrecœur de lui confier la défense de la Dame de Nohaut, et le jeune homme prit congé. Mais à peine était-il parti, que le sénéchal Keu interpella le roi :

— Seigneur, comment avez-vous pu confier cette tâche à un homme aussi jeune et dénué d'expérience ? L'affaire est de grande conséquence, puisqu'il s'agit de votre femme lige. Je vous en prie, envoyez-moi là-bas dès demain !

Le roi le lui accorda.

Pendant ce temps, Lancelot était allé s'équiper au logis de monseigneur Yvain. Au moment de le quitter, il s'exclama :

— Ah ! seigneur, quel oubli !

Et comme Yvain le questionnait :

— J'allais oublier de prendre congé[1] de ma dame la reine.

Lancelot fit signe à son écuyer :

— Tu vas partir maintenant, en compagnie du chevalier de la Dame de Nohaut. Je vous rejoindrai

---

1. *Demander congé* à quelqu'un, c'est lui demander l'autorisation de le quitter. Il est très discourtois de partir sans avoir demandé congé.

bientôt. Veille à emporter tout mon équipement, et prends bien soin de mon épée.

Il était fermement résolu, en effet, à être fait chevalier par une autre main que celle du roi[1].

Rejoignant monseigneur Yvain, il se présenta avec lui dans les appartements de la reine. Là, il s'agenouilla sans mot dire devant elle, se contentant de la regarder doucement, jusqu'au moment où, vaincu par sa timidité, il baissa les yeux.

— Dame, dit Yvain à la reine, voici le jeune homme que le roi fit chevalier ce matin. Il vient prendre congé de vous.

— Comment ? Il s'en va déjà ?

— Oui, dame. C'est lui qui va porter secours à la Dame de Nohaut.

— Et comment le roi a-t-il accepté qu'il s'en charge ?

— Dame, il en était assez fâché, mais le jeune homme se l'est fait accorder par don.

— Il avait pourtant déjà bien assez à faire avec le chevalier qu'il a déferré !

La reine prit alors doucement Lancelot par la main pour le relever.

— Dame, soupira-t-il, pardonnez-moi ma sottise.

— Et quelle sottise avez-vous faite ?

---

1. Lors d'un adoubement, le geste le plus solennel est *le don de l'épée*, symbole du pouvoir guerrier. En principe, c'est celui qui adoube qui donne l'épée. Lancelot tient à devenir chevalier non du roi, mais de la reine, à qui tous ses exploits seront ainsi dédiés.

— Je suis parti du palais sans prendre congé de vous.

— Vous êtes si jeune, mon cher ami, qu'on peut aisément vous pardonner cette erreur.

— Dame, je vous rends grâces.

Après une hésitation, il reprit :

— Dame, si vous l'acceptiez, partout où j'irais, je me tiendrais pour votre chevalier.

— Je vous l'accorde. Adieu donc, très cher ami.

Et la reine le releva par la main. Le contact de cette main nue le fit rougir, et il se contenta de dire pour lui-même à voix basse :

— Je suis déjà comblé, dame, puisqu'il vous plaît que je sois votre très cher ami.

Monseigneur Yvain traversa la salle avec lui et le reconduisit à son logis. Il veilla à ce qu'il mette ses gantelets et son heaume, et il s'apprêtait à lui ceindre son épée, quand il s'écria :

— Mais seigneur, vous n'êtes pas chevalier !

— Et pourquoi ?

— Parce que le roi ne vous a pas ceint l'épée. Allons le trouver, et il le fera sans tarder.

— Seigneur, attendez-moi alors. Mon écuyer a emporté mon épée et c'est celle-là que le roi doit me ceindre. Je vais galoper derrière lui et je viendrai vous retrouver ici.

Mais monseigneur Yvain l'attendit en vain. Revenant auprès du roi, il l'informa des récents événements.

— Ainsi donc, fit le roi, il est parti sans que je lui ceigne l'épée ?

— Je pense, dit Gauvain, que c'est un seigneur de haute noblesse. Il a peut-être pris ombrage du fait que le roi ne lui a pas ceint l'épée avant les autres.

— C'est bien possible, ma foi, dit la reine, approuvée par de nombreux chevaliers.

Mais elle se souvenait que le jeune homme lui avait demandé la faveur d'être tenu pour son chevalier. Elle fit donc préparer une belle et bonne épée dans un fourreau richement orné, et ordonna à un messager de la lui faire parvenir au plus vite.

Deuxième partie

La douloureuse garde

1

La Dame de Nohaut

Le nouveau chevalier avait rejoint son équipage, qui cheminait sur la route de Nohaut, avec le chevalier qui avait demandé de l'aide à la cour du roi. Il fit route en leur compagnie, et après plusieurs étapes ils parvinrent au but de leur voyage. Le pays était complètement ravagé aux alentours de la cité, car le roi de Northumberland l'avait livré au pillage de ses troupes.

La Dame de Nohaut sortit de la ville pour aller à leur rencontre, et honorer le chevalier que le roi Arthur lui envoyait pour défendre sa cause. Si elle fut un peu surprise par sa jeunesse, elle lui réserva cependant le meilleur accueil.

— Dame, lui dit-il, le roi Arthur m'envoie à vous pour faire votre bataille, et j'y suis prêt, tout de suite si vous le voulez.

— Seigneur, béni soit le roi ! Et vous, soyez le bienvenu ! Mais la rencontre n'a lieu qu'après-demain, et vous ne combattrez que mieux, si vous êtes remis des fatigues du voyage.

Le chevalier aurait préféré combattre sans délai, mais il n'y avait pas à discuter. Il fut donc reçu au château de Nohaut, où la dame s'appliqua à rendre son séjour agréable. Le soir même, le messager de Guenièvre arriva pour lui remettre l'épée de la part de la reine.

— Ma dame vous demande de ceindre cette épée, et de bien l'employer, comme son chevalier.

Le jeune homme la reçut avec tant de joie qu'il pensa en perdre le sens. Il la baisa avec dévotion, comme il eût fait d'une relique[1], et la ceignit à son côté. Puis il tendit au messager celle qui pendait à l'arçon de sa selle :

— Tu peux prendre celle-ci. Je n'en porterai jamais d'autre que celle que tu m'as donnée.

Le lendemain arriva au château Keu le sénéchal. La dame l'accueillit fort bien, mais elle fut très embarrassée quand il exposa sa mission. Elle avait déjà un chevalier envoyé par le roi pour faire sa bataille, et elle ne voulait pas l'offenser. D'un autre côté, elle ne pouvait contrarier le puissant sénéchal du roi dont elle était la femme lige.

---

1. Les *reliques* sont les restes des saints (morceaux d'os ou de vêtements) que l'on conserve dans les églises ou les monastères. Elles sont le but de nombreux pèlerinages au Moyen Âge, et l'on a pour elles le plus grand respect.

Aucun des deux ne voulait renoncer au combat.

— Ce qui importe, dit le nouveau chevalier, c'est que cette dame ait le meilleur chevalier pour la défendre.

— Voilà une parole sage, dit Keu.

— Eh bien, je propose que nous combattions tous deux l'un contre l'autre. Le meilleur fera la bataille !

Le sénéchal était d'accord. Mais la dame se récria :

— Au nom de Dieu, jamais je n'accepterai qu'il en soit ainsi ! Les conditions fixées pour ce combat sont telles que je peux produire un, deux ou même trois champions[1] pour défendre ma cause. Je ferai donc savoir au roi de Northumberland que j'ai choisi de faire combattre deux chevaliers.

C'était agir avec beaucoup de sagesse. Le lendemain, le roi de Northumberland se présenta sous les murs de Nohaut, et la dame prit place, avec sa maisonnée, devant la ville, dans une prairie qui avait été préparée à cet usage. On rappela les conventions fixées pour la rencontre, puis les deux chevaliers et leurs adversaires prirent leurs distances avant de s'élancer au galop.

Monseigneur Keu et son adversaire firent voler en éclats leurs lances sans tomber de cheval et, tirant leurs épées, se mirent à échanger des coups furieux. De son côté, Lancelot reçut un tel coup de lance que son écu vint heurter sa tempe, le laissant étourdi.

---

1. Celui qui se bat pour quelqu'un dans un duel judiciaire. Une femme, qui ne peut se battre, comme la Dame de Nohaut, fait défendre sa cause par un *champion*.

Mais son adversaire avait brisé sa lance et, désarçonné par le choc, il tomba au sol. Le jeune homme s'éloigna et mit pied à terre, car il ne voulait pas se battre à cheval contre un adversaire à pied. L'autre se releva, et les grands coups d'épée se mirent à pleuvoir sur les heaumes et les hauberts, qui bientôt se rompirent, laissant à nu les bras et les épaules. La bataille fut acharnée. À la fin, le chevalier du roi de Northumberland se contentait d'esquiver les coups.

Lancelot regarda du côté de monseigneur Keu, qui tardait à prendre le dessus. Il ne voulut pas lui infliger la honte de triompher bien avant lui, et ménagea donc un peu son adversaire pour faire durer le combat. Aussitôt que Keu en eut terminé avec le sien, il réduisit l'autre à demander grâce.

Cette victoire des deux chevaliers ruinait les desseins du roi de Northumberland, qui fut obligé de demander la paix. Elle lui fut accordée, à condition qu'il retire ses troupes et répare les dommages qu'elles avaient causés, tout en prenant l'engagement de s'abstenir de tout acte hostile à l'avenir.

Ainsi la Dame de Nohaut eut-elle une bonne paix. Le lendemain, Keu repartit pour la cour du roi Arthur, à qui il porta les remerciements de la dame et raconta comment l'affaire avait été conclue. Quant au nouveau chevalier, il ne s'attarda pas à Nohaut, malgré les prières de la dame, qui l'aurait volontiers gardé plus longtemps.

2

La mauvaise coutume

Lancelot quitta Nohaut en compagnie de ses écuyers et chevaucha pendant trente lieues[1] avec eux. Mais il souhaitait pouvoir se déplacer plus secrètement, sans que personne le reconnaisse, comme le fait un chevalier qui veut conquérir honneur et gloire. Le soir même, dans un monastère où il fut fort bien reçu, il laissa ses écuyers en leur ordonnant de l'attendre sans bouger de là pendant un mois. Puis il repartit seul le lendemain, et chevaucha pendant plusieurs jours sans rencontrer d'aventure digne d'être racontée.

Comme l'heure de none[2] approchait, il arriva devant

1. Unité de distance valant environ 4 km.

2. Les heures de la journée, au Moyen Âge, étaient celles des offices religieux, qui servaient de point de repère pour la population, puisqu'on faisait alors sonner les cloches dans chaque

une forteresse campée orgueilleusement sur une haute roche. Le château était de belle dimension : il s'étendait sur la longueur d'une portée d'arbalète en tous sens. Au pied de la roche coulait une rivière, et de l'autre côté un torrent impétueux formé par plus de quarante sources.

La forteresse était nommée la Douloureuse Garde, car aucun chevalier errant n'y passait sans être tué ou retenu prisonnier. Personne en effet n'avait jamais pu réussir les épreuves auxquelles était soumis celui qui y faisait halte. Telle était la coutume[1] du lieu : le château était entouré d'une double enceinte de murailles avec chacune une porte, et à chaque porte, il fallait combattre dix chevaliers. Dès que l'un était épuisé, un autre prenait sa place et continuait le combat. Il était donc impossible à un seul homme d'en triompher, à moins de tous les tuer à la suite, ce qui ne s'était jamais vu.

Sur la seconde muraille, juste au-dessus de la porte,

---

couvent. Ces offices avaient lieu toutes les trois heures : la première heure du jour était celle de *prime* (6 heures), suivie de celle de *tierce* (9 heures), *sexte* ou *midi* (12 heures), *none* (15 heures), *vêpres* (18 heures) et *complies* (21 heures). Les heures de la nuit portaient aussi le nom des offices religieux nocturnes : *matines* (minuit) et *laudes* (3 heures).

1. La *coutume* est l'obligation attachée à un lieu : obligation d'affronter un péril, ou de remplir une mission. Ici, affronter les dix chevaliers à chaque porte, puis délivrer le château de ses enchantements. Dans les romans arthuriens, une des missions essentielles du chevalier errant est d'abattre les mauvaises coutumes.

se dressait un gigantesque chevalier de cuivre monté sur son cheval, armé de toutes ses armes, et tenant à deux mains une grande hache. La statue avait été forgée par enchantement, et tant qu'elle serait debout, le château ne pourrait être pris. Mais quand un chevalier aurait franchi en vainqueur la première enceinte, il lui suffirait de jeter les yeux sur le chevalier de cuivre pour que celui-ci s'effondre. Puis il lui faudrait encore vaincre dix autres chevaliers. Alors les enchantements dont était victime le château pourraient être dissipés, mais seulement si le vainqueur y couchait pendant quarante nuits consécutives.

Lancelot traversa le bourg qui s'étendait devant le château et monta tout droit vers la porte, qu'il trouva fermée. Il en fut contrarié, car le jour commençait à baisser. Une demoiselle vint à sa rencontre, enveloppée dans un manteau. Il ne pouvait bien distinguer son visage, en partie caché par sa guimpe. L'ayant saluée, il lui demanda :

— Demoiselle, pourriez-vous m'expliquer la coutume de ce château ?

Elle lui exposa les épreuves redoutables que devait affronter celui qui désirait entrer.

— Si vous m'en croyez, conclut-elle, vous n'y songerez même pas.

— Demoiselle, je veux connaître le mystère de ce lieu. Si d'autres l'ont affronté, je ne peux faire moins.

Elle le laissa donc. Mais une voix, du haut de la porte, héla le chevalier :

— Seigneur chevalier, que désirez-vous ?

— Je voudrais entrer dans ce château.

— J'ai bien peur que ce ne soit pour votre malheur !

— Nous verrons bien, mais dépêchez-vous, car la nuit va bientôt tomber.

Aussitôt, la sentinelle sonna du cor et l'on vit sortir par le guichet[1] de la porte un chevalier armé de pied en cap.

— Seigneur, il vous faut redescendre un peu, car nous n'avons pas la place ici de combattre à l'aise.

Le chevalier blanc accepta, et ils descendirent jusqu'en bas du tertre. Mettant la lance sous l'aisselle, ils s'élancèrent aussi vite que le permettaient leurs destriers. Le chevalier du château brisa sa lance contre l'écu de son adversaire. Le chevalier blanc le frappa au-dessus de la boucle de l'écu, fendant le cuir et disloquant les planches. Le fer aigu, traversant les mailles du haubert, transperça le corps du chevalier, qui s'écroula à terre.

Mais déjà le cor sonnait et un autre chevalier arrivait au galop. Le blanc chevalier retira sa lance, qui était encore fichée dans le corps du premier, pour faire face à ce nouvel adversaire. Appuyant vigoureusement son coup, il l'arracha à sa selle et le fit voler par-dessus la croupe de son cheval. Mettant pied à terre, il courut à lui pour constater qu'il avait le bras brisé et abandonnait le combat.

Le cor sonna une troisième fois, et un nouveau défenseur dévala la colline. Très grand et très fort, il

1. Petite ouverture (porte ou fenêtre) pratiquée dans la grande porte.

paraissait redoutable, mais le blanc chevalier le pressa si vivement qu'il ne fut bientôt plus en condition de riposter. Il parvint ainsi à défaire cinq adversaires. Il attendait l'arrivée du sixième, mais le guichet resta fermé. La nuit tombait, et les spectateurs, du haut des murailles, ne pouvaient plus distinguer les combattants.

C'est alors que la demoiselle revint :

— Venez, seigneur chevalier, la bataille est finie pour ce soir. Vous reprendrez le combat demain matin. Vous êtes bien fatigué, et vous avez besoin d'un gîte.

3

Les trois écus de Saraïde

La demoiselle l'emmena vers une des maisons du bourg[1], dans une chambre où elle le fit désarmer. Il aperçut alors, accrochés au mur, trois splendides écus d'argent. Le premier portait une bande vermeille en travers, le second deux, le troisième trois. Il les contempla longuement, puis se tourna vers la demoiselle, qui avait abandonné son manteau et sa guimpe. La chambre était brillamment éclairée de chandelles, et il reconnut Saraïde, la suivante de la Dame du Lac.

— Ah ! chère demoiselle, quelle joie de vous revoir ! Dites-moi comment se porte ma chère dame !

— Très bien, c'est elle qui m'a envoyée vers vous.

---

1. Groupe d'habitations placées sous la protection du château. Le *bourg* peut aussi bien être à l'intérieur de l'enceinte fortifiée qu'à l'extérieur. Ici, il est manifestement à l'extérieur.

Ces trois écus vous sont destinés, et ils possèdent des propriétés étonnantes. Celui qui prend l'écu à une bande voit sa force augmenter de la force d'un chevalier. Avec celui à deux bandes, de la force de deux, et avec celui à trois bandes, de la force de trois. Je les ferai porter demain sur les lieux du combat. Gardez-vous d'être présomptueux, comme l'est souvent la jeunesse. Dès que vous sentirez vos forces diminuer, prenez l'écu à une bande, puis celui à deux bandes. L'écu à trois bandes fera des merveilles. Demain, vous saurez votre nom, et celui de votre père, et ce sera là-haut, dans ce château, où vous pénétrerez avant que les vêpres ne soient sonnées.

La demoiselle lui parla longuement, puis elle le fit souper. Pendant toute la nuit, les habitants du bourg et ceux du château prièrent Dieu qu'il lui accorde la force de vaincre tous les chevaliers. La victoire remportée sur ses cinq adversaires leur avait donné espoir : le jour était peut-être venu où enchantements et mauvaises coutumes seraient enfin vaincus.

Au matin, la demoiselle fit entendre la messe au chevalier blanc, puis elle le mena devant la porte du château, en lui rappelant :

— Vous savez quelle est l'épreuve prescrite par la coutume : avant que la nuit tombe, vous devez vaincre les dix chevaliers de la première porte, puis les dix de la seconde.

— Comment ? Mais j'en ai déjà vaincu cinq hier soir !

— Cela ne sert à rien, vous devez recommencer !

C'est en une seule journée qu'il vous faut vaincre vingt adversaires.

Lancelot s'avança vers le château. Un chevalier parut en haut de la muraille et l'interrogea :

— Seigneur chevalier, que demandez-vous ?

— L'aventure du château.

— Seigneur, vous l'aurez. Je souhaite pourtant que votre prouesse vous permette de conquérir ce château, car cette douleur n'a que trop duré. Cependant, la loyauté m'ordonne de m'acquitter des devoirs de ma charge.

Le cor sonna alors et un chevalier tout armé sortit par le guichet. Les deux adversaires commencèrent à jouter. Le chevalier du château frappa de toutes ses forces. Mais le chevalier blanc avait mieux dirigé son coup : il lui transperça le bras à travers l'écu et la manche du haubert, et l'envoya rouler au sol, grièvement blessé. Il mit pied à terre pour continuer le combat, mais déjà les neuf chevaliers dévalaient la colline. Remontant sur son destrier, le chevalier blanc mit sa lance en position pour recevoir le choc du premier, qui s'avançait au galop. Mais les lances se brisèrent, et il dut continuer le combat à l'épée. Avisant le second, il asséna un tel coup sur son heaume qu'il lui fendit la tête jusqu'aux épaules. Un autre chevalier s'avança. Le chevalier blanc se rua vers lui si violemment que tous en furent stupéfaits. Il l'assaillit si vivement en peu de temps que l'autre ne put en supporter davantage et dut faire signe au quatrième. Celui-ci prit aussitôt sa place, frais et dispos, et le combat s'engagea à nouveau. Le chevalier blanc commençait à manquer de force et d'haleine, et il ne restait plus grand-chose de son écu.

On était déjà près de l'heure de tierce[1]. C'est alors que s'avança un écuyer, portant à son cou un écu d'argent barré de vermeil en diagonale. Le chevalier blanc jeta son propre écu et se saisit de celui qu'on lui apportait. Il sentit alors sa force redoubler, et revint à son adversaire, ignorant les coups et les blessures qu'il avait déjà reçus.

Il s'attaqua à tous les chevaliers ensemble, frappant à droite et à gauche, taillant en pièces les écus, déchirant les hauberts, sans se soucier des coups qui pleuvaient sur lui. Le combat était épuisant, car chaque fois qu'un de ses adversaires abandonnait la mêlée, un autre prenait sa place. Son corps était couvert de plaies, petites et grandes.

Voyant cela, la demoiselle s'avança avec l'écuyer porteur de l'écu à deux bandes. Lancelot s'en empara, et retourna au combat avec une vigueur accrue. Il malmena si bien ses adversaires que ceux-ci furent obligés de remonter le tertre, pour se rapprocher de la porte et être plus vite secourus. Ils avaient honte de devoir reculer devant un seul homme, mais Lancelot les assaillait avec tant d'énergie qu'ils se contentaient d'esquiver les coups. Ils ne pouvaient résister, même en se relayant : jamais ils n'avaient vu un chevalier d'une telle force.

Quand le chevalier blanc vit qu'ils n'étaient plus que trois, il les attaqua violemment, pour en finir. Ils

1. Vers 9 heures du matin.

cédèrent la place, préférant s'enfuir, à l'exception du dernier qui, voyant que toute résistance était vaine, se constitua prisonnier en rendant son épée.

On entendit alors un grand vacarme. Le chevalier blanc releva la tête : la porte était ouverte. Il voyait déjà, par l'ouverture, les dix chevaliers massés devant la seconde porte. La demoiselle vint à lui pour délacer elle-même son heaume, qui était tout disloqué, et le remplacer par un autre qu'elle tenait en réserve. Puis, lui ôtant son écu, elle lui mit au cou l'écu à trois bandes, malgré ses protestations :

— Demoiselle, vous me déshonorez ! Que vaudra ma victoire, si je suis ainsi aidé ?

— Seigneur, il est déjà l'heure de none. La deuxième porte devra être conquise vivement.

Le chevalier s'avança alors par la porte grande ouverte. Il vit la seconde porte, surmontée du chevalier de cuivre, avec les dix chevaliers massés devant elle, prêts au combat. Dès qu'il eut posé le regard sur elle, la statue trembla sur ses bases et tomba de toute sa hauteur sur un des chevaliers, qu'elle écrasa sous son poids.

Sans perdre un seul instant, Lancelot s'élança sur la troupe comme une tempête. Ceux qu'il pouvait atteindre, il les laissait morts. Les autres, voyant déjà l'un d'entre eux écrasé par la statue, et deux tués, furent saisis de frayeur. Ils sautèrent de leurs chevaux pour rentrer le plus vite possible par le guichet et se réfugier à l'intérieur de l'enceinte. Mettant pied à terre, Lancelot tira son épée pour distribuer de grands coups partout où il pouvait les atteindre. Les trois derniers, n'ayant pu se mettre à l'abri, préférèrent se rendre.

La seconde porte fit alors entendre un grand cri et s'ouvrit à deux battants devant le vainqueur.

4

Le cimetière futur

Les gens de la ville, qui avaient suivi le combat massés sur les murailles, se précipitèrent pour accueillir le chevalier et l'acclamer. Ils lui annoncèrent que le seigneur du château, Brandis des Îles, désespéré de la chute de sa forteresse, avait préféré s'enfuir au galop de son cheval.

— Dois-je encore faire quelque chose pour achever l'aventure ? demanda le chevalier blanc.

Ils ne lui répondirent pas, mais l'emmenèrent non loin de là dans un cimetière situé entre les deux enceintes de la ville. Lancelot s'avança et le découvrit avec étonnement.

Le cimetière était clos de toutes parts par un mur crénelé. Sur beaucoup de créneaux, il y avait des têtes de chevaliers coiffées de leur heaume, et sous chaque créneau une tombe portant l'inscription :

ICI GÎT TEL CHEVALIER
VOICI SA TÊTE

Certains créneaux ne portaient pas de tête, et l'inscription était différente. On pouvait lire : « Ici reposera un tel », avec le nom de beaucoup de bons chevaliers de la maison[1] du roi Arthur.

Au milieu du cimetière se trouvait une grande dalle de métal, magnifiquement ouvragée d'or, de pierres précieuses et d'émaux, et portant l'inscription :

Cette dalle ne sera jamais soulevée par aucun homme
Excepté celui qui conquerra la Douloureuse Garde
Le nom du chevalier est écrit sous cette dalle.

Bien des gens avaient tenté, par force ou par adresse, d'ouvrir cette tombe pour découvrir le nom du bon chevalier qui délivrerait la Douloureuse Garde. Le seigneur du château lui-même avait essayé, pour pouvoir le faire tuer.

Les gens de la ville emmenèrent le blanc chevalier devant cette tombe, et il put en déchiffrer l'inscription[2], car la Dame du Lac l'avait fait longuement

1. Ensemble de personnes constituant le proche entourage du roi (ceux qui logent dans sa maison, à l'origine).

2. Au Moyen Âge, peu de personnes savent lire, essentiellement les clercs, qui ont reçu l'enseignement de l'Église. Au XIIIe, rares sont encore les nobles qui en sont capables. C'est donc la

étudier. L'ayant lue, il considéra un moment la dalle : il aurait bien fallu quatre des plus forts chevaliers du monde pour seulement l'ébranler. Il saisit par les deux mains l'une des extrémités, et la souleva jusqu'à un bon demi-pied[1] au-dessus de sa tête. Il put lire alors l'inscription du dessous :

ICI REPOSERA LANCELOT DU LAC
LE FILS DU ROI BAN DE BÉNOÏC

Il avait lu son nom. Maintenant, il pouvait remettre la dalle en place. Regardant autour de lui, il aperçut Saraïde.

— Qu'avez-vous vu ? fit-elle.

— Rien.

— Par Dieu, je l'ai vu aussi bien que vous !

Et, s'approchant de lui, elle lui souffla à l'oreille le nom qu'elle avait lu.

— Je vous en conjure, demoiselle, ne le dites à personne.

— Soyez sans crainte, je n'en parlerai pas.

On les emmena alors dans un très joli petit palais, fort riche et bien aménagé, qui avait été celui de Brandis des Îles. Là, le chevalier fut désarmé, et la demoiselle resta avec lui pour soigner ses plaies et blessures, qui étaient nombreuses.

---

preuve de l'éducation raffinée reçue par Lancelot chez la Dame du Lac.

1. Unité de mesure utilisée au Moyen Âge (et encore actuellement en Grande-Bretagne), le *pied* vaut environ 30 cm.

Mais les habitants du château étaient dans l'inquiétude, car ils craignaient fort que le chevalier ne consente pas à rester quarante jours avec eux. C'était seulement au bout de ce délai que pourraient cesser les enchantements et merveilles qui les tourmentaient si fort nuit et jour.

5

Le roi et la reine à la Douloureuse Garde

La nouvelle de la prise de la Douloureuse Garde parvint en peu de temps à la cour du roi Arthur. En effet, était présent ce jour-là dans le bourg un jeune homme dont le frère était chevalier du roi. Il monta aussitôt sur son cheval de chasse pour porter à la cour cette nouvelle stupéfiante, car on ne croyait pas qu'aucun chevalier pût accomplir cet exploit.

Il chevaucha tant qu'au quatrième jour il parvint à Carlion, où se trouvait le roi. Aussitôt qu'il le vit, il s'écria :

— Roi Arthur, que Dieu vous garde ! Je vous apporte des nouvelles extraordinaires !

— Eh bien, mon ami, dis-les donc !

— La Douloureuse Garde est conquise ! Un chevalier a forcé les portes des deux enceintes !

Chacun se récria. Un tel exploit était impossible.

— Ne dis rien dont tu ne sois sûr, avertit le roi.

— Seigneur, vous pouvez me pendre si je mens. Je l'ai vu de mes yeux.

— Et sais-tu le nom de ce chevalier ?

— Je l'ignore. Mais il portait des armes blanches, et son cheval était blanc.

— Par Dieu, c'est le chevalier nouveau ! s'écria Gauvain.

Déjà de nombreux chevaliers étaient prêts à revêtir leurs armes et à se rendre sur place pour voir si la chose était véritable. Le roi décida qu'il partirait dès le lendemain avec une trentaine de chevaliers, dont monseigneur Gauvain. La reine les accompagnerait, avec ses demoiselles préférées.

Ils voyagèrent pendant six jours avant de parvenir à une demi-lieue de la Douloureuse Garde. Là, le roi fit dresser au bord de la rivière tentes et pavillons pour passer la nuit.

Le lendemain matin, le roi envoya un chevalier à la porte du château.

— Seigneur, nous laisserez-vous entrer ? demanda le messager au guetteur.

— Qui souhaite entrer ici ?

— Mon seigneur le roi Arthur !

Mais la coutume du château voulait que nul ne pût entrer avant que le maître des lieux n'en donne l'ordre. Et ce jour-là, Lancelot s'était absenté dès l'aube. Personne n'osa ouvrir, et le messager revint auprès du roi pour lui dire ce qu'il en était. Le roi fut assez mécontent et décida de rester à son campement.

Au bout de quelques heures, un groupe de chevaliers s'en vint trouver la reine.

— Dame, l'heure avance et le roi n'a plus envoyé personne à cette porte. Qu'allons-nous faire ?

— Vraiment, je n'ose le déranger, car il est absorbé dans ses pensées. Mais nous pourrions peut-être nous approcher du château.

La reine partit donc avec un petit groupe de chevaliers, parmi lesquels se trouvait le sénéchal Keu. Ils arrivèrent devant la porte du château au même moment que le chevalier blanc, portant au cou l'écu d'argent à une bande vermeille. S'avançant vers la porte, il vit la reine.

— Dame, que le seigneur Dieu vous bénisse !

— Qu'il vous bénisse aussi.

— Voudriez-vous entrer dans ce château ?

— Assurément.

— Par Dieu, la porte vous sera grande ouverte.

Et il entra par une petite poterne[1] sur le côté, pensant aller trouver le guetteur pour qu'il ouvre la grande porte à la reine et à son cortège. Mais quand il fut monté au poste de garde, sur le rempart au-dessus de la porte, il fut si bouleversé de voir la reine

1. Petite porte étroite pratiquée dans une enceinte et pouvant être défendue par un seul homme à pied. Les grandes portes de la ville, au contraire, permettent de pénétrer à cheval.

qu'il resta en extase, sans plus penser à donner aucun ordre.

Pendant ce temps, la reine attendait devant la porte toujours close. Pensant que le chevalier s'était moqué d'elle, elle voulut s'en retourner et fit part de son intention à Keu. Levant les yeux, le sénéchal vit le chevalier au-dessus de la porte.

— Seigneur chevalier, comment osez-vous vous moquer de ma dame ?

Mais le chevalier ne l'entendait pas. Par chance, la demoiselle Saraïde n'était pas loin, et elle lui secoua le bras.

— Vous n'entendez donc pas ce que vous dit ce chevalier ?

— Quel chevalier ?

Elle lui montra Keu du doigt.

— Et que dites-vous ? demanda à Keu le chevalier blanc.

— Je dis que vous offensez gravement ma dame la reine en ne faisant pas ouvrir cette porte comme vous l'avez promis !

À ces mots, le chevalier réalisa son erreur. Il pensa devenir fou.

— Ne t'ai-je pas donné l'ordre d'ouvrir à ma dame la reine ? demanda-t-il au guetteur.

— Seigneur, à aucun moment !

— Ouvre vite, ouvre ! Et que cette porte ne soit plus jamais fermée !

La reine put enfin faire son entrée. Des chevaliers étaient allés prévenir le roi que les portes étaient ouvertes, et bientôt tous purent pénétrer dans la ville.

Mais le chevalier blanc n'était plus là pour leur faire les honneurs de la cité qu'il avait conquise. Éperdu de honte et de douleur, persuadé d'avoir offensé la reine de façon impardonnable, il avait disparu.

Le roi et la reine furent conduits au palais. Mais partout ils virent un étrange spectacle. Tous, dames, demoiselles et chevaliers, pleuraient en silence.

— Comme c'est étrange, dit le roi à la reine. Nous ne savons toujours rien du mystère de ce château.

À ce moment, le chevalier blanc traversa la cour sur son cheval, pour sortir de la ville. Un cri s'éleva de la foule :

— Prenez-le ! Prenez-le !

Ils se précipitèrent aussitôt pour fermer les portes et les verrouiller solidement. Le chevalier blanc fut obligé de revenir vers l'entrée du palais, où se trouvaient le roi et la reine. Il se dirigeait vers eux pour les saluer, quand les gens se mirent à crier :

— Prends-le, roi ! Prends-le !

— Ces gens me disent de vous arrêter, dit le roi.

— Vous en avez le pouvoir, seigneur. Mais je vous en prie, laissez-moi aller !

Le roi était courtois, il le laissa partir. Les bourgeois[1] furent bien obligés d'ouvrir les portes pour le laisser passer. Mais quand il eut disparu, ils recommencèrent leur grand deuil.

---

1. Les *bourgeois* sont, au Moyen Âge, les habitants de la ville (*bourg*), à la différence des paysans, et aussi des nobles, qui habitent le donjon ou le palais.

Le roi et la reine, stupéfaits de cette scène étrange, demandèrent aux habitants de leur expliquer la raison de leur chagrin, et pourquoi ils voulaient tant retenir le chevalier blanc.

— C'est que lui seul peut mettre fin aux enchantements du château !

Et ils leur racontèrent par le détail comment le chevalier blanc avait conquis la Douloureuse Garde.

Le soir même, la demoiselle Saraïde alla parler en privé à la reine.

— Dame, je vous en prie, ne soyez pas irritée contre le chevalier blanc, qui vous fit attendre à la porte du château. Sa jeunesse et son inexpérience lui ont fait perdre la mesure, mais il vous est tout dévoué.

— Certes, cela peut se pardonner. Mais est-ce bien lui, le chevalier nouveau qui fut adoubé à Camaalot à la Saint-Jean ?

— Dame, c'est lui, n'en doutez pas.

— Et savez-vous son nom ?

— À vous, dame, je puis le dire : c'est Lancelot du Lac, le fils du roi Ban de Bénoïc.

6

La fin des enchantements

Lancelot passa la nuit chez un ermite des environs, affligé et tourmenté d'avoir offensé la dame qu'il aimait le plus au monde, depuis l'instant où il l'avait vue. Au matin il se décida à aller retrouver ses écuyers, qu'il avait laissés sans nouvelles de lui depuis longtemps.

Il n'avait pas chevauché depuis une journée en direction du monastère, qu'il vit venir à lui, vers l'heure de none, un écuyer monté sur un cheval de chasse couvert de sueur. Lancelot l'interpella :

— Et où cours-tu si vite ?

— À une affaire urgente.

— Et laquelle ?

— Ma dame la reine est prisonnière à la Douloureuse Garde.

— Quelle reine ?

— La femme du roi Arthur.

— Et pour quelle raison ?

— Parce que le roi Arthur a laissé partir le chevalier qui a conquis le château. Voilà qu'ils l'ont mise en prison, en dépit du roi Arthur. Ils déclarent qu'ils ne la laisseront pas sortir avant qu'elle n'ait fait revenir le chevalier. Ma dame envoie donc des messagers sur tous les chemins afin de le mander sans tarder.

— Mon ami, es-tu bien sûr que la reine sera délivrée, si le chevalier revient à la Douloureuse Garde ?

— Oui, sans aucun doute.

— Eh bien, tu l'as trouvé. Ta dame aura le chevalier qu'elle attend, ce soir ou dans la nuit, car je vais revenir avec toi au château.

Ils chevauchèrent tous deux aussi vite que leurs chevaux pouvaient les porter, et parvinrent à la nuit à la Douloureuse Garde. Passant la porte, ils entrèrent dans la ville, dont les rues étaient éclairées de torches. Les portes se refermèrent aussitôt. Lancelot se tourna vers son compagnon.

— Où est ma dame la reine ?

— Je vais vous conduire auprès d'elle, seigneur.

Ils arrivèrent au pied du palais, qui était bâti sur une roche abrupte. L'écuyer ouvrit une porte de fer très épaisse, puis il tendit au chevalier une poignée de chandelles.

— Entrez, dit-il, et éclairez-vous pendant que je referme cette porte.

Lancelot entra et regarda autour de lui. La reine n'était pas là. Mais déjà la lourde porte se refermait derrière lui. Le chevalier comprit qu'il était pris au piège, et qu'il ne sortirait pas de son plein gré. Il passa la nuit à se désoler.

Au petit matin, une demoiselle d'un certain âge vint lui parler à travers les barreaux du guichet de la porte.

— Seigneur, vous le voyez, vous êtes prisonnier. Vous ne sortirez pas d'ici avant d'avoir pris les engagements qu'on attend de vous.

— Et quels engagements ?

— Seigneur, vous avez conquis ce château. Vous auriez donc dû y ramener la paix. Et voilà que vous êtes parti !

— Et ma dame la reine ? Est-elle encore prisonnière ?

— La reine n'a jamais été prisonnière. Mais nous pensions bien que seule cette nouvelle pourrait vous faire revenir.

— Qu'attendez-vous de moi ?

— Que vous juriez de faire tout votre possible pour mettre fin aux enchantements du château.

Il ne pouvait que consentir. Les Livres saints[1] lui furent présentés devant le guichet, et il prêta serment. Après quoi on ouvrit la porte et on lui apporta un bon repas, auquel il fit honneur, car il n'avait rien mangé depuis la veille au matin.

Quand il se fut restauré, on lui expliqua l'aventure : il devait soit rester quarante jours au château, soit

1. Les *Livres saints* sont les textes sacrés des chrétiens, essentiellement la Bible.

aller chercher la clef des enchantements. Il choisit la deuxième solution.

Après l'avoir aidé à s'armer, on l'emmena dans le cimetière, là où il avait vu les tombes, le premier jour. Au bout du cimetière, sous la tour, il y avait une chapelle où débouchait un souterrain : c'est là qu'il trouverait la clef des enchantements.

Lancelot ne vit rien tout d'abord, qu'une porte béante, et une lumière plus loin. Il fit un signe de croix[1] et franchit la porte, l'épée à la main, en se protégeant le visage de son écu. Un vacarme assourdissant se déchaîna alors : le sol se mit à tournoyer, le caveau tout entier semblait prêt à s'effondrer. En se retenant au mur, il s'avança cependant jusqu'à la porte suivante, qui commandait l'entrée d'une autre chambre.

La porte était gardée par deux chevaliers de cuivre, tenant chacun à la main une grande épée de cuivre, si pesante que deux hommes n'auraient pas pu la soulever. Ils agitaient leurs épées si rapidement qu'il était impossible de passer au travers. Mais Lancelot ne trembla pas. Tenant fermement son écu au-dessus de sa tête, il s'élança. Une épée l'atteignit, fendant son écu. Le coup s'abattit sur son épaule, tranchant si durement les mailles de son haubert que le sang

1. Faire un *signe de croix*, insigne des chrétiens, pour se mettre sous la protection de Dieu : c'est le geste naturel d'un chrétien au Moyen Âge quand il doit affronter un danger, et encore plus s'il s'agit d'un prodige surnaturel, qui pourrait être l'œuvre du Diable.

vermeil se mit à couler le long de son corps. Il trébucha, heurta la terre des deux mains, mais se releva aussitôt en ramassant son épée tombée à terre.

D'un élan, il franchit la porte et se trouva devant un puits, qui dégageait une odeur fétide. Tout le vacarme dont retentissait le caveau venait de ce puits, noir et horrible, qui faisait bien sept pieds de large. À côté se tenait un homme hideux, dont la tête était noire comme de l'encre. Ses yeux et ses dents luisaient comme des charbons ardents et sa bouche vomissait des flammes bleuâtres. Il tenait à la main une énorme hache, qu'il brandit pour interdire le passage au chevalier.

Lancelot hésita un bref instant. Le puits était un obstacle extrêmement dangereux. Remettant l'épée au fourreau, il empoigna solidement par la main droite son écu, et prit son élan. Il se rua sur l'homme noir et le frappa de toutes ses forces au visage avec son écu. Déséquilibré, celui-ci laissa échapper sa hache pour se rattraper à son assaillant. Lancelot aussitôt le saisit à la gorge, de ses poings durs et forts, et le serra si vigoureusement que l'autre tomba à terre. Sans lui laisser la possibilité de se relever, Lancelot le traîna jusqu'au puits, où il fit basculer son corps.

Comme il se relevait et voulait tirer son épée du fourreau, il vit qu'il se trouvait devant une demoiselle de cuivre, façonnée avec beaucoup d'art, qui tenait dans sa main droite les clefs des enchantements. Elle était auprès d'un pilier d'airain[1] qui occupait le centre de la salle, et où était gravée cette inscription :

La grosse clef est pour le pilier
La petite ouvre le coffre périlleux

Lancelot, saisissant la grosse clef, alla ouvrir le pilier au centre duquel se trouvait le coffre. Des voix affreuses se déchaînèrent alors, poussant des cris épouvantables, qui faisaient trembler le pilier : elles venaient de trente tuyaux de cuivre qui sortaient du coffre. C'était la source des enchantements qui terrifiaient les habitants du château. Lancelot fit un signe de croix, mit la petite clef dans la serrure du coffre et souleva le couvercle. Aussitôt il en sortit, dans un grand vacarme, un tourbillon de tempête qui le fit tomber à terre, évanoui. C'était les diables du coffre qui s'enfuyaient.

Quand Lancelot revint à lui, il prit les deux clefs, celle du coffre et celle du pilier, et voulut partir. Mais voilà qu'autour de lui, tous les enchantements s'effondraient : le pilier s'abattit à terre, tandis que la demoiselle de cuivre et les deux chevaliers de cuivre tombaient en morceaux. Le chevalier sortit du caveau, puis de la chapelle. Dans le cimetière, il trouva toute la population du château qui était là pour acclamer son libérateur. Avant de quitter le cimetière, il déposa

1. L'*airain* est le nom souvent donné au bronze (mélange de cuivre et d'étain), dans l'Antiquité et au Moyen Âge.

sur l'autel[1] de la chapelle les deux clefs : les enchantements étaient bien vaincus.

Les gens du château l'emmenèrent au palais, où un accueil triomphal lui était réservé. Ils voulaient aussi lui demander pardon pour leur ruse. Lancelot demeura cette nuit-là à la Douloureuse Garde, mais le lendemain il s'en alla sans qu'on pût le retenir davantage. Les habitants étaient enfin délivrés de leur mauvaise coutume et des enchantements qui les terrifiaient, et à partir de ce jour, le château fut appelé la Joyeuse Garde.

1. Table de pierre sur laquelle les chrétiens disent la messe.

7

Lancelot prisonnier

Quand Lancelot reprit la route, il se dirigea tout d'abord vers le monastère où il avait laissé ses écuyers. Les ayant tranquillisés sur son sort, il en choisit un seul pour l'accompagner.

Un jour qu'il cheminait avec lui, ils arrivèrent vers l'heure de tierce à une chaussée[1] qui faisait bien une lieue de long. Elle traversait un grand marais profond, qui s'étendait des deux côtés. On ne pouvait passer ailleurs. À l'entrée se trouvait un chevalier, armé de toutes ses armes, qui s'approcha aussitôt de l'arrivant pour lui demander qui il était.

---

1. La *chaussée* est une levée de terre, pavée ou non, servant de route au milieu de terrains inondables ou de marécages. Seule voie de passage, son accès est souvent défendu, dans les romans, par un chevalier en armes.

— Un chevalier du roi Arthur.

— Par Dieu, vous ne passerez pas par là ! Aucun chevalier au service du roi Arthur n'empruntera ma chaussée, car je le hais plus que personne.

— Et pour quelle raison ?

— Parce qu'un chevalier de sa maison s'est engagé à faire le plus grand mal à ma famille.

— Et comment cela ?

— Un jour, un chevalier blessé s'en vint trouver le roi Arthur. Il avait dans le corps deux tronçons de lance, et une épée dans la tête, et il demanda au roi de le faire déferrer. Un chevalier du roi le fit, et il jura sur les saints Évangiles de venger le blessé de toute la parenté de son agresseur. Ce dernier est mort, mais il avait une parenté nombreuse, et le chevalier aura fort à faire !

— Comment ? Êtes-vous de ceux qui préfèrent le mort au blessé ?

— Certes ! Ce mort n'était autre que mon oncle.

— Eh bien, je vais être obligé de me battre contre vous. J'en suis désolé, car je pensais suivre mon chemin tranquillement.

— Êtes-vous donc le chevalier qui s'est engagé à venger le blessé ?

— C'est moi, sans aucun doute.

— Eh bien, vous me tuerez, ou je vengerai mon oncle.

Ils s'élancèrent l'un contre l'autre, de toute la vitesse de leurs chevaux. Le chevalier de la chaussée brisa sa lance sans ébranler son adversaire, mais Lancelot ajusta mieux son coup et le fit tomber à terre.

Le chevalier était jeune et prompt, il se releva aussitôt et tira son épée, pour continuer le combat à pied. L'assaut fut rude, et de grands coups furent échangés, sur les heaumes et les écus. À la fin le chevalier de la chaussée, durement pressé, se fatigua et dut reculer. Il avait perdu beaucoup de sang. Lancelot se jeta sur lui pour lui arracher son heaume.

— Êtes-vous prêt à déclarer que vous aimez plus le blessé que le mort ?

— Et pourquoi le ferais-je ?

— Parce que vous allez mourir, sinon.

Mais le chevalier s'obstina. Se protégeant la tête de son écu, il reprit le combat, mais sa résistance ne dura pas, et il dut céder du terrain. À nouveau, Lancelot le pressa de dire qu'il aimait le blessé plus que le mort. Il n'avait aucune envie de tuer un chevalier aussi brave. Mais celui-ci refusa encore et continua à combattre, la tête découverte. Lancelot le frappa alors si durement qu'il lui fendit la tête en deux jusqu'aux dents, le laissant mort au milieu de la chaussée.

Lancelot revint à son cheval, que tenait son écuyer, et tous deux se remirent en route. Après avoir chevauché quelque temps, ils approchèrent d'une cité qu'on appelait le Puy de Malehaut. Ils furent alors dépassés par deux écuyers au grand galop, portant l'un l'écu, l'autre le heaume du chevalier de la chaussée. Les deux hommes s'engouffrèrent par la porte de la ville, et, peu de temps après, une grande clameur s'éleva de la cité. Lancelot, qui arrivait au petit trot, vit surgir par la porte une troupe de quarante hommes, des chevaliers aussi bien que des sergents, qui se précipitèrent sur lui en l'injuriant. Son cheval fut bientôt tué d'un coup de lance, et il se retrouva à pied. Il se défendit avec acharnement, mais les autres le serraient de si près qu'il dut mettre deux fois un genou à terre. Malgré ses efforts, Lancelot allait succomber sous le nombre, quand survint la dame de la ville.

— Seigneur chevalier, rendez-vous ! lui dit-elle.

— Et pour quelle raison, dame ? Quel crime ai-je commis ?

— Vous avez tué le fils de mon sénéchal, à l'entrée de cette chaussée.

— Dame, j'en suis désolé, mais je ne pouvais faire autrement.

— Rendez-vous à moi, reprit-elle. C'est ma volonté, et vous ne pouvez rien faire d'autre.

Il lui tendit son épée, et plus personne n'osa le toucher. La dame l'emmena prisonnier, et le plaça dans une geôle qui était au bout de la grande salle de son château.

C'était une geôle de pierre de bonne dimension, large de deux toises[1] en tous sens. Deux larges fenêtres vitrées permettaient de voir ce qui se passait dans la salle, mais vers l'extérieur, elle était fermée de solides barreaux de fer. Le prisonnier pouvait se déplacer à l'intérieur, mais il était attaché par le pied à une longue chaîne rivée à un anneau scellé dans la muraille.

---

1. Unité de longueur valant environ 2 m.

Troisième partie

GALEHAUT, SEIGNEUR DES ÉTRANGES ÎLES

1

Le défi de Galehaut

Le roi Arthur séjournait à Camaalot. Une nuit, un songe étrange vint le visiter. Il rêva que tous ses cheveux tombaient de sa tête, ainsi que les poils de sa barbe. Il fut fort effrayé, mais résolut de ne pas en tenir compte. Trois jours plus tard, il songea que tous ses doigts, sauf les pouces, lui tombaient des mains. Il fut encore plus épouvanté que la première fois. Trois jours après, il songea qu'il perdait tous ses doigts de pied, excepté les gros orteils.

Il en parla à son chapelain, qui lui dit :

— Seigneur, ce n'est qu'un songe, ne vous tourmentez pas !

La reine, consultée, lui fit la même réponse.

Mais le roi n'en resta pas là. Il fit convoquer ses

clercs[1] les plus savants et leur raconta ses songes. Comme ceux-ci restaient perplexes, le roi les fit mettre sous bonne garde et jura qu'ils resteraient prisonniers tant qu'ils n'auraient pas fourni de réponse à ses questions.

Après trois jours de réflexion, ils revinrent trouver le roi, et le plus savant, qui était aussi le plus âgé, prit la parole :

— Seigneur, nous vous dirons ce que nous avons trouvé. Mais vous devez nous assurer d'abord qu'il ne nous sera fait aucun mal.

Le roi jura. Le clerc reprit :

— Nous vous dirons la vérité sans mentir d'un mot, seigneur, mais nous serions bien heureux si les événements nous donnaient tort, soyez-en certain.

— Parlez sans crainte !

— Seigneur, sachez que vous allez perdre tout honneur terrestre. Ceux des vôtres en qui vous avez confiance vous feront défaut malgré eux. Voilà ce qui doit se passer.

Le roi fut frappé de stupeur.

— Et n'y a-t-il aucun moyen d'éviter ces grands malheurs ?

— Seigneur, il existe un remède, mais il nous est impossible de le discerner maintenant. Dieu vous le fera connaître en son temps.

1. Les *clercs* sont des hommes instruits, des hommes d'Église, puisque c'est l'Église au Moyen Âge qui possède et diffuse le savoir.

Quelque temps après, le roi reçut un messager de la Dame des Marches. Elle lui faisait savoir que Galehaut, le fils de la Géante, avait envahi sa terre et l'avait entièrement conquise, à l'exception de deux châteaux, situés à l'écart. Elle s'était réfugiée dans l'un d'eux et lui demandait secours, comme à son seigneur lige.

— J'irai lui porter secours, dit le roi. Je partirai cette nuit ou demain, avec la reine et tous ceux qui sont ici. Combien d'hommes Galehaut a-t-il avec lui ?

— Seigneur, dirent les conseillers du roi, il a bien cent mille cavaliers[1]. Prenez garde ! Vous n'avez ici que les gens de votre maison.

— Seigneurs, quand on envahit ma terre ou celle de mes vassaux, il n'y a pas un instant à perdre. Et que Dieu m'abandonne si j'hésite !

Dès le lendemain, le roi se mit en route avec les sept mille soldats dont il pouvait disposer immédiatement, mais il avait convoqué ses gens par toutes les terres, proches et lointaines. Il arriva après plusieurs jours au château de la Dame des Marches, où il fut accueilli avec le soulagement qu'on peut penser.

Galehaut, apprenant l'arrivée du roi Arthur, fit protéger son camp par des grillages de fer, afin de ne pas être assailli par derrière. Il convoqua ses vassaux, trente rois qu'il avait soumis.

— Seigneurs, le roi Arthur est arrivé, mais sans

1. Tous les chiffres donnés par les romans sont fortement exagérés. Les armées de l'époque n'étaient pas aussi nombreuses. Par exemple, au XIe siècle, Guillaume le Conquérant conquiert l'Angleterre avec une armée de sept mille hommes.

grand monde avec lui. J'aurais peu d'honneur à triompher dans ces conditions. Je n'enverrai donc qu'une partie de mes troupes.

Il fut décidé que le lendemain, seul serait engagé le roi aux Cent Chevaliers, avec ses dix mille hommes.

Le lendemain, ils étaient en position, prêts à attaquer. Monseigneur Gauvain se rendit auprès du roi :

— Seigneur, les chevaliers de Galehaut viennent nous attaquer, mais sans Galehaut lui-même. Vous n'avez pas à y être.

— C'est juste, fit le roi. C'est vous qui le ferez. Prenez la tête de nos hommes, et alignez vos corps de bataille[1] adroitement, car ils sont plus nombreux que nous.

Gauvain passa la rivière à l'endroit des gués[2], puis il forma les rangs, alignant ses troupes. Les hommes de Galehaut déboulèrent en désordre, et Gauvain envoya contre eux un corps de bataille, puis un deuxième, puis un troisième. La mêlée commença. Quand il eut engagé tous ses combattants, Gauvain se lança dans la bataille. Il accomplit des prouesses, et avec lui les chevaliers de la maison du roi. Les gens de Galehaut, malgré leur nombre, ne purent soutenir l'assaut et finirent par abandonner le terrain. Voyant

---

1. Lors d'une bataille, les combattants, chevaliers et simples hommes d'armes, sont formés en groupes plus ou moins bien rangés sous l'autorité d'un chef. C'est ce que nous appellerons un bataillon.

2. Endroit où la rivière est moins profonde, et où l'on peut la traverser à cheval. Les ponts sont rares au Moyen Âge.

cette déroute, le roi aux Cent Chevaliers fut obligé d'envoyer un message à Galehaut pour obtenir du renfort. Gauvain et ses compagnons virent donc arriver une troupe toute fraîche de trente mille soldats, qui galopaient vers eux à bride abattue. La bataille reprit, acharnée. Les gens du roi Arthur frappaient furieusement, mais ils finirent par être submergés par le nombre. Obligés de repasser le gué, ils se replièrent vers la cité, poursuivis par leurs adversaires jusque devant la porte. Monseigneur Gauvain leur tint tête jusqu'à ce que les gens du roi aient pu rentrer dans le château. Quand il accepta enfin de rentrer lui-même, il était si brisé par les prodiges de vaillance accomplis dans la journée, qu'il tomba de cheval, évanoui. Le roi et la reine le firent emporter à son logis, très inquiets de son état.

Les hommes de Galehaut leur avaient infligé des pertes sévères et fait de nombreux prisonniers.

2

Le chevalier aux armes vermeilles

La cité de Malehaut, où Lancelot était retenu prisonnier, était située à quelques lieues du château de la Dame des Marches. La dame qui le possédait avait été mariée, mais son époux était mort, et elle gouvernait sa terre avec beaucoup de sagesse, aimée et estimée de tous.

La nuit qui suivit le combat entre les armées du roi et celles de Galehaut, les chevaliers du pays vinrent au Puy de Malehaut, et rapportèrent des nouvelles de la rencontre. Ils louèrent fort monseigneur Gauvain, qui s'était montré le meilleur de tous les chevaliers présents.

Le prisonnier demanda à parler à la dame, qui accepta de le recevoir.

— Dame, je suis votre prisonnier, et j'ai une requête à vous présenter : je voudrais être mis à rançon[1]. J'ai entendu dire que le roi Arthur et ses compagnons sont dans le pays. Certains d'entre eux, je pense, seraient prêts à payer ma rançon.

— Seigneur chevalier, je ne vous ai pas pris pour obtenir une rançon, mais pour faire bonne justice. Vous avez commis un grave crime.

— Dame, je ne puis nier le fait, mais je ne pouvais agir autrement sans déshonneur.

— Et pour quelle raison voulez-vous tant être libéré ?

— Dame, j'ai entendu dire, par les chevaliers présents dans votre salle, que le combat doit reprendre dans deux jours. Si vous l'acceptiez, je pourrais m'y rendre et je m'engagerais à revenir me constituer prisonnier le soir même, à moins d'en être physiquement empêché.

— Je veux bien vous l'accorder, mais à condition que vous me disiez votre nom.

— Je ne le peux pas, mais je jure que je vous le dirai aussitôt que ce sera possible.

— Eh bien, j'accepte que vous alliez à l'assemblée. À condition que j'aie votre serment de revenir dans ma prison.

Il prêta serment et la dame fit préparer pour lui

1. Il est courant, au Moyen Âge, de relâcher contre *rançon* un prisonnier (surtout à l'issue des tournois et des guerres) : une grosse somme d'argent est payée par ses parents ou ses amis.

un cheval et un écu vermeil, qu'elle lui remit le surlendemain, avec les armes qu'il portait à son arrivée. Au matin, à l'aube, il se dirigea vers la cité de la Dame des Marches. Parvenu au bord du gué, il s'arrêta et s'appuya sur sa lance.

À l'extérieur de la cité, au-dessus du gué, se trouvait une bretèche[1] que le roi Arthur avait fait aménager, afin qu'elle lui serve de tribune pour observer la bataille. Il s'y rendit en compagnie de la reine, des dames, et de Gauvain, qui était encore fort mal en point de ses blessures.

Les troupes de Galehaut s'avancèrent en bon ordre. Galehaut avait décidé d'engager dans la bataille ceux qui ne s'étaient pas battus l'autre jour, soit soixante mille hommes. À leur tête était le roi qu'il avait soumis jadis en premier, et qu'on nommait depuis le roi Premier Conquis. Face à eux, l'armée du roi Arthur passa le gué pour engager l'assaut. La mêlée commença.

Lancelot était toujours au bord du gué. Il avait aperçu la reine dans la tribune, et il restait là figé, sans plus songer à rejoindre le combat. Des valets à pied l'interpellèrent :

— Seigneur chevalier, qu'attendez-vous ?

Il ne les entendit même pas. Un garçon, croyant avoir affaire à un pauvre idiot, se baissa pour attraper une motte de terre de la berge, et la lança contre son heaume.

— Espèce de bon à rien, à quoi songez-vous ?

1. Construction en bois servant à la défense, à l'avant d'une tour ou d'un château.

Le choc fit sortir Lancelot de son rêve éveillé. Il entendit la clameur de la bataille. Il piqua des deux vers le roi Premier Conquis et abaissa sa lance. Le roi l'atteignit en pleine poitrine, mais Lancelot fut à peine ébranlé. Sa lance frappa l'écu du roi, qui tomba à la renverse. Ses gens, le voyant à terre, durent le secourir en hâte.

La mêlée dura longtemps. Les bataillons du roi Arthur se heurtaient partout à ceux de Galehaut, impatients d'en découdre. Les chevaliers d'Arthur accumulaient les prouesses, et ils en avaient besoin, car ils étaient moins nombreux : vingt mille contre soixante mille. Ils faisaient des merveilles, mais parmi eux, celui qui l'emporta sans conteste fut le chevalier aux armes vermeilles. À la nuit tombée, cependant, il disparut sans qu'on puisse savoir où il était passé.

Au soir de la bataille, le roi Arthur vit bien que la situation n'était pas en sa faveur. Malgré toute la vaillance déployée, ses troupes commençaient à s'épuiser. Comme le songe le lui avait prédit, ses soutiens les plus fidèles lui faisaient défaut malgré eux, et il risquait fort de perdre sa terre et son honneur.

Mais, pendant ce temps, Galehaut s'adressait à ses vassaux :

— Seigneurs, ce n'est pas ainsi que je veux vaincre le roi Arthur. Il n'a pu réunir tous ses combattants, et il lui manque des troupes. Si je devais conquérir son royaume dans ces conditions, je n'y gagnerais aucune gloire, seulement la honte.

— Et que ferez-vous, seigneur ?

— Je vais lui consentir une trêve d'une année. Au

bout de ce délai, il aura réuni toutes ses forces armées, et la bataille pourra reprendre entre nous.

Galehaut envoya donc au roi Arthur ses deux émissaires : le roi aux Cent Chevaliers et le roi Premier Conquis.

— Seigneur, dit le premier, celui qui nous envoie est notre seigneur Galehaut, le fils de la Géante, le seigneur des Étranges Îles. Il s'étonne qu'un roi aussi puissant que vous défende sa terre avec une aussi pauvre compagnie. Vous êtes trop à votre désavantage, et il n'aurait aucun honneur à vous vaincre. Il vous accorde donc une trêve d'une année, et à cette date vous amènerez sur le terrain toutes vos armées et lui les siennes. Alors seulement il s'emparera de votre terre, et il fera tout pour avoir dans sa maison le chevalier aux armes vermeilles vainqueur de l'assemblée[1].

— Seigneur, j'ai bien entendu votre message. S'il plaît à Dieu, jamais votre seigneur n'aura pouvoir sur ma terre.

L'entretien s'arrêta là. Le lendemain, Galehaut levait le camp avec ses armées pour regagner son pays.

---

1. On nomme souvent ainsi une rencontre armée, une bataille.

3

Le roi Arthur et le prudhomme

Le roi Arthur était partagé entre la joie et l'inquiétude. Joie de cette trêve qui lui était consentie, mais inquiétude à l'idée que Galehaut puisse lui ravir un chevalier d'une valeur aussi exceptionnelle.

Il en était là de ses pensées quand on lui annonça la venue d'un prudhomme de grande sagesse. Le roi pensa qu'il avait fort besoin de réconfort et de conseils, et que Dieu lui envoyait ce secours. Il partit donc à sa rencontre avec une suite nombreuse et, dès qu'il le vit, il le salua avec la plus grande courtoisie. Mais le prudhomme lui répondit d'un ton courroucé :

— Je n'ai cure de ton salut, et je ne te salue pas, car tu es un misérable pécheur[1]. Et tu risques d'en

1. Celui qui a commis des péchés, qui s'est mal conduit par rapport à ce qu'ordonne la religion.

recevoir le salaire, car tu es bien près de perdre ton royaume et ton honneur.

Chacun s'écarta, laissant le roi en compagnie du prudhomme.

— Maître, dit le roi, expliquez-moi pourquoi vous ne voulez point de mon salut, et pourquoi je suis un aussi vil pécheur.

— Je vais te le dire. Tu dois savoir que ton royaume ne te vient d'aucun homme mortel. C'est Dieu qui te l'a confié pour que tu en fasses bonne garde. Et toi, tu le détruis au lieu de le défendre. Tu honores les riches et les déloyaux, alors que le pauvre et le faible ne peuvent venir jusqu'à toi. Tu dédaignes les petits chevaliers de ta terre, et pourtant c'est par eux que ton royaume peut être maintenu. Ceux-là te feront défaut, si tu n'y portes remède.

— Ah ! cher maître, je suis épouvanté. Que ferai-je si mes hommes m'abandonnent ? Conseillez-moi, pour l'amour de Dieu !

— Tu demandes mes conseils, mais à quoi bon si tu ne les suis pas ?

— Je ferai tout ce que vous me direz.

— Voici comment tu feras : tu iras dans toutes les bonnes villes de ton royaume, et là, tu écouteras les plaintes de tous, petits et grands, pauvres et riches, et tu rendras à chacun selon son droit, en bonne justice. Tu gagneras ainsi le cœur des petites gens. Puis tu feras venir les humbles chevaliers comme les plus hauts hommes. Si tu vois qu'un prudhomme vit dans le dénuement avec pour toute richesse sa prouesse, tu iras t'asseoir à côté de lui pour l'honorer.

Tu lui feras largesse de tes deniers, en lui donnant terre ou rente pour satisfaire ses besoins. Au vavasseur, aisé dans sa maison, tu donneras chevaux et riches vêtements. Surtout prends garde à lui offrir un cheval que tu aies monté. Il pourra dire ainsi qu'il a un palefroi que le roi chevauchait. Pour les hauts hommes, rois, ducs et barons[1], tu réserveras les vaisselles précieuses, les riches vêtements de soie, les joyaux, et les beaux faucons dressés pour la chasse. Donne-leur de beaux objets qui leur plaisent, car ils ont déjà tout ce qui est véritablement utile. Voilà comment tu devras régler tes dons, en faisant à chacun largesse selon son rang et ses besoins. Et que la reine en fasse autant, de son côté, pour les dames et les demoiselles. Mais surtout, veille à faire à tous bon visage, car un présent fait en rechignant ne mérite aucune reconnaissance.

— Maître, je vois bien que vous parlez avec sagesse. J'agirai selon vos conseils.

— Je t'ai dit comment tu regagnerais la confiance des hommes de ton royaume. Mais il me reste à t'enseigner le chemin qui te ramènera à Notre Seigneur. Va dans ta chapelle, et fais venir tes hauts seigneurs et tes meilleurs hommes d'Église. Confesse-toi devant eux tous de tes péchés, et prends bien garde à te repentir[2] d'un cœur sincère. N'oublie pas, surtout, le grand péché que tu fis jadis en ne portant

1. Les *barons* sont les seigneurs les plus puissants du royaume.

2. Chez les chrétiens, la *confession* consiste à avouer ses

pas secours à ton homme lige, le roi Ban de Bénoïc. Il est mort à ton service, et sa femme, déshéritée par ta faute, s'est faite nonne, après qu'on eut volé son enfant au maillot, le petit Lancelot. Tous ces malheurs sont advenus par toi.

Alors le roi pensa à la faute qu'il avait commise contre son homme lige, le roi Ban, une faute qu'il avait oubliée depuis longtemps, et il éprouva une grande honte. Il fit convoquer ses barons et ses hommes d'Église dans la chapelle, et il se présenta à eux pieds nus et en chemise[1]. Là, il se jeta à leurs pieds en versant des larmes, et confessa ses péchés. Ils l'écoutèrent en pleurant de pitié et lui accordèrent absolution et pénitence[2].

De retour à Camaalot avec sa cour, le roi Arthur se mit à réfléchir aux moyens de mettre en application les conseils du prudhomme. Mais un autre souci le

---

péchés à un prêtre, qui a le pouvoir d'accorder le pardon de Dieu. Elle est dictée par le *repentir*, ou regret des péchés. La confession publique, comme ici, est rare, et donc particulièrement solennelle. Elle peut avoir lieu quand les fautes du roi ont mis en péril le royaume.

1. Ces gestes sont des actes de pénitence : marcher sans chaussures est pénible et douloureux ; se dépouiller des riches vêtements conformes à son rang social pour aller en chemise est humiliant. Le roi fait pénitence : il s'oblige à quelque chose de pénible pour marquer son regret d'avoir péché, et demander le pardon de Dieu.

2. L'*absolution* est le pardon de Dieu, prononcé par le prêtre. Puis celui-ci donne une *pénitence*, sorte d'épreuve à accomplir en réparation des péchés commis.

tourmentait. Il pensait au vaillant chevalier qui avait surpassé tous les autres lors de la dernière assemblée. Il s'en ouvrit à monseigneur Gauvain.

— Mon cher neveu, on avait coutume de dire que ma cour rassemblait les meilleurs des meilleurs. Mais ce n'est plus vrai, puisque le meilleur chevalier du monde n'en fait pas partie.

— Vous avez raison, seigneur. Avec l'aide de Dieu, vous aurez ce chevalier.

Et monseigneur Gauvain s'engagea à chercher sans relâche, pendant un an s'il le fallait, le chevalier aux armes vermeilles.

4

La Dame de Malehaut

Au soir de la bataille, Lancelot avait regagné sa prison tard dans la nuit. Il était rentré discrètement et s'était couché aussitôt, sans même manger, car il était épuisé et perclus de douleurs.

Cette nuit-là, de nombreux chevaliers que la dame avait envoyés au combat rentrèrent au Puy de Malehaut. Aux questions de la dame, ils répondirent que le grand vainqueur de la journée avait été sans conteste le chevalier aux armes vermeilles.

Dès que les chevaliers furent partis se reposer, la dame s'adressa à sa jeune cousine, qui l'aidait à gouverner sa maison.

— Chère cousine, ne pensez-vous pas qu'il s'agit de notre prisonnier ?

— Dame, c'est bien possible.

— Ma foi, j'aimerais le savoir. S'il a vaincu tant de

monde, il doit en porter les traces, sur son corps et sur ses armes. Allons le voir, mais prenons garde que personne ne le sache !

La dame renvoya ses serviteurs et resta seule avec la demoiselle, à qui elle confia une poignée de chandelles. Elles allèrent à l'écurie où elles virent le destrier, tout couvert de plaies à la tête, au poitrail et aux flancs. Couché devant sa mangeoire, il était si mal en point qu'il restait là sans manger ni boire.

— On voit qu'il a beaucoup souffert au combat, dit la demoiselle.

— Par Dieu, c'est le cheval d'un vrai preux !

Elles entrèrent dans la salle où les armes avaient été abandonnées. Elles virent le haubert déchiré, avec de gros trous aux épaules, l'écu fendu, tailladé de coups d'épée et troué de coups de lance. Le heaume tout cabossé, avec son nasal[1] arraché, ne pourrait manifestement plus servir à personne.

— Ces armes n'ont pas été portées par un paresseux ! s'exclama la demoiselle.

— Vous voulez dire que ce sont celles d'un chevalier hors pair ! Mais venez, allons le voir. Son corps nous dira la vérité sur sa vaillance.

Elles arrivèrent à la porte de la geôle, qui n'avait pas été refermée. La dame, levant la chandelle qu'elle avait à la main, vit que le chevalier dormait profondément. Il s'était couché tout nu dans son lit, et sa couverture était repoussée jusqu'à la taille, à cause de la chaleur. Elle se pencha au-dessus de lui et vit son

1. Partie du heaume protégeant le nez.

visage tuméfié et meurtri par le heaume, le nez et le cou écorchés, les épaules entaillées par la lame des épées, les bras bleuis par les coups reçus, les poings enflés et pleins de sang.

Elle jeta un regard vers sa cousine, et eut un petit rire.

— Mais que voulez-vous faire, dame ? dit la jeune fille.

— Eh bien, je n'aurai jamais plus belle occasion de lui donner un baiser !

— Quelle folie ! C'est trop de témérité, dame. Songez à votre rang !

— Pour un tel prudhomme, aucune faveur n'est excessive.

— Mais s'il se réveillait ? Et s'il refusait cette faveur ? La honte serait pour vous.

La dame écouta la leçon de la jeune fille et rentra avec elle dans ses appartements. Mais elle ne cessa de lui parler du chevalier et c'est en vain que l'autre essayait de détourner la conversation. La demoiselle comprit que la dame était amoureuse de lui et tenta de la ramener à la raison.

— Dame, l'imagination a trompé bien des gens. Rien ne vous dit que le chevalier pense à vous.

— Par Dieu, je crois que ses pensées sont placées bien plus haut que l'on ne peut l'imaginer.

La dame ne pouvait détacher de lui son esprit, et elle se demandait pour quoi et pour qui le chevalier faisait toutes ces prouesses. Elle aurait voulu que ce fût pour elle, mais il lui semblait que son cœur était si fier qu'il ne pouvait aimer qu'en très haut lieu.

Elle ordonna un jour qu'on le sorte de sa geôle et, pour l'honorer, le fit asseoir à son côté.

— Seigneur chevalier, je vous ai longtemps tenu en prison à cause du crime que vous aviez commis. Mais je vous ai traité avec honneur, en dépit de mon sénéchal et de sa parenté, qui auraient souhaité pour vous une prison plus dure. Vous me devez quelque reconnaissance.

— Dame, je suis prêt à être votre chevalier comme il vous plaira.

— Eh bien, répondez à mes questions. Dites-moi qui vous êtes et quels sont vos desseins. Si ces choses doivent rester secrètes, soyez sûr de ma discrétion.

— Dame, de grâce ! Il n'est personne au monde à qui je puisse le dire.

— Vraiment ?

— Dame, vous ferez de moi ce que vous voudrez, mais je ne le dirai pas, dût-on me couper la tête.

— Eh bien, tant pis pour vous ! Par ma foi, vous ne sortirez pas d'ici avant la grande assemblée qui opposera le roi Arthur et Galehaut. Si vous m'aviez répondu, je vous aurais libéré aujourd'hui même.

Et elle le laissa aller en feignant d'être très courroucée. Elle avait appris que monseigneur Gauvain avait sillonné le pays pour le compte du roi Arthur, à la recherche du chevalier aux armes vermeilles. Elle se sentait fière d'avoir sous sa garde ce chevalier sans pareil que chacun souhaitait avoir. Mais elle savait bien qu'elle ne pourrait le retenir plus longtemps, car la date de la rencontre approchait. Elle le fit amener à elle.

— Vous pouvez garder vos secrets, seigneur chevalier. Quoi qu'il en soit, j'en ai suffisamment appris sur votre compte pour accepter de vous libérer contre rançon.

— Dame, soyez-en remerciée. Quelle rançon exigerez-vous ?

— Trois rançons me semblent possibles, et il vous faudra choisir l'une des trois si vous voulez sortir d'ici. La première est que vous me disiez qui vous êtes. La seconde que vous me disiez qui vous aimez d'amour.

— Dame, soupira-t-il, je vois que vous ne voulez pas me rendre la liberté ! Je ne vous dirai pour rien au monde qui je suis, et, si j'aimais d'amour, vous ne sauriez jamais qui.

— Alors voyons si la troisième rançon vous paraîtra plus acceptable : c'est que vous accomplissiez, pour le roi Arthur, autant de prouesses à l'assemblée qui vient que lors de la précédente.

— Dame, à cela je me soumettrai volontiers.

— Vous resterez donc ici jusqu'à la date de l'assemblée. Je vous fournirai alors un bon cheval et toutes les armes qu'il vous faudra. À vous de me dire comment vous les voulez.

— Dame, je souhaiterais avoir des armes entièrement noires.

Et Lancelot se retira dans sa prison, où il resta jusqu'au jour de la bataille.

5

Le chevalier noir

Le roi Arthur avait passé l'année à mettre en application les conseils du prudhomme. Il avait parcouru son royaume en s'arrêtant dans toutes ses villes pour y rendre la justice. Il avait honoré de mille manières ses vassaux et regagné leurs cœurs. Tous affirmaient qu'ils donneraient leur vie plutôt que de laisser le roi perdre sa terre. Quinze jours avant que la trêve n'expire, ils se rassemblèrent au lieu fixé, avec tous les hommes qu'ils avaient pu réunir.

Monseigneur Gauvain était revenu de sa quête pour prêter main-forte au roi, déçu et honteux de n'avoir pas trouvé le chevalier aux armes vermeilles. Mais il était prêt à tout faire maintenant pour éviter que son seigneur ne perde sa terre. C'est lui qui fut désigné par Arthur pour mener le combat le premier jour.

De son côté, Galehaut avait rassemblé des troupes

encore plus nombreuses que la dernière fois. Il décida que, le premier jour, il ne participerait pas à la bataille, et que ce serait le roi aux Cent Chevaliers qui mènerait les trente mille hommes qui seraient engagés.

Le lendemain, chacun alla s'équiper après avoir entendu la messe, et le combat commença de bonne heure. En peu de temps il y eut cinquante mille hommes engagés. Les gens d'Arthur n'étaient que vingt mille, et pourtant ils avaient le dessus. Le roi Premier Conquis entra dans la bataille, mais il fut obligé de reculer devant l'assaut de Gauvain. Voyant que ses troupes se débandaient, Galehaut en fit envoyer de nouvelles, qui arrivèrent au galop. Les hommes du roi résistèrent un certain temps, puis commencèrent à donner des signes de faiblesse. Gauvain, malgré toute l'énergie qu'il déployait, allait être obligé de céder la place, quand arriva Yvain, à la tête d'un nouveau bataillon. La mêlée recommença, et les uns et les autres se battirent avec acharnement.

La bataille dura ainsi la journée entière, puis le soir tomba. Les deux armées se retirèrent, car tous étaient recrus de fatigue. Monseigneur Gauvain avait payé de sa personne comme aucun autre. Il se tenait encore sur son cheval, mais le sang lui coulait par le nez et la bouche. Le roi, bouleversé de le voir dans cet état, voulut lui parler, mais Gauvain tomba évanoui à l'entrée de sa tente. Les médecins, appelés à la hâte, le couchèrent et l'examinèrent : il avait deux côtes cassées et respirait à grand-peine. Ses blessures étaient telles qu'on se demandait s'il passerait la nuit.

Les chevaliers de la Dame de Malehaut revinrent à la cité avec ces tristes nouvelles : monseigneur Gauvain était gravement touché, blessé à mort peut-être.

Le prisonnier, apprenant cela, parvint à parler à la dame.

— Dame, est-il vrai que monseigneur Gauvain est mort ?

— Non, mais on craint fort pour sa vie.

— Quelle douleur si un prudhomme comme lui mourait ! Vous m'aviez promis de m'envoyer à cette assemblée. Dame, vous m'avez trahi !

— Non, je m'acquitterai de ma promesse. L'assemblée reprendra dans deux jours et vous y serez. Vous utiliserez le cheval et les armes que je vous ai fait préparer, et vous rejoindrez d'une traite le champ de bataille.

Le surlendemain, Lancelot quitta le Puy de Malehaut. La dame était partie la veille, car elle voulait se joindre à la cour du roi pour assister au combat. Elle fut accueillie avec joie par le roi et la reine, qui l'emmenèrent sur sa demande voir monseigneur Gauvain. Le blessé semblait avoir repris quelques forces et elle en fut très heureuse.

Au matin du combat, le roi était soucieux, car il avait perdu beaucoup de chevaliers lors de la précédente rencontre. La reine, la Dame de Malehaut et beaucoup d'autres dames et demoiselles allèrent s'installer à la bretèche qui dominait le gué, servant de tribune. Avec elles se trouvait monseigneur Gauvain qui, malgré ses blessures, n'aurait renoncé pour rien au monde à observer la bataille. Les chevaliers du roi avaient passé la rivière et les combats commencèrent.

Lancelot était arrivé au lever du soleil, et il avait repris au bord de la rivière la place qu'il occupait la dernière fois. Il s'appuya sur sa lance et, levant les yeux, se mit à contempler tendrement la bretèche.

La Dame de Malehaut l'aperçut et le reconnut bien.

— Par Dieu, s'exclama-t-elle, que fait ce chevalier au bord de la rivière ? Qu'attend-il pour s'engager, d'un côté ou de l'autre ?

Monseigneur Gauvain se fit approcher du bord de la bretèche pour regarder le chevalier noir pensif, appuyé sur sa lance. Mais la reine restait soucieuse. La Dame de Malehaut reprit :

— Dame, vous devriez demander à ce chevalier que, pour l'amour de vous, il montre sa valeur par les armes.

— Ma chère, je n'ai pas le cœur à ces défis et à ces jeux, qui nous réjouissent habituellement. J'ai trop de soucis à cette heure : mon neveu Gauvain est couché ici dans un état alarmant, et mon seigneur le roi est en danger de perdre sa terre. Faites-le vous-même, avec ces dames, si cela peut les distraire.

L'idée plut aux dames, et elles firent donc transmettre la demande par un message confié à un écuyer, avec deux lances que Gauvain voulut envoyer au chevalier noir.

Dès qu'il eut reçu le message, il se carra solidement dans ses étriers, tourna son regard vers la bretèche, et s'élança vers le champ de bataille. Monseigneur Gauvain dit à la reine :

— Dame, je n'ai jamais vu de chevalier d'aussi belle allure. Sauf peut-être le chevalier aux armes vermeilles de l'an passé.

Toutes les dames se mirent aux créneaux pour voir le chevalier. Impétueux, il galopait vers un groupe d'une bonne centaine de chevaliers. Là, il plongea au milieu d'eux, frappant l'un, renversant l'autre avec son cheval. Sa lance se brisait, il continuait de frapper avec les tronçons. Quand il n'eut plus rien dans son poing, il galopa vers l'écuyer qui l'accompagnait pour se saisir d'une seconde lance et replonger au milieu des ennemis. Il jouta si adroitement avec ses trois lances que certains s'interrompirent pour l'admirer. Quand la troisième lance fut brisée, il revint au petit trot vers la rivière, et leva les yeux vers la bretèche.

— Ma foi, dit la Dame de Malehaut, il nous fait clairement comprendre qu'il n'en fera pas plus pour nous.

— Avez-vous vu ce chevalier ? dit Gauvain à la reine. C'est le plus vaillant du monde. Vous avez eu tort, dame, de ne pas vouloir être nommée dans le message qui lui fut porté. Sachez que si un chevalier peut sauver le royaume de Logres[1], c'est bien celui-ci. Et vous, vous n'avez pas daigné lui demander de combattre pour l'amour de vous !

— Et que dois-je faire ?

---

1. Nom donné au royaume d'Arthur, et plus précisément à l'Angleterre.

— Dame, faites porter votre salut à ce chevalier, et suppliez-le d'avoir pitié du royaume de Logres et de l'honneur du roi. Un seul prudhomme peut changer le cours des choses. Qu'il fasse paraître, par ses prouesses, qu'il est au service du roi et de vous-même. Pour moi, je lui ferai tenir dix grosses lances solides, et trois chevaux à mes couleurs.

La reine envoya une de ses demoiselles porter son message au chevalier noir, et pendant ce temps, on prépara les lances et les chevaux.

— Seigneur chevalier, ajouta la demoiselle, sachez que la reine est là-haut, au milieu de ses dames, et avec elle monseigneur Gauvain. Il y aura beaucoup de monde pour vous regarder.

— Dites à ma dame et à monseigneur Gauvain que je ferai mon possible pour les satisfaire.

Le chevalier brandit alors la plus robuste des lances, que lui tendait l'écuyer, et s'élança contre les armées de Galehaut. Le roi Premier Conquis était là avec vingt mille chevaliers. Il fonça vers eux, bien assuré sur son cheval, frappant là où ses coups porteraient le plus. Rien ne résistait à sa lance. Quand l'une était brisée, il en saisissait une autre. De nombreux chevaliers du roi Arthur voyaient cet assaut : Keu le sénéchal, Sagremor, Dodinel le Sauvage, et monseigneur Yvain. Tous étaient émerveillés devant ses prouesses. Il abattait chevaliers et chevaux, brisant les écus, arrachant les heaumes. Quand son cheval tomba sous lui, percé par une lance, il remonta immédiatement en selle. Les hommes d'Arthur, le voyant sur un cheval portant les couleurs de Gauvain, reprirent courage et le suivirent, résolus à mourir en sa compagnie, s'il le fallait.

Vers midi, l'armée du roi aux Cent Chevaliers lâcha pied devant les quinze mille hommes du roi Arthur. Ils étaient pourtant plus nombreux, mais les prouesses du chevalier noir avaient galvanisé les bataillons du roi Arthur. Ils refluèrent vers les tentes, en grand désordre.

Galehaut, stupéfait de la tournure des événements, alla au-devant des fuyards pour leur demander ce qui se passait.

— Ce qui se passe ? Le chevalier noir fait des merveilles. Personne ne peut tenir contre lui. Il surpasse cent fois le chevalier aux armes vermeilles de l'an dernier.

— Par Dieu, je voudrais bien voir cela.

Alors il rallia à lui les fuyards et se lança lui-même dans la mêlée en poussant son cri de ralliement. En le voyant venir, ses troupes reprirent courage et partirent à l'assaut de celles du roi Arthur. Elles les auraient mises en fuite, si le chevalier noir n'avait été là. Mais il faisait face à tous les périls, toujours prêt à la défense et à l'attaque.

C'est à ce moment-là que son cheval fut tué sous lui. Le chevalier noir se retrouva à pied. La mêlée était si serrée et confuse qu'aucun écuyer ne pouvait lui tendre une monture. Il continua donc à se battre à l'épée, frappant à droite et à gauche sans répit, tranchant les hauberts, mettant en pièces les heaumes et les écus.

Galehaut vit les prodiges qu'il accomplissait. Aucune conquête au monde ne valait qu'un tel chevalier fût tué. Il piqua des deux et se jeta dans la presse pour disperser la mêlée, faisant s'écarter ses hommes. Il s'adressa à au chevalier :

— Seigneur chevalier, voici l'ordre que je viens de donner aux miens : qu'aucun ne s'attaque à vous tant que vous serez à pied !

Il descendit de son cheval et le présenta à Lancelot. Celui-ci se mit aussitôt en selle pour revenir au combat. Galehaut se fit amener un autre destrier et prit la tête de son armée. Il combattit jusqu'à la tombée de la nuit, et fit ce jour-là un nombre d'exploits incroyable.

Au soir, il était incontestable que Galehaut et ses hommes avaient eu l'avantage. Les pertes étaient considérables du côté du roi.

6

Lancelot et Galehaut

Quand la nuit fut venue, les deux armées se retirèrent chacune dans son camp. Le chevalier noir s'en alla le plus discrètement possible, en remontant à travers les prairies qui s'étendaient de la rivière vers les collines. Galehaut le vit partir. Piquant des éperons, il le suivit de loin, et le rejoignit sur le versant de la colline. Il l'aborda très courtoisement :

— Dieu vous bénisse, seigneur !

Lancelot le regarda un peu de travers, mais il ne pouvait que lui rendre son salut.

— Qui êtes-vous, seigneur ? reprit Galehaut.

— Je suis un chevalier, comme vous pouvez le voir.

— Oui, je le sais, et je sais même que vous êtes le meilleur chevalier qui soit. Vous êtes l'homme au monde que je voudrais le plus honorer. Aussi, je vous prie de bien vouloir être mon hôte cette nuit.

Lancelot feignit d'ignorer à qui il parlait.

— Et qui êtes-vous, pour vouloir m'héberger ?

— Seigneur, je suis Galehaut, le fils de la Géante, le seigneur de tous ceux contre lesquels vous avez défendu le royaume du roi Arthur. Sans vous, je l'aurais conquis, car je le tenais en mon pouvoir.

— Vous êtes l'ennemi du roi Arthur et vous voulez que je sois votre hôte ? Jamais, s'il plaît à Dieu !

— Ah ! seigneur, pour l'amour de Dieu, venez loger chez moi ! Je m'engage à faire pour vous, en retour, tout ce que vous oserez me demander.

Lancelot s'arrêta et considéra un long moment Galehaut.

— En vérité, seigneur, quel crédit puis-je accorder à vos promesses ?

— Sachez que je ne fais aucune promesse à la légère. Si vous venez loger chez moi, je vous donnerai ce que vous me demanderez. J'y engage ma foi de loyal chevalier, et j'en prendrai pour garants le roi aux Cent Chevaliers et le roi Premier conquis.

— Eh bien, je serai votre hôte cette nuit !

Ils s'en allèrent ensemble vers les tentes.

Monseigneur Gauvain avait suivi des yeux le chevalier noir quand il s'était éloigné. Il le vit réapparaître en haut des prés en compagnie de Galehaut ; le bras droit de ce dernier était posé amicalement sur son épaule. Il comprit que Galehaut avait réussi à retenir le chevalier.

— Ah ! dame, dit-il à la reine, nous sommes perdus ! Voyez ce qui se passe. Galehaut a été plus habile que nous.

La reine observa la colline. La rage la saisit si fort qu'elle ne put dire un mot. Quant à Gauvain, il était si malheureux qu'il s'en évanouit par trois fois. Le roi, tout alarmé, accourut.

— Regardez là-haut sur cette colline, dit Gauvain, vous verrez celui qui pendant toute cette journée vous a conservé votre terre au péril de sa vie. Vous n'avez pas su le retenir, et il s'en va avec votre pire ennemi. Quel trésor vous avez perdu ! Je vois venir les grands malheurs que vos clercs avaient annoncés.

Le roi scruta la colline et ne put retenir ses larmes. Bientôt tout le camp du roi fut plongé dans la désolation.

Pendant ce temps, Galehaut emmenait Lancelot vers son campement. Aussitôt que celui-ci fut désarmé, il fit venir les deux rois pour jurer solennellement devant eux qu'il accorderait à Lancelot le don qu'il demanderait.

— Seigneur, dit le roi aux Cent Chevaliers, vous êtes assez sage pour savoir ce que vous faites, mais c'est une grave affaire.

— N'ayez crainte. Je sais ce que je fais. Ce soir je suis l'homme le plus riche du monde.

Et il prêta serment. Puis il fit quérir son sénéchal afin qu'il prépare une grande fête pour recevoir dignement son hôte. Les rois, ducs et comtes qui étaient ses vassaux, tous étaient là pour fêter Lancelot, et tous disaient : « Bienvenue à celui qui est la fleur de la chevalerie ! » Le chevalier était rouge de confusion.

Après le dîner, Galehaut fit préparer dans sa propre tente quatre lits, dont un plus large et haut que les autres, et orné de toutes les richesses possibles. C'est là qu'il fit coucher Lancelot, pour l'honorer, en compagnie de ses trois meilleurs chevaliers.

Au matin, le chevalier noir se leva pour écouter la messe en compagnie de Galehaut, puis il demanda ses armes pour partir.

— Mon ami, dit Galehaut, restez encore. Il n'est rien que je désire plus que votre compagnie.

— Seigneur, je resterai, et je serai votre compagnon. Mais je veux vous dire tout de suite le don que vous m'avez accordé hier.

— Parlez sans crainte. Tout ce qui est en mon pouvoir, vous pouvez l'obtenir.

— Seigneur, voici ce que vous m'avez accordé : vous irez crier merci[1] au roi Arthur, et vous lui ferez votre soumission, sans condition.

Galehaut resta frappé de stupeur. Mais il était allé trop loin pour reculer.

— Seigneur, dit-il à Lancelot, il n'est rien que je ne fasse pour vous retenir. Que Dieu m'abandonne si vous n'obtenez pas le don accordé !

Galehaut se prépara à aller vers le camp du roi.

---

1. Demander grâce. La *merci* est, au Moyen Âge, la grâce, la faveur que l'on fait à quelqu'un en l'épargnant. Un combat *sans merci* est sans pitié, féroce. Quand on est *à la merci de* quelqu'un, on dépend de son bon vouloir, de sa faveur.

Vêtu d'une cotte de soie magnifique et d'un manteau doublé de vair[1], il monta sur son palefroi, emmenant avec lui une riche escorte de rois, de ducs et de comtes.

Lancelot le vit partir les larmes aux yeux. En un instant, Galehaut venait de sacrifier pour lui ses ambitions les plus hautes. Il n'aurait jamais meilleur ami et compagnon que cet homme d'exception.

Pendant ce temps-là, au camp du roi, on se préparait à une nouvelle journée de combat. Mais les mines étaient sombres, car tous savaient bien que le chevalier noir serait désormais dans le camp adverse. Arthur songeait déjà aux dispositions à prendre pour faire partir la reine et ses dames, ainsi que Gauvain, toujours blessé.

Galehaut chevaucha avec sa troupe vers l'étendard qui marquait le pavillon du roi. Arthur était devant sa tente. Du plus loin qu'il le vit, Galehaut descendit de cheval et alla s'agenouiller devant lui, joignant les mains.

— Seigneur, je viens reconnaître votre droit. Je me repens du méfait commis envers vous et j'implore votre merci.

Le roi resta un bref instant interdit, puis il laissa éclater sa joie. Il s'empressa de relever Galehaut pour le serrer dans ses bras. Les deux hommes s'embrassèrent.

---

1. Fourrure de l'écureuil gris argenté. Au Moyen Âge, les fourrures se portent le plus souvent à l'intérieur du vêtement, comme doublures, et pour garnir l'encolure et les poignets.

La nouvelle se répandit comme l'éclair dans le camp du roi, que la paix était conclue, et que Galehaut avait fait sa soumission. La reine et monseigneur Gauvain, stupéfaits et ravis, se demandaient comment pareil miracle avait pu se produire. « Telle a été la volonté du Ciel », devait dire le roi.

Pendant ce temps Galehaut s'était absenté un instant pour ordonner à ses armées de se retirer en bon ordre. Il ne garderait avec lui que les chevaliers de sa maison. Puis il alla retrouver Lancelot.

— Cher compagnon, que voulez-vous que je fasse ? J'ai agi comme vous le vouliez, et le roi m'a dit de revenir bientôt. Mais j'aimerais avoir aussi votre compagnie.

— Seigneur, allez le retrouver, car c'est auprès de lui que vous devez être. Pour moi, vous avez fait plus que je ne pourrai jamais vous rendre. Mais par grâce, ne dites à personne où je suis.

Galehaut alla alors rejoindre la cour, et le roi, la reine et toutes ses dames s'empressèrent de lui faire honneur. Tous ensemble gagnèrent la bretèche où se tenait monseigneur Gauvain. Galehaut s'inquiéta de sa santé, mais Gauvain était si heureux de la paix conclue qu'il se sentait presque guéri.

— Vous êtes l'homme au monde que je désirais le plus rencontrer, dit-il à Galehaut.

Ce soir-là, Galehaut coucha dans la tente du roi, en compagnie du roi lui-même, de monseigneur Gauvain, qu'on fit porter, et de monseigneur Yvain.

Après le déjeuner, Galehaut, le roi et la reine

étaient réunis autour du lit où était couché Gauvain. Celui-ci demanda à Galehaut :

— Je voudrais vous poser une question, si vous le voulez bien. Comment, ou plutôt par qui a pu se faire cette paix entre mon seigneur et vous ?

— Seigneur, je ne vous le cacherai pas, un chevalier l'a faite.

— Par Dieu, dit la reine, je pense que c'est le chevalier noir !

— Je ne peux le nier.

— Et qui est-il ?

— J'ignore son nom.

— Comment ? Vous ne le connaissez pas ? fit le roi. Je pensais qu'il était de votre terre.

— Assurément non.

— Il n'est pas davantage de la mienne. Mais pour l'avoir à moi, je donnerais la moitié de ce que je possède, hormis seulement la personne de la reine, que je ne partage pas.

— Moi, dit Gauvain, j'aimerais être la plus belle des demoiselles, pour que ce chevalier noir puisse m'aimer toute sa vie !

— Et vous, dame ? demanda Galehaut à la reine.

— Mon Dieu, fit-elle, monseigneur Gauvain a déjà promis tout ce qu'une dame peut promettre !

Tous se mirent à rire.

— Et vous, Galehaut ? dit Gauvain. Que donneriez-vous pour gagner ce prudhomme ?

— Seigneur, j'ai déjà donné ce que j'avais. Pour lui, j'ai changé ma gloire en honte.

Et monseigneur Gauvain fut certain que c'était le

chevalier noir qui avait fait la paix entre Galehaut et le roi Arthur.

La reine finit par se lever pour se retirer, et elle pria Galehaut de l'accompagner. Quand ils furent seuls, elle lui dit :

— Galehaut, je vous aime beaucoup, et je pourrais faire pour vous plus que vous ne pensez. Vous avez le chevalier noir auprès de vous, j'en suis certaine. Il se peut que ce soit quelqu'un que je connaisse. Je vous en prie, si vous avez de l'amitié pour moi, permettez-moi de le voir.

— Dame, il n'est pas chez moi, mentit Galehaut.

— Et vous ne savez pas où il est ? Vous pouvez bien me le dire.

— Dame, je pense qu'il est dans ma terre.

— Je vous en prie, mon ami, allez le chercher ! C'est un des hommes au monde que je verrais le plus volontiers.

Quand Galehaut rentra à son camp, il demanda des nouvelles du chevalier noir aux deux rois qui devaient veiller sur lui.

— Seigneur, lui fut-il répondu, il a fort mal dormi. Il s'est tourné et retourné dans son lit, puis s'est mis à se plaindre tout bas : « Hélas ! Pauvre malheureux, que pourrai-je faire ? » Il pleurait à chaudes larmes en faisant son possible pour ne pas être entendu. Ce chagrin et ces plaintes ont duré toute la nuit.

Galehaut retourna à sa tente, où il trouva son compagnon très sombre. Il lui raconta combien le roi souhaitait avoir sa compagnie, et lui fit part des souhaits de la reine.

— Que voulez-vous que je lui réponde, mon ami ?

Lancelot poussa un profond soupir, et les larmes lui montèrent aux yeux.

— Comment le saurais-je ? Je m'en remets à vous.

Galehaut, voyant le trouble où le mettait cette idée, commençait à comprendre ce qui tourmentait si fort son compagnon.

— Je ne vois pas quel mal pourrait vous venir de voir madame la reine.

— Il faudra que ce soit dans le plus grand secret. Et surtout, dites-lui bien que vous m'avez envoyé chercher !

7

La prairie aux arbrisseaux

Quatre jours s'écoulèrent, durant lesquels la reine ne cessa de presser Galehaut pour qu'il hâte l'entrevue. Elle se doutait un peu que le chevalier n'était pas loin. Galehaut avait rapporté à Lancelot l'impatience où était la reine de le voir, et le chevalier en avait été un peu réconforté. Son visage n'était plus pâle et creusé, ni ses yeux rouges et battus des larmes versées la nuit. Il avait retrouvé la santé.

Le cinquième jour, Galehaut alla rejoindre son compagnon : l'heure était venue. Cette nouvelle laissa Lancelot tremblant de peur et de joie. Puis Galehaut vint dire à la reine qu'elle pourrait le voir le soir même. L'entrevue devrait se dérouler le plus discrètement possible, car Lancelot craignait d'être reconnu par des gens de la cour. La reine, de son côté, ne désirait pas davantage être aperçue. Galehaut lui montra un lieu écarté, une prairie pleine d'arbrisseaux, où ils iraient se promener peu avant la nuit.

Après le souper, la reine prit Galehaut par la main. Elle appela la Dame de Malehaut et Laure de Carduel, une dame de sa suite qui lui était très dévouée. Ils descendirent tout droit à travers les prés vers le lieu prévu par Galehaut. De son côté, celui-ci appela son écuyer, et lui dit de faire venir son sénéchal à la prairie aux arbrisseaux.

— Comment, fit la reine, c'est votre sénéchal ?

— Non, dame, mais mon sénéchal l'accompagnera.

Arrivés à la prairie, Galehaut et la reine allèrent s'asseoir sous un bouquet d'arbres, laissant les deux dames à l'écart.

Le chevalier arriva à travers les prés avec le sénéchal. La Dame de Malehaut aperçut son ancien prisonnier et l'identifia aussitôt. Ne voulant pas être reconnue de lui, elle se tourna vers Laure de Carduel et baissa la tête, quand ils passèrent en les saluant.

Galehaut dit à la reine :

— Voilà le meilleur chevalier du monde.

Lancelot s'avança avec le sénéchal. Son visage avait perdu toute couleur, et il tremblait si fort qu'il parvint à peine à la saluer. Il mit un genou en terre et garda les yeux baissés, incapable de dire un mot. Galehaut, s'apercevant de son trouble, dit à son sénéchal :

— Allez donc tenir compagnie à ces dames, qui sont bien seules là-bas.

La reine prit le chevalier par la main pour le relever et le faire asseoir à côté d'elle.

— Seigneur, lui dit-elle en souriant, vous voici enfin ! Nous avons tant désiré vous voir ! Galehaut m'a dit que vous étiez le chevalier noir, mais j'aimerais savoir par votre bouche qui vous êtes.

Lancelot était trop intimidé pour répondre. Voyant sa gêne, Galehaut pensa qu'il parlerait plus facilement en tête à tête.

— Vraiment, dit-il assez fort pour être entendu, on laisse ces dames bien seules ! Elles n'ont qu'un chevalier pour compagnie.

Et il alla les rejoindre, laissant Lancelot seul avec la reine. Elle put enfin le questionner :

— Est-ce bien vous qui avez gagné la bataille l'autre jour ? Ne me cachez rien.

Le jeune chevalier était trop modeste pour s'attribuer le mérite de la victoire, et il ne répondit pas.

— C'est bien vous qui portiez les armes noires ? À vous que monseigneur Gauvain a envoyé les chevaux et les lances ?

— Oui, dame.

— Dites-moi à présent qui vous a fait chevalier.

— C'est vous-même, dame.

— Moi ? Et quand donc ?

— Dame, vous souvenez-vous de ce jour où l'on amena à Camaalot ce chevalier blessé de deux tronçons de lance et d'une épée dans la tête ? Un jeune homme s'était présenté au roi le vendredi pour y être chevalier le dimanche.

— Vous êtes donc celui qu'une dame vêtue de blanc amena au roi ?

— Oui, dame.

— Et comment vous aurais-je fait chevalier ?

— Dame, telle est la coutume, dans le royaume de Logres : celui qui donne l'épée fait le chevalier. Le roi ne m'en a pas donné, et c'est de vous que j'ai reçu la mienne.

— Certes, j'en suis très heureuse. Et après votre départ, où êtes-vous allé ?

Lancelot lui raconta alors ses aventures, comment il avait porté secours à la Dame de Nohaut, puis délivré le château de la Douloureuse Garde.

— Et je vous ai donc vu à la Douloureuse Garde ?

— Oui, dame, et j'ai été assez sot pour vous laisser attendre devant la porte de la cité. C'est pour moi aussi que les gens de la ville criaient : « Prenez-le ! Prenez-le ! » car je partais sans avoir mis fin aux enchantements.

— Une demoiselle vous accompagnait à la Douloureuse Garde ?

— Oui, dame.

— Je sais donc bien qui vous êtes : votre nom est Lancelot du Lac. Et à la première assemblée contre Galehaut, n'étiez-vous pas présent ?

— Oui, dame, avec des armes vermeilles.

— Et l'autre jour, à l'assemblée, en l'honneur de qui avez-vous fait toutes ces prouesses ?

Il soupira profondément et resta sans répondre.

— Vous pouvez me le dire, reprit la reine. Vous avez dû le faire pour une dame ou une demoiselle. Qui est-elle ? Je veux le savoir.

— Puisqu'il me faut l'avouer, dame, c'est vous.

— Moi ? M'aimez-vous donc tant ?

— Dame, plus que je ne saurais le dire.

— Et depuis quand ?

— Depuis que je vous ai vue.

— Et d'où vous est venu cet amour ?

— Dame, le jour où j'ai pris congé de vous, vous avez accepté que je sois votre chevalier. Puis vous m'avez dit : « Adieu, très cher ami. » Cette parole n'est jamais sortie de mon cœur. C'est elle qui a fait de moi un prudhomme. Elle a été ma richesse et mon réconfort dans toutes les peines et les épreuves que j'ai rencontrées.

— Mon Dieu, cette parole, je ne l'avais pas prise au sérieux autant que vous, car je l'ai dite à plus d'un chevalier. Mais je suis heureuse qu'elle vous ait été aussi précieuse, et qu'elle ait fait de vous un prudhomme.

À ce moment, une des dames là-bas toussa, et Lancelot, tournant la tête, reconnut la Dame de Malehaut. Il en ressentit une telle angoisse que ses larmes se mirent à couler. La reine, voyant sa confusion, voulut le mettre à l'épreuve.

— Mais je vois que votre esprit n'est plus avec moi. Vous prêtez grande attention à ces dames qui sont là-bas. L'une d'entre elles aurait-elle touché votre cœur ?

Lancelot changea de visage. Il devint si pâle que la reine eut peur qu'il ne s'évanouisse. Elle appela Galehaut, qui vit dans quel état était son ami.

— Dame, dit-il avec reproche à la reine, ne le tourmentez pas ! Vous le ferez mourir.

— Je dois donc le croire, quand il dit avoir fait tant de prouesses pour moi ?

— Dame, il n'est au monde cœur plus vrai que le sien. Mais je vous en conjure, ayez pitié de lui !

— Et quelle pitié devrais-je avoir ?

— Dame, il vous aime plus que tout au monde, accordez-lui votre amour. Prenez-le pour votre chevalier, et devenez sa dame pour tous les jours de votre vie. Vous ne sauriez avoir plus riche trésor.

— J'y consens. Il sera à moi comme je serai à lui.

— Grand merci, dame. Mais vous devriez lui accorder un premier gage de cet amour.

— Mais il ne demande rien...

— C'est parce qu'il en est incapable. Un trop grand amour ne va pas sans crainte. Donnez-lui un baiser.

— Un baiser ? Mais ce n'est pas l'endroit qui convient, ces dames sont bien trop proches. Pourtant, je le désire aussi, et s'il le veut, je le lui donnerai avec joie.

— Dame, allons nous promener tous trois, en faisant mine de deviser.

Ils s'éloignèrent donc. Mais Lancelot n'osait faire plus. La reine, voyant sa timidité, le prit alors par le menton et lui donna un très long baiser. Puis elle mit à son doigt son anneau, orné d'une claire émeraude

— Mon ami, vous avez tant fait que je suis à vous, et j'en ai grande joie. Mais prenez garde, tout cela doit demeurer secret, car je ne voudrais pas y perdre ma réputation. Notre amour deviendrait alors chose laide et vulgaire. Quant à vous, Galehaut, vous serez garant de notre secret.

— Dame, vous pouvez en être assurée. Mais vous m'aviez dit que vous pourriez faire beaucoup pour moi.

— Je l'ai dit, et je le redis. Que puis-je vous accorder ?

— Que ce chevalier devienne mon compagnon.

La reine prit alors Lancelot par la main.

— Je vous confie ce chevalier pour toujours, à l'exception de ce qui en lui m'appartient. Et savez-vous qui je vous ai donné ? Je vous ai donné Lancelot du Lac, le fils du roi Ban de Bénoïc.

Et Galehaut en éprouva une grande joie.

La nuit était tombée, mais la lune inondait la prairie de clarté. Ils remontèrent le long des prés vers le campement du roi, où ils se séparèrent. Galehaut raccompagna la reine et ses dames, et le sénéchal repassa la rivière avec Lancelot.

Ainsi fut fait le premier accordement de Lancelot et de la reine. Il fut l'œuvre de Galehaut.

La reine pensait avoir fait preuve d'une grande discrétion, mais peu de choses avaient échappé à l'œil vigilant de la Dame de Malehaut. Quand la reine regagna sa chambre dans la bretèche pour aller se coucher, la dame la rejoignit. La reine se mit à la fenêtre pour songer à ce qui venait de se passer, et la dame dit doucement derrière elle :

— Ah ! dame, comme il est agréable d'être quatre !

Comme la reine faisait semblant de ne pas entendre, la dame répéta ses paroles.

— Que voulez-vous dire ? dit la reine.

— Dame, j'ai peut-être trop parlé. On ne doit pas être trop familier avec sa dame ou son seigneur.

— Vous êtes trop sage et courtoise pour dire des paroles dont je prenne ombrage. Parlez, je vous l'ordonne et je vous en prie.

— Dame, j'ai vu l'amitié que vous avez nouée avec le chevalier, là-bas dans la prairie. Vous n'avez pas tort de l'aimer, car il vous aime plus que tout au monde, je l'ai compris sans peine.

— Vous le connaissez donc ?

La dame lui raconta comment et pourquoi elle l'avait retenu dans sa prison pendant un an et demi.

— C'est moi, poursuivit-elle, qui lui ai donné les armes vermeilles, puis les armes noires pour qu'il puisse aller à l'assemblée. J'ai cru que je pourrais obtenir son cœur, mais j'ai vite compris qu'il ne pensait qu'à vous. L'autre jour, lorsqu'il était tout pensif au bord de la rivière, il a laissé voir ses sentiments, et encore plus quand il a fait mille prouesses en votre honneur.

— Mais expliquez-moi maintenant, fit la reine, pourquoi vous avez dit qu'il était bon d'être quatre ? Pourquoi quatre plutôt que trois ? Un secret se perd d'être trop partagé.

— Vous avez raison, dame. Mais les circonstances sont particulières. Le chevalier vous aime et Galehaut le sait. Quand ils devront quitter la terre du roi, ils pourront parler ensemble de cet amour, et partager joies et peines. Vous, vous resterez dans la solitude, sans personne à qui vous puissiez vous confier. Si vous m'admettez comme quatrième dans votre compagnie, vous en recevrez réconfort.

La reine comprit que l'offre de la dame était sincère et qu'elle en retirerait le plus grand bien. Elle lui accorda son amitié, et alla même jusqu'à lui révéler le nom de Lancelot, que la dame avait tant désiré apprendre.

La reine voulut que sa nouvelle amie partage son lit[1], et quand elles furent couchées, elles parlèrent longuement de leurs amours. La dame avoua à la reine qu'elle n'avait aimé qu'une seule fois « et seulement par pensée ». La reine conçut alors le projet de lui donner pour ami Galehaut, si celui-ci était libre de son cœur. Le lendemain eut lieu dans la prairie aux arbrisseaux une nouvelle rencontre, qui scella l'accord entre Galehaut et la Dame de Malehaut.

Tous les soirs, désormais, les quatre amis se retrouvaient dans la prairie. Ils avaient soin d'y amener aussi d'autres personnes, pour éviter qu'on ne pense à mal. Mais toujours ils trouvaient un moment pour s'isoler discrètement et échanger mots d'amour et baisers.

Ils séjournèrent en ce lieu le temps qu'il fallut à Gauvain pour reprendre ses forces. Quand il fut rétabli, le roi décida de retourner dans son royaume. Il pria Galehaut de l'accompagner au pays de Logres,

---

1. Tout comme partager son écuelle, partager son lit est une marque d'amitié, d'estime.

mais celui-ci devait regagner avec Lancelot sa terre du Sorelois, où il avait beaucoup à faire.

Le dernier soir, les quatre amis se firent leurs adieux dans la prairie. Beaucoup de larmes furent répandues et la promesse fut échangée de se retrouver lors de la première assemblée qui aurait lieu dans la terre de Logres.

8

Lancelot en Sorelois

Lancelot et Galehaut cheminèrent tant qu'ils arrivèrent, après plusieurs jours de voyage, dans la contrée dont Galehaut était seigneur. Le Sorelois était situé entre le pays de Galles et les Étranges Îles, la terre lointaine dont il était originaire. C'était le pays le plus agréable qui soit, pourvu de terres fertiles et de riches forêts, et parcouru de rivières poissonneuses. Galehaut y séjournait très volontiers pour y pratiquer la chasse à courre ou au gibier d'eau. Elle avait de plus l'avantage d'être la plus proche de la terre de Logres, royaume du roi Arthur.

Les deux compagnons s'installèrent donc en Sorelois pour y séjourner. Galehaut donnait ainsi satisfaction à ses vassaux, qui se réjouissaient de voir leur seigneur et pouvaient aussi avoir recours à lui pour régler leurs conflits. Pendant leur séjour, il organisa des chasses, dans les forêts et aux bords des rivières, pour distraire son ami. Mais ces plaisirs ne parvenaient pas à réjouir le cœur de Lancelot, car il se languissait de celle à qui il appartenait tout entier. Cette mélancolie souciait beaucoup Galehaut, qui tentait de le réconforter : un jour prochain viendrait la nouvelle d'une assemblée du roi Arthur.

Deux mois après leur arrivée en Sorelois, la Dame du Lac envoya à Lancelot un jeune homme de belle allure. Elle souhaitait qu'il le prît à son service jusqu'au moment où il serait apte à devenir chevalier. C'était le jeune Lionel, fils du roi Bohort de Gaunes. Ce fut une grande joie pour Lancelot de retrouver son cousin, compagnon de son enfance. Leur affection grandit encore, si cela était possible, et le jeune homme gagna vite la confiance et l'amitié de Galehaut. Sa présence affectueuse apporta quelque réconfort à Lancelot.

Une nuit, Galehaut eut un songe qui lui causa grand effroi. Il se trouvait dans une prairie, quand il vit devant lui deux lions : l'un portait une couronne, l'autre non.

Les deux animaux se battaient avec acharnement, et à la fin le lion couronné avait le dessous. C'est alors qu'apparaissait un léopard, qui portait secours au lion couronné contre le lion sans couronne. Puis le léopard obligeait le lion sans couronne à venir s'agenouiller devant le lion couronné, et les deux bêtes faisaient la paix, alors qu'avant elles se détestaient mortellement.

Très ébranlé par cette vision, Galehaut fit venir dans sa chambre ses meilleurs clercs, et leur raconta le songe qu'il avait eu.

— Il est encore une chose que vous devez connaître, ajouta-t-il. À la fin, quand la paix fut faite entre les deux lions, je partis de la prairie. Et là, je découvris soudain devant moi le lion sans couronne mort. C'était le léopard qui l'avait tué.

Les clercs furent très déconcertés par ce récit. Ils se retirèrent pendant trois jours pour discuter entre eux de l'interprétation qu'il convenait de donner à ce songe. Au bout de trois jours, ils revinrent trouver Galehaut.

— Seigneur, dit le plus sage, nous vous dirons la vérité, mais seulement si vous ne devez pas nous en vouloir.

— Parlez sans crainte.

— Seigneur, à notre avis, vous êtes vous-même l'un des deux lions, celui qui ne porte pas de couronne, et le lion couronné est le roi Arthur. Le léopard qui vient au secours de ce dernier, c'est Lancelot. Il est clair que vous l'auriez emporté sur le roi Arthur s'il n'avait fait la paix entre vous. Quant à la dernière partie du songe, elle porte sur l'avenir. La vision du lion sans couronne tué par le léopard signifie que finalement vous-même mourrez à cause de Lancelot.

— En vérité, j'admets ce que vous dites, mais je suis très étonné : je ne comprends pas comment Lancelot, qui est mon ami et mon compagnon, pourrait me faire du mal ou me tuer.

— Seigneur, il ne vous tuera pas. Mais si un jour un grand malheur lui arrivait, vous pourriez en perdre la vie, tant vous le chérissez.

Galehaut resta pensif, et il leur interdit de jamais en dire un mot devant Lancelot.

Mais Lancelot était malade du chagrin qu'il éprouvait à être séparé de la reine. Il ne dormait plus et pouvait à peine boire et manger. Très inquiet de le voir se laisser dépérir, Galehaut vint le trouver :

— Cher compagnon, si vous pouviez voir votre dame, n'iriez-vous pas mieux ?

— Oui, mais comment serait-ce possible ?

— Eh bien, je vais vous le dire. Nous sommes partis en mai, et voici maintenant qu'arrive l'hiver : cela fait six mois que nous ne l'avons pas vue. Il faut qu'elle trouve un moyen de nous faire venir.

— Mais elle l'aurait fait, si cela avait été possible. Elle doit en être empêchée, et j'ai peur que cette démarche ne la fâche. Je préférerais mourir que de l'irriter.

— Ne vous inquiétez pas. Nous allons lui envoyer un messager de toute confiance : votre cousin Lionel.

Galehaut fit venir le jeune homme et lui expliqua :

— Tu iras à la cour du roi Arthur, et là, tu t'adresseras à la Dame de Malehaut. Pour preuve de ta mission, tu lui montreras ce petit anneau, qu'elle m'a un jour donné. La dame te permettra alors de voir secrètement la reine, la fleur de toutes les dames de ce monde. Tu lui diras que tu es Lionel de Gaunes, le cousin de Lancelot. Et si la reine te demande comment il va, tu lui diras que loin d'elle il ne peut aller bien, et qu'elle fasse en sorte, par pitié, que nous puissions bientôt la voir.

Lionel l'assura de sa discrétion et prit aussitôt la route.

La reine résidait dans la cité de Carduel. Le roi Arthur, de retour dans son royaume, avait multiplié les séjours dans ses bonnes villes. Il avait donné de grandes fêtes et distribué des largesses, suivant ainsi les conseils du prudhomme. La reine et la Dame de Malehaut, sa compagne, auraient mené une vie fort agréable, si seulement elles avaient pu voir ceux à qui elles ne cessaient de penser. Lorsqu'elles étaient ensemble, elles n'avaient pas d'autre sujet de conversation.

La reine était donc à Carduel, en Galles, lorsqu'un jour une demoiselle arriva et demanda à lui parler. Elle fut introduite par la Dame de Malehaut dans ses appartements, et la reine, étonnée, vit qu'elle portait un écu.

— Dame, fit la demoiselle, j'ai à vous porter le salut de ma dame, la plus belle et la plus savante que je connaisse. Elle vous demande de garder cet écu, pour l'amour d'elle et d'une autre personne que vous aimez par-dessus tout. Ma dame connaît vos pensées, et elle s'en félicite, car celui que vous aimez a toute son affection.

— Mais qui peut être cette dame ? J'aimerais fort savoir son nom.

— On l'appelle la Dame du Lac. C'est sous ce nom que je la connais.

La reine comprit aussitôt de qui il s'agissait, et, toute joyeuse, elle fit fête à la demoiselle. Puis, lui ôtant du cou l'écu, elle l'examina de haut en bas. Elle vit qu'il était fendu sur toute sa hauteur, de la pointe au rebord supérieur. Les deux moitiés ne tenaient ensemble que par la barre de la boucle, et l'on aurait pu passer la main entre elles. Sur l'une des moitiés était représenté un chevalier tout armé, sauf la tête. Sur l'autre une dame, la plus belle que l'artiste ait pu peindre. Les deux personnages semblaient prêts à s'embrasser, mais en étaient empêchés par la brisure de l'écu.

— En vérité, dit la reine, cet écu est magnifique, mais quel dommage que cette brisure ! Et qui sont le chevalier et la dame qui y sont peints ?

— Dame, c'est le meilleur chevalier de notre temps, et la dame est la plus noble qui soit au monde. Il a fait tant d'exploits que la dame lui a donné son amour, mais sans aller plus loin que le baiser. Quand leur amour sera plénier, la brisure se refermera. Alors la joie la plus haute régnera.

— Et quand tout cela se produira-t-il ?

— Dame, pour que ce bonheur arrive, il faut que ce chevalier fasse partie de la maison du roi Arthur.

Ces nouvelles remplirent de joie la reine, car elle devinait bien l'identité du chevalier. Elle fit suspendre l'écu dans sa chambre et ne passait pas un jour sans y jeter les yeux.

La cour était à Logres, la principale cité du roi Arthur, quand Lionel s'y présenta. La Dame de Malehaut l'introduisit auprès de la reine, et les deux femmes le reçurent très chaleureusement, et encore plus en apprenant qu'il était le cousin de Lancelot.

La reine s'affligea fort de la mélancolie de ce dernier, et aussitôt elle chercha, avec la Dame de Malehaut, à quelle occasion elles pourraient bien faire venir leurs amis.

Mais à ce moment-là parvint à la cour la nouvelle que les Saxons et les Irlandais avaient envahi l'Écosse, ravageant les terres et massacrant les gens. Ils étaient déjà maîtres d'une grande partie du pays, et se proposaient d'assiéger Arestuel.

Très alarmé par ces nouvelles, le roi Arthur fit convoquer ses hommes. Qu'ils se rendent tous, d'ici quinze jours, à Arestuel, équipés de leurs armes.

Quant à la reine, elle chargea Lionel de ce message pour Lancelot et Galehaut : qu'ils se rendent à Arestuel, mais sans dévoiler leur identité avant qu'elle ne les y autorise. Lancelot porterait sur son heaume un petit pennon[1] de soie vermeille. Elle confia aussi pour lui à Lionel une fort belle broche qui fermait son col, ainsi que sa ceinture avec son aumônière[2].

Muni de ce message et de ces objets, Lionel reprit le chemin du Sorelois aussi vite que le permettait son cheval.

---

1. Le *pennon* est une petite banderole, terminée en pointe, que l'on attache à son heaume ou à sa lance. Le chevalier peut ainsi porter les couleurs de sa dame.

2. Petit sac, souvent richement brodé, que l'on porte à sa ceinture. Il contient des *aumônes* pour les pauvres.

9

La Roche aux Saxons

Le roi avait regroupé ses troupes à Arestuel en Écosse. De là il assiégeait la Roche aux Saxons, une forteresse si bien fortifiée qu'elle n'avait à craindre que la famine, et située à douze lieues écossaises[1] d'Arestuel. Tout le pays alentour avait été dévasté. Le château était alors tenu par une demoiselle du nom de Gamile. C'était la petite-fille d'un puissant roi saxon, Hengist, jadis vaincu par Uter Pendragon, père du roi Arthur. La demoiselle était une magicienne, savante en enchantements de toutes sortes. Grâce à ses charmes magiques, elle avait rendu le roi Arthur amoureux d'elle.

---

1. La longueur de la *lieue* (environ 4 km) varie d'après les provinces ou pays, on aura donc des lieues anglaises, galloises ou écossaises.

Le roi n'en assiégeait pas moins la forteresse, où s'étaient retranchées d'importantes forces saxonnes. Lancelot et Galehaut, de leur côté, avaient rejoint Arestuel avec une petite troupe de chevaliers du Sorelois, et établi leur campement devant la cité. Chaque jour, ils prenaient part aux combats, dont certains se déroulaient tout près de la tour où logeait la reine, qui pouvait reconnaître Lancelot grâce au petit pennon vermeil de son heaume.

Ce jour-là, les hommes du roi avaient combattu contre les Saxons, qui avaient tenté une sortie. Le roi en personne y était, avec le sénéchal Keu, monseigneur Gauvain et le roi Yder. Toute la journée, ils avaient fait des prouesses, mais au soir les Saxons s'étaient retirés dans le château.

Le roi était au pied de la Roche, prêt à s'en retourner vers Arestuel, quand une demoiselle vint lui porter un message de la part de sa maîtresse : celle-ci l'invitait à venir la retrouver cette nuit même dans sa tour, s'il l'osait. Elle était prête à lui donner ce qu'il désirait tant. Son messager viendrait le chercher ici pour le faire passer par une petite poterne au pied des douves. Le roi, tout joyeux, lui répondit qu'il viendrait.

Il rejoignit ses chevaliers pour regagner Arestuel. On ne l'avait jamais vu aussi gaillard et enjoué. Il fit porter un message à la reine pour lui dire que la bataille s'était fort bien passée, et qu'elle ne le verrait pas cette nuit car il resterait avec ses hommes.

La reine n'en fut pas autrement fâchée. Le soir venu, elle chargea Lionel d'un message pour que Lancelot et Galehaut viennent la retrouver.

— Voilà comment ils feront : quand leurs compagnons d'armes seront endormis dans leur tente, ils se lèveront. Ils viendront par le jardin, et de là ils pénétreront dans la tour.

Le roi Arthur, de son côté, avait discrètement quitté sa tente en compagnie de Guerrehet, à qui il avait confié son projet. Tous deux galopèrent d'une traite vers la Roche aux Saxons, où ils retrouvèrent le messager de la demoiselle, et ils furent conduits là où la jeune fille attendait le roi. Elle avait même prévu qu'une de ses plus jolies demoiselles tiendrait compagnie à Guerrehet. Elle fit désarmer le roi et l'emmena dans sa chambre, vers un lit magnifique où elle se coucha avec lui. Au bout d'un long moment, quand le roi eut obtenu d'elle tout ce qu'il désirait, voici que plus de quarante chevaliers armés firent irruption dans la pièce, l'épée au poing, pour se saisir de lui. Toute résistance était inutile. La même scène se déroula dans la chambre où était Guerrehet. On laissa juste aux deux hommes le temps de se rhabiller, et ils furent emprisonnés dans une chambre sans fenêtre, où l'on ne pouvait entrer ou sortir que par une lourde porte de fer.

Pendant ce temps, Lancelot et Galehaut avaient quitté leur tente. La porte du jardin était ouverte, et ils la refermèrent soigneusement. Parvenus en bas de la tour, ils trouvèrent leurs dames qui les attendaient. Chacun fut emmené dans une chambre où il put rester seul avec son amie, et avoir les joies qu'un amant peut avoir. Vers minuit, la reine se leva et, sans allumer de chandelle, alla passer ses doigts sur l'écu donné par la Dame du Lac : il n'y avait plus trace de brisure. Et effectivement, elle avait accédé à la plus haute joie.

Peu avant le jour, les chevaliers se levèrent pour revêtir leurs armes dans la chambre de la reine. La Dame de Malehaut jeta un coup d'œil à l'écu, et vit à la clarté des chandelles que la brisure avait disparu.

— Dame, dit-elle à la reine, nous voyons bien maintenant que l'amour est plénier.

Puis elle vint à Lancelot et le prit par le menton :

— Seigneur chevalier, il ne vous manque plus que la couronne pour être roi !

Lancelot rougit de confusion, mais la reine vint à son secours :

— Si je suis fille de roi, il ne l'est pas moins que moi.

Mais le jour se levait, et les assiégeants retournèrent vers la Roche aux Saxons. Là, quelle ne fut pas leur surprise et leur douleur quand ils virent, suspendus aux créneaux, l'écu du roi et celui de Guerrehet. Monseigneur Yvain était ce jour-là à la tête des gens du roi. Ils virent soudain les Saxons et les Irlandais sortir en masse du château pour engager la bataille. Ils se voyaient déjà vainqueurs, puisqu'ils détenaient Arthur prisonnier. Les hommes du roi se défendirent avec acharnement, mais ils avaient beaucoup combattu la veille, et la fatigue se fit vite sentir.

Au matin, la nouvelle parvint à Arestuel : le roi était prisonnier dans la Roche aux Saxons. Au même instant arriva un chevalier couvert de sang, qui demanda à parler à la reine. Il était urgent d'envoyer des secours à monseigneur Yvain.

La reine fit aussitôt appeler Lancelot et Galehaut. Lancelot s'était déjà fait armer.

— De combien d'hommes avez-vous besoin ? demanda-t-il au chevalier.

— Seigneur, il en faudrait deux cents.

Galehaut sortit aussitôt avec le chevalier pour aller dans le camp du roi rallier les combattants disponibles.

Pendant ce temps, Lancelot était resté avec la reine. Avant de lui lacer son heaume, elle put lui donner un tendre baiser. Puis elle lui fit don de son propre pennon d'azur à trois couronnes d'or, pour qu'il le fixe à sa lance.

Lancelot rejoignit Galehaut pour prendre la tête de la troupe. Au grand galop ils s'élancèrent vers la Roche aux Saxons. À la vue du pennon, monseigneur Yvain s'écria :

— Les secours arrivent ! C'est la reine qui les envoie !

Et ils poussèrent le cri de ralliement du roi Arthur. Lancelot s'élança à leur tête, abattant de sa lance tous ceux qui passaient à sa portée. Quand sa lance fut brisée, il empoigna sa bonne épée tranchante. Il pourfendait Saxons et Irlandais, frappant écus et hauberts, tranchant cuisses et bras. Pareil au lion furieux parmi les biches, il faisait un carnage autour de lui ! On le voyait partout dans la bataille. Derrière lui, galvanisés, les chevaliers du roi faisaient merveille.

Les Saxons, affolés, démoralisés, fuyaient en tous

sens. Des milliers s'enfuirent vers les marais, où ils se noyèrent misérablement. Quelques autres essayèrent de refluer vers leur forteresse, mais Lancelot les poursuivit à la tête d'une poignée d'hommes. Des archers et arbalétriers, du haut des murailles, firent pleuvoir sur eux une pluie de flèches, mais sans leur faire de graves blessures. Remontant la rue à cheval vers le donjon, il trouva les portes et poternes ouvertes. Dans la grande salle du palais, un groupe de chevaliers était en train de s'armer pour résister. Lancelot se précipita sur eux à cheval, tranchant bras, cuisses, épaules, ouvrant les crânes en deux. Il ne resta bientôt plus aucun défenseur. Mettant pied à terre, Lancelot revint dans la cour, l'épée à la main. Il vit alors le geôlier qui tentait de fuir. Lui appuyant la pointe de son épée sur la gorge, il l'obligea à le mener à la prison du roi Arthur et à lui ouvrir la porte.

Le roi était délivré, et la Roche aux Saxons prise. On fit brûler tous les livres de sorcellerie, les grimoires et les charmes magiques de Gamile, et, de rage, elle se jeta du haut de son donjon.

Quand le roi revint à Arestuel avec ses libérateurs, la joie et le soulagement furent immenses. Le roi voulut savoir qui était le chevalier d'une folle bravoure qui avait pénétré dans la Roche aux Saxons.

— Seigneur, c'est Lancelot du Lac, fit la reine. Le fils du roi Ban de Bénoïc.

Le chevalier fut bien obligé de s'avancer, et Yvain raconta les merveilleux exploits qui avaient été les siens durant toute cette journée.

Le soir même, le roi prit la reine à part.

— Dame, je veux prier Lancelot de devenir compagnon de la Table Ronde et chevalier de ma maison, car sa prouesse est sans égale. Mais comment le convaincre ? Puis-je compter sur votre appui ?

— Seigneur, vous aurez mon appui, mais c'est le compagnon de Galehaut. C'est donc lui qu'il faut convaincre.

Le roi alla donc voir Lancelot et Galehaut en compagnie de la reine, pour formuler sa demande.

Quand Lancelot comprit que le souhait de la reine était qu'il reste auprès du roi, il en fut bouleversé. Sans même attendre l'accord de Galehaut, il s'écria :

— Ah ! dame, je resterai auprès de monseigneur le roi, si c'est son désir et le vôtre !

Et comme Galehaut le regardait tristement, le roi lui dit :

— Seigneur, restez aussi avec moi, comme compagnon et ami, et non comme chevalier.

Le jour de la Toussaint[1], le roi fit une grande fête en l'honneur des deux hommes, et ils eurent leur place à la Table Ronde. On fit venir les clercs pour consigner par écrit toutes leurs prouesses.

Ils séjournèrent à la Roche aux Saxons jusqu'au troisième jour après la Toussaint, puis le roi dut regagner la Bretagne, et Galehaut retourner en Sorelois. Il partit avec Lancelot, mais en promettant de revenir à la cour avant Noël.

---

1. La *Toussaint*, située au début de l'automne (1er novembre), est une fête religieuse en l'honneur de tous les saints.

Quatrième partie

La fausse Guenièvre

1

La reine accusée

Le roi Arthur séjournait à Camaalot. Il avait réuni nombre de barons, car il voulait célébrer dignement la fête de Noël[1]. Ce jour-là, tous étaient rassemblés dans la grande salle, quand on vit descendre de cheval une demoiselle, qui s'avança très fièrement, suivie de son escorte. Elle était élégamment parée d'une cotte de soie fourrée de vair, et ses cheveux étaient tressés en une longue natte blonde. Arrivée devant le roi, elle laissa tomber sa guimpe qui lui couvrait le visage, et tous furent frappés par sa beauté. Elle parla d'une voix forte, pour être bien entendue de tous :

— Que Dieu protège le roi Arthur ! Il serait le meilleur roi de notre temps, à l'exception d'une chose.

1. *Noël* (25 décembre) fête la naissance de Jésus.

— Demoiselle, répondit vivement le roi, je vous saurais gré de me dire quelle faute vous me reprochez !

— Roi, c'est envers ma dame que vous êtes en faute. Celle qui m'envoie à vous est la reine Guenièvre, la fille du roi Léodagan de Carmélide. Vous connaîtrez ses droits en faisant lire les lettres scellées[1] qu'elle m'a confiées pour vous. Mais auparavant, faites venir toutes les dames de votre cour : ces lettres doivent être lues en présence de tous.

Le roi, stupéfait, envoya chercher la reine et toutes les dames, et fit quérir ses clercs. Un vieux chevalier, qui accompagnait la demoiselle, sortit la lettre d'un beau coffret d'or et la lui tendit. Le roi la remit au plus sage de ses clercs, et celui-ci déploya le parchemin. Quand il l'eut parcouru, des larmes de douleur et d'angoisse coulèrent sur ses joues. Le roi, très intrigué, lui ordonna :

— Parle, que dit cette lettre ?

Le clerc tremblait, en proie à l'effroi. Il jeta un coup d'œil vers la reine :

— Ah ! dame, quelles douloureuses nouvelles !

Mais le roi s'irrita :

1. Au Moyen Âge, pour fermer une lettre, on coule sur le rouleau de parchemin de la cire chaude, sur laquelle on imprime un *sceau* en relief. Une fois la cire durcie, on ne peut ouvrir la lettre sans briser le sceau, ce qui est une garantie de confidentialité. Chaque souverain ou seigneur possède son propre sceau, qui lui sert de signature, puisqu'en général il ne sait pas écrire (la lettre a été écrite par un clerc ou un chapelain).

— Lis-moi cette lettre, enfin, sans rien dissimuler !

Le clerc commença alors à lire à haute voix :

— La reine Guenièvre, fille du roi Léodagan de Carmélide, salue le roi Arthur et toute sa compagnie. Roi Arthur, tu as été déloyal envers moi, et chacun doit le savoir. La vérité est que j'ai été unie à toi en mariage, et qu'une autre a été ointe[1] et sacrée reine le lendemain, dans le monastère Saint-Étienne de la cité de Londres. Je ne fus ta dame que durant un jour et une nuit, puis je fus enlevée. Celle qui a pris ma place était mon amie et ma suivante. C'est cette Guenièvre que tu tiens pour épouse et reine. Quant à moi, j'ai été exilée et déshéritée, mais me voici à nouveau reconnue dans mon rang. C'est pourquoi, je requiers de toi réparation et vengeance. Tu ne dois pas vivre avec une femme en concubinage, comme tu le fais. Celle qui t'a conduit à ce péché doit être livrée à la mort. Voilà ce que je veux te faire savoir. Je t'envoie deux personnes dignes de confiance : ma cousine, qui est ici ma messagère, et Bertelai le Vieux, un chevalier renommé, le meilleur qui soit jusqu'aux îles de la mer.

Le roi demeura sans voix. Tous dans le palais étaient saisis d'effroi. La demoiselle fit avancer Bertelai. C'était un bel homme robuste aux cheveux

---

1. *Oindre*, c'est enduire d'un liquide gras. Un des actes essentiels du sacre des rois et des reines est l'*onction* : on pose sur le front, les joues, les mains (parfois la poitrine) l'huile sainte réservée pour le sacre.

blancs, portant les cicatrices d'une longue vie de vaillance.

— Voici, dit-elle, le chevalier que ma dame vous envoie. Il peut témoigner pour elle.

— Certes, fit le roi, un homme de son âge ne saurait soutenir une cause déloyale.

Bertelai confirma tous les propos de la lettre, puis il ajouta :

— Seigneur roi, si quelqu'un de votre maison, ou vous-même, ose prétendre que ma dame n'a pas été victime d'une trahison, je suis prêt à faire valoir ses droits dans un duel judiciaire, aujourd'hui même, ou à la date qui sera fixée.

La cour demeurait silencieuse. Le roi, accablé de douleur et de honte devant l'accusation qui pesait sur la reine, était dans le plus grand trouble. Il se tourna vers Guenièvre :

— Dame, levez-vous et venez ! Vous devez vous disculper de cette accusation. Si vous êtes telle que cette demoiselle en témoigne, vous avez trompé le monde entier, car on vous tient pour la meilleure dame de ce siècle.

La reine se leva sans montrer aucune peur, et se tint devant le roi, tête haute.

Mais déjà monseigneur Gauvain s'avançait, rouge de colère :

— Demoiselle, dit-il à la messagère, voulez-vous jeter le blâme sur ma dame la reine, qui est ici ?

— Sur la reine, certainement pas. Je ne vois pas

de reine ici, seulement une usurpatrice[1], qui a trahi sa véritable dame.

— Par Dieu, de cette trahison elle est parfaitement innocente !

Gauvain se tourna vers le roi :

— Seigneur, je suis prêt à soutenir la cause de ma dame contre un chevalier ou plusieurs. Je prouverai qu'elle n'est en rien coupable de ce dont on l'accuse, et qu'elle est bien votre épouse et reine ointe et sacrée de ce royaume.

— Demoiselle, dit le roi à la messagère, j'ai bien entendu la plainte portée par votre dame. Qu'elle sache que je ne faillirai pas à ma réputation de roi ami du droit et de la justice. Je ne veux être blâmé ni d'avoir favorisé la reine, ni d'avoir fait du tort à votre dame. Vous direz à celle-ci que je rassemblerai mes barons à la Chandeleur[2] à Bédigran, dans la marche[3] située entre l'Irlande et la Carmélide. L'affaire sera examinée avec soin, et tranchée par le jugement de ma cour et de la sienne. Qu'elle prenne garde à ne rien avancer qu'elle ne puisse prouver, car celle qui sera convaincue de trahison recevra un châtiment exemplaire, j'en prends Dieu à témoin.

Là-dessus, la messagère s'en alla avec son escorte.

---

1. L'*usurpateur* est celui qui s'empare, par ruse ou par force, d'un titre ou d'un bien auquel il n'a pas droit.

2. La *Chandeleur* (2 février) est une fête marquée par la présence des cierges (*chandelles*).

3. Les *marches* sont les provinces situées à la frontière du royaume.

Mais le roi et ses hommes restèrent soucieux : tous tremblaient que quelque chose ne fût vrai dans ces accusations.

Le soir même, la reine fit secrètement partir un écuyer vers le Sorelois, pour avertir Galehaut et Lancelot de l'accusation infamante qui avait été portée contre elle.

Les deux amis reçurent la nouvelle avec consternation. Lancelot était accablé de douleur, et Galehaut tenta de le réconforter :

— S'il devait y avoir séparation entre le roi et la reine, vous pourriez avoir le bonheur d'être l'un à l'autre au grand jour. Je vous donnerais le royaume de Sorelois.

— Seigneur, ce serait le plus cher de mes vœux, si cela devait plaire à ma dame. Mais je redoute que le roi ne veuille sa mort, si elle est reconnue coupable.

— Mon ami, nous n'en sommes pas encore là. Jamais notre aide ne lui fera défaut. Nous allons tous deux nous rendre sous bonne escorte à cette assemblée de Bédigran. Pendant mon absence, je confierai la garde de mon royaume à mon vassal le roi Baudemagu. C'est un homme loyal et de grande sagesse : ma terre sera en de bonnes mains.

2

La fausse Guenièvre

Huit jours avant la Chandeleur, Galehaut et Lancelot se mirent en route, avec une troupe importante, vers Bédigran. C'était une magnifique cité, et quand ils arrivèrent, elle était déjà en grande partie occupée par les gens du roi Arthur. En effet, toute la cour s'était déplacée pour le jugement solennel qui devait avoir lieu. Le roi leur fit un excellent accueil, mais il était soucieux à l'idée de la rencontre avec la demoiselle de Carmélide.

Cette demoiselle s'appelait effectivement Guenièvre, et elle présentait une ressemblance saisissante avec la reine. Et cela n'était pas le fruit du hasard. Le roi Léodagan avait eu jadis une liaison avec une très belle dame, la femme de son sénéchal. De cet amour était née une fille d'une grande beauté, qui fut nommée Guenièvre, comme la fille que le roi avait eue avec la reine. Elle fut élevée à la cour, et l'on avait de la peine à les distinguer l'une de l'autre. Quand la princesse partit épouser à Londres le roi Arthur, l'autre Guenièvre l'accompagna, et il lui vint à l'esprit de commettre la trahison dont elle devait plus tard accuser la reine. Mais elle ne put parvenir à ses fins. Elle demeura longtemps en terre étrangère, jusqu'au jour où Bertelai vint la trouver pour lui soumettre son plan. Il l'emmena dans le royaume de Carmélide et fit croire à tous les barons qu'elle était la vraie Guenièvre, et que la fausse vivait depuis des années auprès du roi Arthur. Persuadés par les paroles de Bertelai, les barons de Carmélide la reconnurent pour leur dame.

Le jour de la Chandeleur, comme le roi sortait de la messe en compagnie de Galehaut et de ses barons, la demoiselle arriva en grand équipage. Elle se présenta devant le roi et dit d'une voix forte :

— Que Dieu sauve Guenièvre, la fille du roi Léodagan de Carmélide, et qu'il maudisse ses ennemis !

Tous restèrent figés, stupéfaits de sa ressemblance avec la reine.

— Roi, reprit-elle, voici le jour qui m'a été fixé pour prouver la trahison dont j'ai été victime. Je suis prête à montrer mon droit en faisant combattre mon champion contre l'un de vos chevaliers.

Galehaut intervint, avec la permission du roi :

— Seigneur, si cette dame se prétend victime d'une trahison, elle doit nous dire qui en est l'auteur.

— L'auteur de cette trahison, répondit-elle, c'est

cette femme que je vois ici, et que le roi tient pour son épouse.

La reine s'avança. Mot pour mot elle nia l'accusation.

— Je suis prête, ajouta-t-elle, à m'en défendre comme la cour en décidera.

Les conseillers du roi et ceux de la demoiselle furent d'accord pour déclarer que l'affaire devait être soigneusement débattue. Elle fut donc remise au lendemain et la demoiselle se retira.

Le soir même, Bertelai le Vieux vint la trouver.

— Dame, la situation n'est pas en notre faveur. Vous avez tout à perdre du jugement du roi Arthur. Il ne fait aucun doute que la reine demandera un duel judiciaire, et qu'elle l'obtiendra. Vous l'avez accusée de trahison, un crime qui mérite la mort. N'oubliez pas que, si la victoire de son champion la disculpe, c'est à vous que le châtiment sera infligé. Il faut donc éviter que le jugement se tienne.

— Et comment faire ? Conseillez-moi, Bertelai.

— Je ne crois pas que nous puissions mener à bien cette affaire sans quelque déloyauté. Mais la réussite est à ce prix. Voilà ce que je vous conseille : demain matin, vous vous plaindrez d'avoir été un peu souffrante, et vous demanderez un nouveau délai, pour délibérer avec vos conseillers. Le roi acceptera. Ensuite, vous enverrez un autre de vos chevaliers : celui-ci se gardera bien de dire qu'il est des vôtres. Il lui signalera la présence, dans cette forêt, du plus grand sanglier qu'on ait jamais pris. Le roi est passionné de chasse, il n'hésitera pas. Vous aurez posté vos chevaliers dans les bois ; ils le captureront et l'emmèneront immédiatement dans le royaume de Carmélide. Là, quand il sera votre prisonnier, ce sera à vous de jouer.

Le lendemain, tout se passa comme il avait été prévu. Le roi accorda un délai à la demoiselle. À peine l'affaire avait-elle été réglée qu'un chevalier inconnu se présenta :

— Roi, clama-t-il, je t'apporte une nouvelle extraordinaire ! Voilà ce que j'ai vu de mes yeux : il y a dans la forêt de Bédigran un sanglier énorme et féroce, qui fait tant de ravages que personne n'ose s'y attaquer. Les gens de ce pays ont besoin de ton aide.

Tout le monde fut ravi à l'idée de cette chasse. Le roi se leva aussitôt pour aller s'équiper, et avec lui les chevaliers présents, Galehaut, Lancelot, Yvain et Gauvain. Ils se préparèrent et partirent tous ensemble, sous la conduite du chevalier qui avait apporté la nouvelle. Quand ils eurent pénétré au cœur de la forêt, là où les autres chevaliers étaient en embuscade, leur guide dit au roi :

— Seigneur, nous sommes proches de la bauge[1] du sanglier. Mais vos chevaliers font tant de bruit que la bête va nous échapper.

Le roi fit signe à ses compagnons, qui s'arrêtèrent là, puis il suivit le chevalier avec seulement deux veneurs[2]. Parvenu au plus profond du taillis, il vit

1. Tanière du sanglier.

2. Dans une chasse, les *veneurs* sont chargés de diriger les chiens.

soudain autour de lui trente chevaliers en armes, le heaume lacé. L'un d'eux saisit son cheval par la bride et l'avertit que toute résistance était inutile. Le roi tira son épée et se défendit du mieux qu'il put, mais il fut vite maîtrisé et ligoté, ainsi que les deux veneurs. Après les avoir chargés sur des chevaux, la petite troupe s'éloigna. Le chevalier qui l'avait conduit jusque-là se sépara du groupe pour gagner un autre coin du bois, le plus éloigné possible du lieu de l'enlèvement. Là, il sonna longuement du cor.

Les compagnons du roi se précipitèrent dans cette direction, car ils commençaient à s'inquiéter de son absence. Ils s'enfonçaient dans les taillis, quand ils entendirent à nouveau le cor sonner, à l'opposé. C'était le chevalier, qui s'était déplacé en un autre endroit, pour mieux les égarer.

Ils passèrent ainsi la journée à fouiller la forêt, mais sans succès. Ils revinrent au soir, fourbus et angoissés. La reine et les autres barons furent stupéfaits de les voir revenir sans le roi. L'inquiétude était grande, mais on voulut encore croire que le roi s'était laissé emporter par la passion de la chasse et s'était égaré. On se promit de recommencer les battues dès le lever du jour.

Le lendemain, la demoiselle de Carmélide se présenta devant la cour, et s'étonna de ne pas voir le roi. On lui proposa de rendre le jugement en son absence, en consultant l'assemblée des barons, mais elle s'indigna. Elle n'accepterait de débattre qu'en présence du roi. Elle quitta donc la cour en proclamant bien haut qu'elle était victime d'un refus de justice.

La demoiselle regagna son pays et le château où était enfermé le roi Arthur. Elle commença par lui faire peur :

— Roi Arthur, vous êtes maintenant en mon pouvoir. J'ai dû agir par la ruse, car vous ne vouliez pas me rendre justice. Je me suis donc fait justice moi-même.

Le roi resta dans cette prison, sans que personne sût où il était. La demoiselle venait souvent lui parler, si bien que le roi la trouva fort courtoise et séduisante. Elle lui plut tant qu'il oublia dans ses bras le grand amour qu'il avait pour la reine.

À l'approche de Pâques[1], comme sa détention lui pesait fort, le roi lui déclara qu'il était prêt à faire tout ce qu'elle voudrait.

— Si je vous laisse sortir de ma prison, lui dit-elle, je vous aurai perdu pour toujours.

— Par Dieu, belle douce amie, je vous aime plus que toute autre femme. Dites-moi ce que vous voulez.

— Je veux que, devant tous vos barons, vous me preniez pour épouse et pour reine. C'est à vous que mon père m'a donnée et vous devez me traiter comme le veut la sainte Église. Je ne vous laisserai pas partir sans que vous m'ayez juré sur les Évangiles que vous tiendrez vos engagements.

Le roi réfléchit quelques instants.

---

1. Fête chrétienne située au printemps, à date variable (mars ou avril). *Pâques* célèbre la résurrection de Jésus. Les chrétiens croient en effet que Jésus est revenu à la vie (ressuscité) trois jours après sa mort.

— Voilà, lui dit-il, ce que vous allez faire pour que je ne sois pas blâmé, ni de mon clergé, ni de mes barons. Vous ferez venir les plus hauts seigneurs de Carmélide, et ils jureront que vous êtes bien la fille du roi Léodagan, donnée à moi en légitime mariage. Ils porteront ainsi témoignage devant mes propres barons, que j'aurai convoqués ici même pour le jour de l'Ascension[1].

Ils s'accordèrent sur ce projet. Elle fit venir les livres saints, et le roi prononça son serment : il jura, devant les chevaliers de Carmélide, de la prendre pour épouse et reine.

1. L'*Ascension*, fête située quarante jours après Pâques, rappelle que Jésus, quarante jours après sa résurrection, est monté au Ciel rejoindre Dieu son père.

3

Le jugement

Pendant ce temps-là, l'inquiétude était à son comble parmi les compagnons du roi. Des jours durant, ils avaient parcouru en tous sens la forêt de Bédigran, mais sans succès. Ils se résolurent finalement à rentrer en Bretagne avec la reine, car là-bas, les vassaux d'Arthur s'agitaient. Voyant que le royaume était sans souverain, ils étaient tentés de se faire la guerre les uns aux autres. Pâques arriva sans qu'on eût de nouvelles du roi Arthur. Les plus hauts seigneurs se réunirent à Carduel et, après avoir délibéré, ils allèrent trouver la reine et Gauvain. Le royaume ne pouvait rester sans défense, car il finirait par sombrer dans l'anarchie ou par tomber en des mains étrangères. Le nouveau roi ne pouvait être que monseigneur Gauvain, dont on connaissait la vaillance et la sagesse. De plus, on était certain qu'il rendrait loyalement la couronne à son oncle, si celui-ci revenait.

Gauvain hésita longuement. Le chagrin l'accablait, car cette offre concrétisait la disparition du roi, que son cœur se refusait à admettre. Il prit conseil auprès de Galehaut, en présence de la reine, de monseigneur Yvain et du sénéchal Keu. Bien que très affligés par la situation, ils furent tous d'accord sur cette solution et poussèrent Gauvain à accepter cet honneur.

Trois semaines après Pâques arrivèrent à Carduel les messagers de Carmélide. C'étaient les deux veneurs qui avaient accompagné le roi à la chasse. Ils se rendirent au palais et furent introduits dans la grande salle. À leur vue, monseigneur Gauvain sauta sur ses pieds, plein d'espoir :

— Pour l'amour de Dieu, apportez-vous de bonnes nouvelles ?

— Notre seigneur à tous, le roi Arthur, vous salue. Il vous fait savoir qu'il est en bonne santé et fort bien traité dans la terre de Carmélide. Il a besoin de la présence de ses barons, et vous demande de les convoquer de sa part en assemblée pour le jour de l'Ascension, à Tolebrèze, la capitale de Carmélide.

Gauvain, tout heureux de ces bonnes nouvelles, donna aussitôt les ordres qui convenaient pour réunir les barons de tous les points du royaume, afin qu'ils fussent présents à Bédigran sept jours avant l'Ascension.

La nouvelle était arrivée aux oreilles de la reine. Elle fit venir les messagers, qui donnèrent des nouvelles du roi en Carmélide. Mais ils n'osèrent lui dire toute la vérité, de peur de lui faire de la peine. Restée seule avec Galehaut, elle lui fit part de ses inquiétudes.

— Ah ! Galehaut, restez avec moi ! Vous êtes la seule personne pour qui je n'ai pas de secrets, et j'ai bien besoin de votre aide. Les messagers n'ont apporté aucun message pour moi, et je crains d'avoir perdu la confiance du roi. La demoiselle le tient en son pouvoir : elle a gagné son cœur et changé ses sentiments à mon égard. Tout ceci est peut-être la punition de mon péché : j'ai trahi le roi en donnant mon amour à un autre. La force de cet amour était telle que mon cœur n'a pas pu y résister. Mais maintenant, je crains le pire. Bien que je sois complètement innocente de ce dont on m'accuse, j'ai bien peur que le roi ne veuille ma mort.

— Dame, j'aimerais mieux perdre la vie que de vous laisser mourir. N'ayez crainte, mes armées seront rassemblées, prêtes au combat, à Bédigran. Peu m'importe de provoquer la colère ou la haine du roi.

Le jour de l'assemblée approchait. Monseigneur Gauvain se mit en route avec la reine et toute la cour vers Bédigran. Ils devaient y rejoindre les barons qui avaient été convoqués, pour chevaucher ensuite avec eux jusqu'à Tolebrèze.

À Bédigran, Gauvain s'étonna du grand rassemblement de chevaliers appartenant à Galehaut. Mais celui-ci lui expliqua :

— Nous ne savons pas si le roi n'est pas retenu de force en Carmélide. Il pourrait avoir dans ce cas besoin de notre aide, et je désire contribuer à cet effort.

Puis ils quittèrent Bédigran pour se rendre à Tolebrèze où ils arrivèrent la veille de l'Ascension. La demoiselle avait, de son côté, convoqué les seigneurs de Carmélide. Ils lui promirent de soutenir sa cause, car ils croyaient fermement qu'elle était dans son bon droit.

Le jour de l'Ascension, le roi Arthur rassembla ses barons en conseil privé et leur fit cette déclaration :

— Seigneurs, je vous ai fait venir ici, car vous êtes mes barons, et que je ne saurais prendre une grave décision sans votre conseil. Vous avez entendu la plainte que la demoiselle a fait valoir à Bédigran, le jour de la Chandeleur. Je croyais qu'elle était dans son tort. Mais maintenant j'en suis venu à penser qu'elle avait raison, et qu'elle a été victime d'une trahison ourdie par celle qui a été votre reine contre tout bon droit. Vous entendrez le témoignage des hommes de Carmélide. Ils vous diront que leur dame est bien la fille du roi Léodagan et que celle que je tenais pour mon épouse, par ignorance et par péché, est la fille de la femme de son sénéchal.

Les barons bretons restèrent muets, stupéfaits et consternés. Monseigneur Gauvain, qui comprenait ce que cela signifiait pour la reine, avait les larmes aux yeux. Mais Galehaut s'avança :

— Seigneur, le monde entier vous tient pour un sage roi. Avez-vous des preuves de la culpabilité de la reine ?

— Personne ne peut le savoir aussi bien que les barons de ce pays.

— Et comment se fait-il qu'aucune dénonciation n'ait été portée plus tôt ? Les faits sont déjà anciens.

— Je sais ce qu'il en est. Ce que je veux, c'est ne plus vivre dans le péché. Il n'y aura pas de combat judiciaire. Celle que les barons de ce pays désigneront, celle-là sera épouse et reine.

Le roi fit appeler les barons de Carmélide, ainsi que la demoiselle et la reine, qui se placèrent chacune d'un côté.

— Seigneurs, dit-il aux barons, je vous ai convoqués pour un litige concernant ces deux dames. La dame de ce pays prétend qu'elle est mon épouse, fille du roi votre seigneur et de sa femme. Celle que j'ai tenue pour mon épouse le prétend aussi. La vérité ne peut être connue que par vous. Jurez que vous parlerez sans amour et sans haine et que vous désignerez la véritable reine.

Bertelai le Vieux s'avança. Il étendit la main sur les livres saints et jura devant Dieu que la demoiselle était bien la fille du roi Léodagan et de sa femme, et la légitime épouse du roi Arthur. Et après lui jurèrent tous les barons de Carmélide, qui avaient connu le roi Léodagan.

Ainsi la reine fut-elle déchue dc son rang. La demoiselle de Carmélide triomphait, à la grande joie des gens de son pays. Mais il restait à fixer quel serait le sort de celle qui s'était si longtemps fait passer pour reine sans y avoir droit.

Le roi réunit les barons bretons pour les consulter,

car il voulait qu'ils se chargent de ce jugement et pensait qu'ils n'oseraient se récuser. Il désirait que la reine fût condamnée à mort, car l'autre n'avait cessé de le pousser dans ce sens, tantôt le suppliant, tantôt le menaçant de lui retirer son amour. Il les laissa donc délibérer.

Les barons, quant à eux, se refusaient à jouer le rôle que le roi attendait d'eux. Ils comprenaient que le jugement aboutirait immanquablement à une condamnation de Guenièvre, puisqu'on l'avait déjà déchue de ses droits d'épouse et de reine. Ils demandèrent donc un renvoi du jugement à quarante jours.

Mais le roi Arthur était sous l'emprise de la demoiselle, qui voulait parvenir à ses fins sans attendre. Il refusa tout délai et mit ses barons en demeure de s'exécuter.

— Si vous ne voulez pas le faire, leur dit-il, je trouverai bien qui le fera.

Mais ils persistèrent dans leur refus, et le roi se sentit gravement offensé. Il ordonna aux barons de Carmélide de prononcer le jugement, et ils acceptèrent, à condition que le roi siège avec eux.

Pendant qu'ils délibéraient, les barons de Bretagne, réunis avec Galehaut, se demandaient ce qu'ils allaient faire, si la reine était condamnée. Lancelot se taisait, résolu à mourir si la reine mourait.

— Je partirai en exil, dit Gauvain. Je ne pourrais rester plus longtemps au service du roi mon oncle.

Monseigneur Yvain et Keu le sénéchal prirent le même engagement, et après eux les rois et les comtes qui étaient présents.

Galehaut prit à part Lancelot :

— Compagnon, ne perdez pas espoir, quel que soit le jugement. Si le roi fait condamner la reine à mort, je romprai mon serment de fidélité pour le défier. Je combattrai corps à corps contre lui ou contre tout autre champion.

— Non, seigneur, vous ne pouvez faire cela. Le roi ne vous le pardonnerait pas, et ce serait grand dommage si reprenait la guerre entre deux si grands princes. C'est moi qui assumerai cette bataille. Si le roi me prend en haine, cela n'aura pas de conséquence. Je vous en prie, au nom de notre amitié, laissez-moi agir !

— J'y consens, puisque c'est votre souhait. Mais vous devrez vous comporter avec prudence, pour éviter le blâme. Vous êtes de la maison du roi et compagnon de la Table Ronde. Il vous faudra renoncer à cet honneur avant de vous élever contre le jugement du roi.

Le roi Arthur sortit de la salle où il avait délibéré avec les barons de Carmélide. Sur sa demande, Bertelai le Vieux prit la parole, et dit d'une voix forte :

— Écoutez, seigneurs barons de Bretagne, le jugement que nous avons rendu avec l'assentiment de notre seigneur le roi Arthur. Celle qui a vécu avec le roi contre la loi de Dieu et des hommes sera condamnée comme vous allez l'entendre. Ses cheveux seront tranchés avec le cuir chevelu, car elle a porté la couronne indûment. On tranchera aussi sa peau sur le dessus des mains et sur ses deux pommettes, là où elle a reçu l'huile sainte le jour du sacre. Ainsi tout ce que le sacre a sanctifié à tort sera retranché. Après cela, elle sera bannie pour toute sa vie de la terre de Bretagne.

Un murmure d'indignation parcourut l'assemblée des barons bretons. Ils ne resteraient pas dans une cour où l'on faisait ce genre de justice. Mais le tumulte et les protestations cessèrent brusquement car Lancelot s'avançait. Il laissa tomber de ses épaules son riche manteau de soie fourré d'hermine, et vint se placer devant le roi. La colère faisait étinceler ses yeux.

— Seigneur, êtes-vous bien l'auteur de ce jugement ?

— Oui, certes, mais je ne l'ai pas fait seul.

— Seigneur, j'ai été compagnon de la Table Ronde, et ce fut un grand honneur pour moi. Mais aujourd'hui je la quitte, ainsi que le service de votre maison.

— Et pourquoi, mon cher ami ?

— Seigneur, tant que je serai compagnon de la Table Ronde, je ne pourrai soutenir aucune cause contre vous.

— Et quelle cause voulez-vous soutenir contre moi ?

— Je déclare que vous venez de provoquer une condamnation injuste et déloyale. Je suis prêt à en apporter la preuve par les armes. Je combattrai vous ou tout autre chevalier, ou même deux ou trois s'il le faut.

— Lancelot, vous êtes un vaillant chevalier, il est vrai, mais vous dépassez les bornes quand vous osez vous élever contre mon verdict. Jamais personne n'a eu cette audace. Renoncez à cette folie et soyez à nouveau mon compagnon et mon ami.

Mais Lancelot resta inébranlable. Les barons de Carmélide, de leur côté, s'indignaient que l'on conteste la sentence. Ils se sentaient humiliés et offensés parce que Lancelot s'offrait à affronter seul leurs trois meilleurs chevaliers. Ils relevèrent le défi, et le roi reçut leurs gages[1] et celui de Lancelot, mais à contrecœur, car il craignait pour lui. Il accorda volontiers la demande de Galehaut, qui tenait à ce que les trois chevaliers fussent combattus successivement, comme c'était l'usage dans le pays de Logres. La rencontre fut donc fixée à Bédigran, dix jours plus tard, à la Pentecôte.

Les barons de Carmélide avaient soigneusement choisi les trois chevaliers qui devaient combattre : ils étaient robustes et dans la fleur de l'âge. Leur renommée était grande dans leur pays. Le jour de la Pentecôte, ils se présentèrent sous les murs de Bédigran, là où devait avoir lieu le combat. Galehaut et Gauvain eurent à cœur d'aider Lancelot à s'armer. Galehaut lui laça lui-même son heaume, et Gauvain lui ceignit sa propre épée.

La bataille eut lieu sous les murs de la ville. Le roi siégeait au milieu de ses barons et la nouvelle reine était assise près d'une fenêtre. Quant à Guenièvre,

---

1. Avant de combattre, les chevaliers donnent à celui qui arbitre le combat un *gage* : un objet, souvent un gant. Ce geste symbolise l'acceptation de l'arbitre et des règles fixées pour le combat.

pour qui Lancelot allait combattre, elle était montée en haut d'une tour, en compagnie de tout un groupe de chevaliers, et de Keu le sénéchal, qui devait la garder jusqu'à la fin du combat. Le roi tenta une dernière fois de dissuader Lancelot de combattre, car il tenait beaucoup à son amitié. Il offrit même de tenir Guenièvre quitte du jugement. Mais Lancelot fut inflexible. Dans son impatience à voir commencer la bataille, il cria à Gauvain :

— Seigneur, ce cor va-t-il enfin sonner ?

— Oui, tout de suite, mon ami.

Galehaut fit aussitôt sonner du cor. Lancelot cala sa lance sous son aisselle, se couvrit de son écu et, éperonnant son cheval, s'élança de toute sa vitesse sur le premier de ses trois adversaires. Le choc fut rude : la lance du chevalier vola en éclats. Celle de Lancelot heurta l'écu de son adversaire avec tant de force qu'elle le fendit en deux. Le fer transperça son corps et ressortit par le dos. Le chevalier vida les arçons et tomba au milieu du pré.

Sa mort ayant été constatée, on sonna du cor une seconde fois, et le suivant s'élança. Mais la lance de Lancelot le heurta en plein milieu de son écu. Sous la violence du coup, le chevalier fut jeté à terre, et resta un instant étourdi. Craignant de voir son adversaire revenir sur lui à cheval, il se protégea de son écu. Mais Lancelot n'aurait jamais profité ainsi de son avantage. Il alla attacher son destrier à un arbre et revint, l'épée à la main, pour attaquer l'autre, qui s'était entre temps relevé. Il fit pleuvoir des coups redoublés, mettant en pièces écu et haubert. Atteint de plus de quatorze blessures, ruisselant de sang, le chevalier résistait toujours, refusant de s'avouer vaincu. Il finit par reculer jusqu'à se trouver sous la tour où se tenait la reine. Lancelot leva les yeux, et cette vue ranima en lui une haine mortelle contre son adversaire. D'un coup d'épée, il ouvrit son heaume en deux et lui fendit la tête jusqu'aux épaules.

Le cor résonna une troisième fois et le troisième chevalier s'avança. Il avait vu le sort des deux précédents et compris la valeur de Lancelot. Il pensa que le seul moyen de prendre l'avantage était de tuer le cheval de son adversaire dès le premier assaut. C'est ce qu'il fit, dès qu'il fut à sa portée. Mais le coup de Lancelot lui fit vider les arçons, et il vola par-dessus la croupe de son cheval, pour se retrouver à terre. Il ne restait plus qu'à s'affronter à l'épée. Les deux hommes se battaient furieusement : l'acier des épées heurtait sans ménagement les écus et les hauberts, qui furent bientôt en lambeaux. Les lames atteignaient la chair des bras et des épaules, le sang vermeil coulait sur l'herbe verte. Le combat dura longtemps et le soleil se faisait de plus en plus chaud. Le chevalier, malgré sa défense acharnée, commençait à s'épuiser sous les coups de Lancelot, qui ne faiblissait pas. Finalement, son heaume lui fut arraché et il chercha à protéger sa tête de son écu, mais il n'avait plus aucune chance contre son adversaire.

Galehaut et d'autres barons eurent pitié de ce chevalier si brave. Ils allèrent demander sa grâce au roi.

— Je le voudrais bien, en vérité, fit Arthur, mais

Lancelot est si courroucé contre moi que ma prière ne fera que nuire au chevalier, je le crains.

— La vôtre, peut-être, mais si la dame pour qui il combat le lui demande, il ne refusera pas.

Le troisième chevalier fut donc ainsi sauvé, sur l'intervention de la reine.

4

Guenièvre en Sorelois

La reine était sauvée du déshonneur grâce à Lancelot, et le roi ne pouvait faire autrement que de lui rendre sa liberté. Le jugement des barons de Carmélide était annulé, à leur grande honte. Quant à l'autre Guenièvre, elle était en proie à un chagrin cuisant.

Mais le sort de Guenièvre était loin d'être réglé, car sa condamnation à l'exil était maintenue. Le soir même Galehaut alla la voir avec Lancelot au logis de monseigneur Gauvain. Là, il lui offrit la terre du Sorelois :

— C'est un royaume beau, riche et plein d'agrément. Vous ne pouvez rester sur les terres du roi Arthur. En Sorelois, vous serez en sûreté, à l'abri des manœuvres de cette nouvelle reine.

La reine le remercia chaleureusement. Elle devait toutefois soumettre cette proposition à l'approbation du roi. Le lendemain, elle alla trouver ce dernier au sortir de la chapelle, et tombant à genoux devant lui :

— Seigneur, je dois quitter ces terres, puisque c'est votre désir, mais je ne sais encore où me retirer. Je vous en prie, envoyez-moi en un lieu où je puisse vivre en paix, sans rien avoir à craindre de mes ennemis. Certains sont prêts à m'offrir une terre, mais je ne saurais rien accepter sans votre permission.

Le roi répondit qu'il en déciderait avec le conseil de ses barons. Il les réunit donc pour avoir leur avis. Gauvain ne lui cacha pas sa pensée :

— Seigneur, vous le savez bien, la reine est déshéritée et chassée de chez vous sur votre seule décision. Aucune faute n'a été retenue contre elle. Nous avons supporté cette injustice par respect pour la volonté de notre souverain, mais sans l'approuver pour autant. Je vous conseille donc de traiter dignement celle qui fut votre compagne. Si vous ne pouvez la garder sur vos terres, ordonnez qu'elle se rende sur la terre de mon père en Léonois, ou bien sur celle de mon cousin Yvain.

Mais Bertelai le Vieux était là pour veiller aux intérêts de la demoiselle de Carmélide. Il prit le roi à part :

— Seigneur, j'ai vu ma dame dans ses appartements. Elle a entendu dire que vous vouliez retenir votre concubine en lui faisant don d'une terre. Sachez que si cette fille doit demeurer chez vous ou l'un de vos vassaux, ma dame en mourra de chagrin.

Cette idée fit blêmir le roi. Il rassura Bertelai :

— Je ne ferai rien qui puisse lui causer le moindre déplaisir.

Le roi retourna auprès de Gauvain.

— Cher neveu, Guenièvre ne peut résider dans ma terre ni dans celle d'un de mes vassaux, car je ne pourrais y garantir sa sécurité. Or, je ne veux pas sa mort, car je l'ai beaucoup aimée. Cependant je dois donner satisfaction à celle qui est mon épouse légitime : je ne peux donc garder ici ma concubine.

— Puisqu'il en est ainsi, seigneur, acceptez l'offre de Galehaut. Il n'est pas votre vassal, et se propose de donner à la reine la terre du Sorelois.

Le roi approuva cette proposition et la soumit aux barons. Ils donnèrent leur assentiment, plus pour lui faire plaisir que par conviction. Le roi se dirigea alors vers les galeries où se tenait Galehaut en compagnie de la reine.

— Mon cher Galehaut, j'ai toujours apprécié votre amitié et votre compagnie. Vous avez offert de donner à Guenièvre une terre riche et bonne, où elle pourra vivre en paix. Je n'aurais osé solliciter une offre aussi généreuse, mais il est vrai qu'elle ne peut demeurer sur mon domaine ou mes fiefs[1]. Vous n'êtes pas mon vassal, mais mon ami et mon compagnon. Je vous la confie comme à un ami. Gardez-la comme votre sœur, je vous en prie au nom de notre grande amitié.

Le roi prit la main de Guenièvre et la plaça dans

---

1. Le fief est une terre accordée par le suzerain à son vassal. Le vassal en a l'usage, mais le suzerain en garde la propriété.

celle de Galehaut. Il avait les larmes aux yeux, et beaucoup de chevaliers pleuraient sans retenue. Galehaut prononça le serment demandé, et le roi se retira.

Mais le soir même, Gauvain vint le trouver pour lui parler, en homme soucieux du bien de son seigneur.

— Seigneur, ne prenez pas en mauvaise part ce que je vais vous dire, car nul ne le saura que vous et moi. Sachez-le, on vous blâme de votre nouveau mariage, car on pense que vous ne l'avez pas fait pour sortir du péché, mais pour y entrer. Je ne sais ce qu'il en adviendra, mais vous avez déjà perdu beaucoup dans cette affaire. Le meilleur chevalier de votre maison vous a quitté. En remportant le duel judiciaire, il vous a convaincu de déloyauté devant tous vos barons. Ce départ de Lancelot est une honte pour la Table Ronde, car nul ne l'a jamais quittée de son plein gré. Sachez que, si vous ne le retenez pas, de grands malheurs pourront advenir.

— Mon cher neveu, je désire par-dessus tout retenir Lancelot. Si je n'avais pas eu pour lui une telle amitié, je n'aurais pas supporté la honte de le voir contredire mon jugement. Mais malgré cela, je le prierai de rester avec nous. Je lui offrirai tout ce qu'il voudra, excepté de quitter la nouvelle reine. Vous joindrez vos prières aux miennes.

Le roi, dès le lendemain, se rendit avec Gauvain et tous ses barons au logis de Galehaut, où se trouvait Lancelot.

— Lancelot, mon ami, je suis venu vous prier d'oublier votre ressentiment. Vous avez fait pour moi plus qu'aucun autre chevalier, et beaucoup plus que je n'ai pu faire pour vous. Pour la plus grande gloire de ma maison et de la chevalerie, vous êtes devenu compagnon de la Table Ronde. Par colère contre moi, vous y avez renoncé, et je ne m'en consolerai jamais. Soyez à nouveau mon compagnon, et je vous donnerai la moitié de mon royaume.

Mais Lancelot ne voulait plus faire partie de la maison du roi, ni de personne. Ni les prières d'Arthur, ni celles de Gauvain, ne purent changer sa résolution.

Le roi passa la nuit à chercher un moyen de le fléchir. Il se résolut à aller demander son aide à Guenièvre.

— Dame, je sais que Lancelot vous aime tant qu'il ne saurait rien vous refuser. Vous savez que je tiens plus que tout à l'avoir pour compagnon. Vos prières auront peut-être plus d'effet que les miennes pour le retenir.

La reine répondit sans laisser paraître d'émotion, car elle voulait avant tout cacher son amour pour Lancelot :

— Seigneur, Lancelot a montré son attachement pour moi en me sauvant du sort cruel que vous m'aviez réservé. Il a droit à toute ma reconnaissance, et je m'en voudrais de l'importuner en lui faisant faire ce qu'il ne désire pas.

Le roi comprit qu'il était inutile d'insister. L'heure approchait où Galehaut devait partir avec la reine. Le roi l'escorta, avec Gauvain, pendant quelques lieues, puis la petite troupe les quitta pour gagner le Sorelois.

Galehaut l'installa sur ses terres et lui fit recevoir l'hommage[1] de ses vassaux. La reine avait toute confiance en lui, et elle s'adressa en sa présence à Lancelot :

— Mon ami, nous sommes dans une situation délicate. Je suis maintenant séparée du roi. Certes, je suis innocente de ce dont je fus accusée : je suis bien la fille du roi Léodagan de Carmélide, et l'épouse légitime du roi Arthur, couronnée et sacrée comme il le fut lui-même. Mais je ne suis pas innocente d'un péché qu'il ignore : j'ai partagé le lit d'un homme autre que lui. Aucune femme au monde n'aurait hésité à commettre cette faute pour l'amour d'un chevalier tel que vous, mais le péché en demeure. C'est pourquoi je vous prie, au nom de notre amour, de ne rien exiger de moi que des baisers et des embrassements, tant que nous serons dans cette situation. Quand les circonstances seront meilleures, vous pourrez obtenir de moi tout ce que vous désirerez.

La reine vécut ainsi plus de deux ans dans la terre de Sorelois, avec la Dame de Malehaut, qui ne la quittait pas. Elle recevait souvent la visite de Galehaut et de Lancelot, et leur présence adoucissait son exil.

Le roi Arthur, de son côté, vivait fort heureux sur ses terres. Il aimait sa seconde femme encore plus qu'il n'avait aimé la première. Le pape de Rome,

1. L'*hommage* est la cérémonie par laquelle le vassal prête serment de fidélité à son suzerain : il devient « son homme ». Ici, la reine devient la suzeraine des seigneurs du Sorelois.

informé que le roi de Bretagne avait répudié son épouse sans le consentement de l'Église, s'indigna. Il frappa d'interdit[1] le royaume et lui ordonna de reprendre sa première femme tant que son mariage n'aurait pas été annulé par l'Église. Mais le roi s'obstina. Cette Guenièvre, à force de breuvages et d'incantations, l'avait mis entièrement en son pouvoir. Il n'osait la contredire en rien et l'emmenait avec lui dans ses moindres déplacements, lors des assemblées et des chasses. Elle était détestée de tous les barons.

Cette situation dura plus de deux ans. Alors que le roi était avec elle à Bédigran, il se produisit un événement extraordinaire. Une nuit, la reine tomba malade. Elle se mit à pourrir par les pieds, et cette gangrène remonta lentement tout le long de son corps, dont elle perdit l'usage, à l'exception des yeux, des oreilles et de la langue. Elle dégageait une odeur nauséabonde, que bien peu pouvaient supporter. La même nuit, Bertelai le Vieux fut atteint du même mal.

La douleur du roi fut extrême. Il était tellement anxieux du sort de son épouse qu'il se désintéressait de tout le reste. Gauvain le prit à part pour lui faire des remontrances :

— Seigneur, on vous blâme fort de fuir ainsi la compagnie de vos barons. Il faut vous conduire

1. Au Moyen Âge, quand un roi se rebellait contre son autorité, le pape pouvait frapper son royaume d'*interdit*, empêchant le culte et les sacrements sur son territoire. C'était une sanction très grave.

comme à l'accoutumée : un roi doit vivre au milieu de ses gens.

— Cher neveu, vous avez raison, et c'est un conseil loyal que vous me donnez. Dès demain, nous irons chasser dans ces bois.

Le lendemain, le roi partit pour la chasse avec tous ses barons, en montrant le meilleur visage possible. Ils poursuivirent un sanglier qu'ils tuèrent vers l'heure de tierce. Pendant qu'on le dépeçait, le roi mit pied à terre, quand soudain, un coq chanta sur sa droite. Il s'aperçut qu'il avait faim et se dirigea de ce côté-là. Il arriva à un ermitage[1] où un homme en robe blanche[2] vint lui ouvrir la porte, et il lui demanda s'il pouvait les accueillir, lui et sa suite. Le saint homme les fit entrer, et les valets du roi vinrent s'activer pour allumer le feu et préparer les provisions qu'ils avaient emportées avec eux.

Tout à coup, alors qu'ils étaient à table, le roi ressentit une douleur si violente qu'il lui sembla que son cœur se brisait dans sa poitrine. Au cri qu'il jeta, ses chevaliers tournèrent la tête vers lui et le virent évanoui, complètement blême. Monseigneur Gauvain le prit dans ses bras, l'allongea sur un banc, livide et inerte, sans souffle ni haleine. Ils crurent qu'il était

---

1. Lieu où vit un ermite. L'*ermite* est un religieux (souvent prêtre ou moine) qui vit dans la solitude, à l'écart du monde, pour se consacrer à la prière.

2. À cette époque, les moines en robe blanche sont les *cisterciens*, ordre très sévère créé par saint Bernard au XIIe siècle.

mort, mais le roi sortit de son évanouissement et gémit :

— Ah ! Dieu, confession[1] !

On alla chercher l'ermite, qui accourut auprès de lui et lui demanda qui il était.

— Ah ! seigneur, je suis un malheureux. Mon nom est Arthur et j'ai été roi de Bretagne. Mais je meurs misérablement, car j'ai fait grand mal à mon royaume et à mon âme.

— Pourquoi m'as-tu fait venir ? Tu es déloyal et parjure. Déloyal, parce que tu as quitté ta femme pour une autre. Parjure, parce que tu as trahi la foi et l'obéissance que tu devais à la sainte Église. Tant que tu seras dans cet état, tu n'as rien à espérer.

— Seigneur, vous êtes prêtre. Recevez ma confession et conseillez-moi. Je reconnais que je me suis séparé à tort de mon épouse et que je vis avec une autre femme contre la loi de Dieu et de l'Église. Je ne pensais pas commettre un péché quand je l'ai prise : tous les hommes de son royaume témoignaient pour elle. Mais j'ai agi follement en me rebellant contre la volonté de la sainte Église. Conseillez-moi, tout ce que vous commanderez, je le ferai.

— Tu dois avant tout te soumettre à l'autorité de la sainte Église. Si elle t'ordonne de reprendre ta première épouse, tu obéiras.

Alors le roi dit sa confession et reçut l'absolution

1. Pour le chrétien, il est particulièrement important de se confesser avant de mourir, car, après la mort, Dieu juge si l'on est digne d'aller au paradis ou non.

du saint homme. Il resta ensuite trois jours à l'ermitage, où il se reposa, mangea de bon appétit et reprit des forces.

Quand il fut temps de partir, le roi vit venir à lui l'ermite.

— Arthur, lui dit-il, je te connais bien mieux que tu ne penses. Je suis le frère Amustan, et c'est moi qui vins jadis de Carmélide pour accompagner Guenièvre, la fille du roi Léodagan. Je la connais depuis l'enfance, et, plus que tout homme au monde, je puis savoir laquelle est ta véritable épouse. Je vais donc t'accompagner, malgré mon grand âge, pour t'aider à faire triompher la vérité et la justice.

Le roi regagna donc Camaalot en compagnie de l'ermite. Le lendemain arriva un messager de Bédigran : la reine désirait le voir, car elle était au plus mal. Le roi alla demander conseil à frère Amustan.

— Cher maître, que dois-je faire ?

— Je te conseille d'aller la voir, mais avec moi. Tu convoqueras tes barons, évêques et archevêques[1], pour qu'ils viennent à Bédigran connaître la vérité. Ta faute a été publique, la réparation doit l'être aussi.

Quand le roi arriva à Bédigran, il se rendit chez sa femme. Son corps répandait une puanteur telle, que les aromates et l'encens[2] que l'on brûlait sans arrêt ne parvenaient pas à la masquer. Elle parla avec difficulté. Elle allait de plus en plus mal et désirait se

1. Dignitaires de rang élevé dans l'Église chrétienne.

2. Parfum que l'on fait brûler, utilisé depuis l'Antiquité dans les cultes religieux, mais aussi (comme ici) pour purifier l'air.

confesser. Le roi la laissa seule avec frère Amustan, et l'ermite lui recommanda :

— Dame, vous êtes en danger de mort. Vous devez faire une confession sincère. Ne dissimulez rien de vos fautes, passées et présentes, si vous voulez avoir une chance de sauver votre âme.

— Seigneur, j'ai été la plus déloyale des femmes, et la plus pécheresse. J'ai trompé et trahi le roi Arthur, le meilleur des princes. Je lui ai fait quitter son épouse légitime, qui est la fleur de toutes les dames du monde. Aujourd'hui Dieu en prend une vengeance terrible, à la mesure de mes crimes.

Elle raconta en détail, sans rien cacher de ses fautes, comment elle avait mené à bien sa trahison, et demanda à l'ermite ce qu'elle devait faire.

— Dame, voici mon conseil. Vous avez péché envers le roi et envers tout son peuple. Vous devez reconnaître votre péché devant le roi et devant tout son peuple. Votre âme en sera soulagée.

Elle accepta, et le roi, avec tous ses barons et ses évêques, put entendre le récit de sa trahison. Bertelai le Vieux, avant de mourir, voulut aussi confesser son forfait, et le rôle qu'il avait joué auprès de sa dame.

Tous les barons étaient stupéfaits, et plus encore le roi. Il avait du mal à comprendre comment une aussi noire trahison avait pu naître dans un cœur de femme. Mais tous se réjouirent que la vérité fût désormais connue et rétablie. Gauvain fit immédiatement partir un messager pour le Sorelois, afin d'informer la reine que son destin allait changer.

Restait à fixer le sort des deux coupables. Les

barons proposaient que le roi en prît une vengeance éclatante, en les faisant écarteler ou brûler sur un bûcher. Mais le frère Amustan intervint et conseilla de les laisser au châtiment que Dieu leur avait infligé. Le roi suivit ce conseil et les fit envoyer dans un vieil hôpital à l'extérieur de la ville, où ils devaient mourir trois semaines avant Noël.

Les barons de Carmélide furent convoqués et on leur apprit la vérité sur la fausse Guenièvre. Celle-ci était encore en vie et elle put le leur confirmer. Ils furent saisis d'effroi et craignirent que la reine voulût se venger d'eux quand elle reviendrait en Bretagne. Ils firent donc le voyage du Sorelois pour aller lui crier merci et se jeter à ses pieds. Mais la reine était douce et bonne, elle courut les relever en pleurant et leur pardonna.

Bientôt arriva en Sorelois l'ambassade du roi Arthur. On avait connu dans le monde entier la répudiation de son épouse, la réparation devait être éclatante. Il avait donc réuni les plus hauts seigneurs de Bretagne, dix rois et ducs, l'archevêque de Canterbury et celui de Wincestre, pour les envoyer à la reine. Celle-ci, avant d'accepter de les recevoir, consulta Galehaut et Lancelot. Devait-elle accéder à la demande du roi, qui la priait de revenir comme épouse légitime et reine ?

— Dame, répondit Lancelot, c'est à vous qu'il appartient de décider. Mais qui pourrait vous conseiller de refuser l'honneur d'être reine de Bretagne et épouse du roi Arthur ? Même si nos cœurs éprouvent du chagrin de vous voir quitter cette terre, on ne saurait donner un mauvais conseil à l'être aimé.

Galehaut ne parla pas autrement :

— Dame, aucune autre réponse n'est possible. Mais sachez que nulle part vous n'aurez été aimée plus qu'en ce royaume. Ne nous oubliez pas, où que vous alliez.

La reine était très émue. Ces hommes, fidèles entre tous, lui conseillaient ce qu'elle désirait elle-même. Elle les prit dans ses bras et les embrassa tendrement, puis elle alla dans la grande salle recevoir les ambassadeurs du roi.

Le lendemain, après avoir fait ses adieux aux gens du Sorelois, qui pleuraient le départ d'une aussi bonne dame, la reine Guenièvre se mit en route vers Carduel. Elle y fut reçue avec les plus grands honneurs. On ne saurait décrire l'allégresse des barons à l'arrivée de la reine, escortée de Galehaut et Lancelot. Plus qu'aucun autre, Gauvain laissa éclater sa joie. D'aussi loin qu'il les vit, il courut vers eux les bras ouverts pour les embrasser.

Mais le moment était venu de rendre solennellement Guenièvre au roi. Lancelot s'était mis à l'écart, en proie à de tristes pensées. Galehaut prit la reine par la main, et, devant toute la cour, la remit entre les mains du roi.

— Seigneur, voici la dame que vous m'avez confiée. J'ai pris soin d'elle et l'ai gardée comme ma sœur, je puis en jurer.

Le roi le remercia, et la fête put se dérouler comme il était prévu, avec le plus grand faste. Seul Lancelot ne prenait pas part à la liesse générale. Le lendemain, il reprit seul le chemin du Sorelois.

Le roi Arthur était très malheureux de la haine de Lancelot. Il alla supplier Galehaut et la reine pour qu'ils l'aident à se réconcilier avec lui. Ils finirent par céder à ses prières, et Galehaut promit de revenir avec lui à Pâques, quand son ressentiment serait un peu calmé.

Lancelot revint effectivement à Pâques, et la reine l'invita dans ses appartements.

— Lancelot, mon très cher ami, le moment est venu de vous réconcilier avec le roi. Il désire redevenir votre ami, et moi aussi, je désire qu'il en soit ainsi. Il vous offrira tout ce que vous voudrez de ses biens. Mais nous savons tous deux que vous possédez déjà le seul bien qui vous importe. Cependant, vous n'accepterez pas tout de suite son offre. Vous vous défendrez vigoureusement d'accepter. C'est seulement quand Galehaut et moi nous nous jetterons à vos pieds que vous céderez.

— Vous, ma dame, à mes pieds ? Jamais je ne le supporterai !

— Il le faudra pourtant. Faites-le pour l'amour de moi.

Et il en fut ainsi. Lancelot, à contrecœur, accepta de faire la volonté de sa dame. Il redevint membre de la maison du roi et compagnon de la Table Ronde.

Cinquième partie

LE VAL SANS RETOUR

1

L'enlèvement de Gauvain

Cette année-là, le roi Arthur tint une cour magnifique à la Pentecôte. Il voulait célébrer la présence de la reine, à nouveau à ses côtés, ainsi que le retour de Lancelot, qui avait repris sa place parmi les chevaliers de la Table Ronde. De toutes les terres qui dépendaient de lui affluèrent barons et simples chevaliers, dames et demoiselles. Les bords de la Tamise se couvrirent de pavillons richement ornés. La veille de la fête, monseigneur Gauvain s'éclipsa de la tente du roi, en compagnie de monseigneur Yvain, le fils du roi Urien, de Lancelot et de Calescalain. Ce dernier, son cousin germain, était un chevalier de petite taille, trapu, et de grande vaillance. Les quatre compagnons, laissant Galehaut auprès du roi, allèrent se divertir dans les prés, puis ils se dirigèrent à pied vers la forêt de Varennes, toute proche, sans emmener avec eux d'autre compagnie.

Ils s'arrêtèrent dans une clairière très plaisante, à l'ombre d'un grand chêne. Tandis qu'ils bavardaient, voici qu'arriva à leur hauteur un écuyer monté sur un roncin tout en sueur. Il s'arrêta et les considéra un moment, puis s'éloigna à vive allure. Les quatre compagnons, étonnés, se demandaient qui il pouvait être, quand soudain un grand fracas de chevaux tout proches leur fit dresser l'oreille. Un chevalier de très grande taille déboucha dans la clairière, escorté par l'écuyer qu'on avait vu précédemment. Ce dernier lui cria :

— Voici le traître Gauvain !

Aussitôt le grand chevalier piqua des éperons et se précipita sur Gauvain, pensant le renverser. Celui-ci fit un mouvement de côté et voulut le saisir par la bride. Mais le chevalier l'attrapa vigoureusement par les deux bras et le hissa sur l'encolure de son cheval. Les trois compagnons coururent pour le retenir, mais l'agresseur fit ruer sa monture, renversant Yvain, et s'enfuit au grand galop. Serrant toujours contre lui Gauvain, il rejoignit un groupe d'une vingtaine de chevaliers armés. Comme Lancelot voulait se précipiter à sa suite, monseigneur Yvain l'agrippa :

— Ami, la bravoure est ici inutile : nous sommes désarmés. Si nous voulons sauver notre ami, il faut être en mesure de le faire. Voilà ce que je vous propose : courons vers nos tentes et armons-nous sans rien dire au roi. Nous nous lancerons à leur poursuite, jusqu'à ce que nous sachions ce qu'il en est.

Ils se mirent d'accord sur ce plan. Arrivés à leur hébergement, ils se firent armer et montèrent en selle le plus discrètement possible. Suivant la piste des ravisseurs de Gauvain, ils empruntèrent un grand chemin, qui les mena à un carrefour. Là, leur désappointement fut grand : toutes les voies avaient été foulées par les chevaux. Monseigneur Yvain dit à ses compagnons :

— Seigneurs, je crois que le plus sage serait de nous séparer ici, et que chacun suive une de ces voies.

Ainsi se séparèrent-ils, Lancelot prenant la route du milieu, Yvain celle de gauche et Calescalain celle de droite.

2

La quête de Calescalain

Calescalain chevaucha sans s'arrêter jusqu'à la tombée de la nuit, et finit par sortir de la forêt. Il déboucha alors dans une vaste plaine. À la clarté de la lune, il aperçut un beau manoir bien fortifié et appela à pleine voix. À la troisième fois, un écuyer sortit et lui demanda qui il était.

— Un chevalier étranger, qui a bien besoin d'un gîte !

— Entrez, au nom de Dieu, et soyez le bienvenu au manoir de la Blanche Tour. Vous y serez très bien logé.

Il le guida ensuite vers un puissant donjon au milieu de la cour, et là, le débarrassa de ses armes. Une demoiselle très aimable le revêtit d'un beau manteau d'écarlate[1], puis rentra dans la chambre d'où elle était sortie. Alors arriva une dame très belle, escortée de quarante chevaliers et hommes d'armes. Elle le fit asseoir avec elle sur un lit de repos et lui souhaita la bienvenue, lui demandant de quel pays il venait.

— Dame, répondit-il, je suis un chevalier du royaume de Logres et j'appartiens à la maison du roi Arthur.

— Seigneur, quel est donc votre nom ?

— Dame, on m'appelle Calescalain, je suis le fils du roi d'Escavalon.

À ces mots, la dame bondit de joie et lui jeta les bras autour du cou, le couvrant de baisers :

— Mon Dieu, soyez béni, vous m'avez envoyé l'homme au monde que je désirais le plus voir !

Calescalain était tout ébahi, et elle lui expliqua :

— Très cher ami, il est bien juste que je vous fasse fête, car vous êtes mon cousin germain ! Je suis la fille de votre tante, la dame de Corbazan, qui aimait tant votre père, et nous avons été élevés ensemble à Escavalon.

Calescalain était sidéré par ces révélations. Il se souvenait bien d'elle, mais comme il en était sans nouvelle depuis son mariage, il l'avait crue morte.

— Belle cousine, ces retrouvailles me comblent de joie. Sachez que, si j'avais su que vous étiez en vie, je n'aurais eu de cesse de venir vous trouver.

---

1. L'*écarlate* est, au Moyen Âge, une étoffe précieuse de couleur vive, mais pas forcément rouge. En français moderne, *écarlate* désigne la couleur rouge vif.

La dame lui demanda alors où il allait, et pourquoi il cheminait ainsi tout armé la veille d'une fête comme la Pentecôte[1]. Il lui raconta comment un grand chevalier avait enlevé monseigneur Gauvain, et comment, avec deux autres compagnons, il avait entrepris de le secourir, à l'insu du roi et du reste de la cour. Il lui décrivit ensuite la stature et l'armure du chevalier.

— Seigneur, sachez qu'il est passé aujourd'hui par ces terres, et je puis vous assurer que c'est le chevalier le plus déloyal et le plus cruel du monde.

— Et connaissez-vous son nom ?

— Certes, il s'agit de Caradoc le Grand, le seigneur de la Douloureuse Tour. Celui qui pourrait le vaincre par les armes n'est pas encore né, tant sa vaillance et sa force physique sont exceptionnelles. Mais son cœur ignore toute pitié, et je ne peux que vous conseiller de cesser sa poursuite.

— Je sais qu'il est d'une force extraordinaire, mais je ne souhaite qu'une chose : pouvoir l'affronter en champ clos[2]. Avec l'aide de Dieu, aucune victoire n'est impossible.

— Seigneur, il a ôté la vie à de nombreux chevaliers, et si vous l'affrontez, vous y perdrez votre tête.

---

1. Au Moyen Âge, l'Église recommandait aux croyants, lors des grandes fêtes, d'observer la *Paix de Dieu*, c'est-à-dire de ne pas porter les armes et de s'interdire tout combat.

2. Nom donné au terrain fermé, délimité, qui sert aux chevaliers s'affrontant en combat singulier.

Vous vous êtes lancé dans une folle entreprise, renoncez tant qu'il est encore temps.

— Ma chère cousine, inutile d'essayer de m'en dissuader. Je deviendrais fou, si Gauvain était délivré par Lancelot et monseigneur Yvain sans que j'y prenne part. Donnez-moi plutôt vos conseils, ils me seraient grandement utiles.

— Seigneur, lui dit-elle en pleurant, je vois que mes prières ne servent à rien. Allez vous coucher maintenant, car il faut refaire vos forces. Je vous apporterai demain toute l'aide qui sera possible.

À l'aube, Calescalain se réveilla. Il avait longuement pensé au sort de monseigneur Gauvain avant de s'endormir et il brûlait de reprendre la route. Sa cousine, en larmes, insista encore pour qu'il renonce à son dessein, mais sans résultat. Elle se résigna donc à suivre sa volonté.

— Très cher cousin, lui dit-elle, je vais vous dire comment agir. Quand vous partirez d'ici, je vous ferai conduire par mon écuyer, car il est difficile de ne pas s'égarer sur ces chemins. Et savez-vous ce que vous ferez, quand vous arriverez au château de Caradoc ? Il est puissamment fortifié de trois enceintes, et la première porte n'est pas aisée à franchir. Dix chevaliers y montent la garde, armés de pied en cap. Quand un chevalier errant se présente, il doit les combattre tous les dix à la fois : c'est la mauvaise coutume du château. S'ils triomphent de lui, le malheureux y laisse la tête, aucune pitié n'est à espérer. Jusqu'à ce jour, nul n'est ressorti vivant. C'est pourquoi vous éviterez de vous présenter à cette porte, si vous m'en croyez. À l'arrière de la forteresse, longez le fossé au pied des murailles, et vous apercevrez une poterne basse, et devant elle une planche qui enjambe le fossé, longue et étroite. Empruntez-la avec précaution, car vous serez lourdement armé, puis entrez par la poterne. Le premier mur d'enceinte sera ainsi passé, et vous en découvrirez encore deux autres. Une fois franchie la triple enceinte, vous vous trouverez dans le plus beau jardin que vos yeux puissent contempler. Au milieu, une tour, où vous entrerez sans peine, et là, vous rencontrerez une demoiselle très belle et très courtoise que je connais bien. Saluez-la pour moi, la dame de la Blanche Tour, et dites-lui que je lui demande de vous aider en tout. Pour preuve de ces paroles, donnez-lui cet anneau, qu'elle reconnaîtra, et ne manquez pas de lui dire que vous êtes mon cousin germain, l'homme que je chéris le plus au monde, maintenant que mon époux est mort.

La dame lui confia alors un anneau et il prit congé d'elle. Mais elle voulut l'accompagner jusqu'à l'orée de la forêt, où elle le laissa avec son écuyer. Elle s'en alla en pleurant, car elle craignait de ne pas le revoir.

3

La quête d'Yvain

Monseigneur Yvain chevaucha jusqu'à l'heure de vêpres sans trouver aucune aventure, et finit par arriver dans une grande vallée. Sur la route qui serpentait le long du fleuve, il rejoignit une litière portée par deux palefrois, et escortée par quatre écuyers montés sur de solides roncins. À côté de la litière chevauchait une demoiselle, qui aurait été d'une grande beauté si seulement elle avait été plus joyeuse. Mais elle était plongée dans la tristesse, car elle accompagnait un chevalier atteint de plaies très graves au corps et à la tête, et son angoisse était grande. Monseigneur Yvain, dès qu'il fut à sa hauteur, la salua, et elle répondit : « Dieu vous bénisse », sans cesser pour autant de gémir.

— Demoiselle, s'enquit monseigneur Yvain, qui est-il, ce chevalier dans la litière, pour lequel vous versez tant de larmes ?

Elle répondit en sanglotant :

— Ah, seigneur, c'est l'être que j'aime le plus au monde, et il est bien juste que je pleure, car il est en danger de mort, et je ne trouve personne qui puisse l'aider.

— Pourrai-je le voir de mes yeux ?

— Ne cherchez pas à le faire, seigneur, car aucun chevalier errant qui l'ait vu n'en a retiré autre chose que la honte.

— Qu'il en advienne honneur ou honte, demoiselle, je ne renoncerai pas.

— Celui qui veut le voir doit tenter de l'extraire du coffre où il est couché. Auparavant, il est obligé de jurer que, s'il y parvient, il n'aura de cesse de le venger de son agresseur. Sachez-le, beaucoup de bons chevaliers ont essayé et se sont retrouvés honteux de leur échec. Il ne sera tiré de là que par le meilleur chevalier du monde. Mais si, dans ces conditions, vous acceptez de prêter serment, je vous le laisserai voir.

— Puisque tant de bons chevaliers ont tenté l'entreprise, il n'est pas question que je m'y dérobe.

La demoiselle ordonna alors aux écuyers de déposer à terre la litière, et monseigneur Yvain s'en approcha. Le chevalier, gravement blessé, gémissait. Des coups d'épée lui avaient gravement entaillé le front et l'épaule, mais, beaucoup plus grave, un tronçon de lance était fiché dans sa poitrine. Après avoir juré, Yvain prit le chevalier entre ses bras et le tira vers lui, mais il ne parvint pas à le faire bouger d'un pouce. Plein de tristesse, il dut renoncer.

— J'en étais sûre, intervint la demoiselle. Inutile d'insister, seigneur chevalier.

— Par Dieu, demoiselle, vous aviez raison. J'aurais dû savoir que je n'étais pas le meilleur chevalier du monde. Comme j'aimerais qu'il fût ici, celui que je viens de quitter ! Voilà ce que vous devriez faire : reprenez le chemin par où je suis venu, et vous pourrez le rencontrer. Si un homme mortel peut réussir dans cette entreprise, je suis certain qu'il le fera.

Sur ces mots, monseigneur Yvain quitta la demoiselle et son escorte, et continua son chemin. Il fallait trouver un gîte où son cheval puisse être nourri et soigné, sinon l'animal ne serait guère en forme le lendemain. La route longeait maintenant une forêt et il lui sembla entendre le son d'un cor, venant des profondeurs des taillis. Il pénétra sous le couvert et se hâta dans cette direction. Il l'entendit à nouveau résonner avec force cinq ou six fois : celui qui sonnait devait être en grand danger.

Il arriva devant une bretèche qui défendait l'extrémité d'un pont-levis, jeté sur un fossé profond. De l'autre côté se dressait une vaste demeure en bois entourée d'une solide palissade. À l'intérieur de la bretèche, des gens criaient et se lamentaient dans une grande confusion. Tout en haut se tenait un tout jeune homme : c'était lui qui avait sonné du cor désespérément. À la vue d'Yvain tout armé, il devina qu'il était chevalier et s'écria :

— Ah ! noble chevalier, à l'aide, pour l'amour de Dieu !

Yvain, levant la tête, lui demanda ce qui se passait.

— Seigneur, il y a ici une grande troupe de brigands qui ont dévasté ma maison et massacré mes hommes d'armes. Je crois qu'ils ont tué ma mère et j'ai grand peur qu'ils ne s'en prennent maintenant à ma sœur pour la déshonorer.

Monseigneur Yvain éperonna son cheval et, franchissant le pont-levis et la porte ouverte, déboula au milieu de la cour. Quatre hommes étaient en train d'escalader une échelle appuyée au mur de la maison principale. À l'intérieur, deux brigands tenaient une jeune fille qui se débattait, et ils essayaient de la faire passer par la fenêtre à ceux de l'échelle. Dans la cour et les dépendances, il y avait une quinzaine de pillards, armés légèrement de cuirasses et de chapeaux de cuir à la mode galloise. Ils étaient équipés de haches, d'épées et d'arcs.

D'un coup d'œil, monseigneur Yvain vit la situation. Il se précipita sur ceux de l'échelle, qui étaient en train de saisir la jeune fille, et heurta le premier de sa lance avec tant de violence qu'elle lui transperça le corps. Saisissant son épée, il frappa l'un des trois à la tête, qu'il fendit en deux avec son chapeau. Les deux autres se laissèrent tomber de l'échelle pour s'enfuir, épouvantés, à travers la cour. Il fonça droit sur eux et sur les autres et se mit à couper bras et têtes, tout ce qui passait à sa portée. Eux, à distance, tiraient des flèches pour tuer son cheval. Voilà monseigneur Yvain à pied. Se couvrant de son écu pour essayer de se protéger des flèches qui pleuvaient sur lui, il s'élança de nouveau vers les pillards, l'épée nue à la main. Aucun n'osa l'affronter, et ils s'enfuirent en débandade à travers la cour. Le jeune homme, installé en haut de la bretèche, avait tendu un grand arc, fort et solide, et les criblait de flèches. C'était la déroute pour les brigands : les morts jonchaient le sol. Seuls deux d'entre eux purent s'échapper : sautant dans le fossé, ils s'enfuirent dans les bois.

Le jeune homme descendit précipitamment de la bretèche et rejoignit Yvain pour lui faire fête. La demoiselle qu'on avait voulu enlever gisait dans la cour, évanouie de terreur. Ils la relevèrent doucement et l'amenèrent dans le logis principal. La dame du château, mère des deux jeunes gens, sortit alors de la chambre : elle avait échappé à un sort affreux en se jetant sous un lit, et les brigands, dans leur hâte à piller, ne l'avaient pas trouvée.

Le jeune homme présenta Yvain à sa mère et à sa sœur :

— Réjouissez-vous, car voici un homme de bien que Dieu a envoyé à notre secours.

La désolation s'était changée en liesse. Peu leur importait la perte de leurs biens, du moment que la dame et sa fille avaient été sauvées. Cette nuit-là, monseigneur Yvain eut un hébergement confortable. Pourvu d'un bon cheval et comblé de toutes les bénédictions, il repartit dès le lendemain matin aux premières heures.

4
La quête de Lancelot

Après s'être séparé de Calescalain et d'Yvain, Lancelot avait longuement chevauché sans rencontrer personne. Comme le jour déclinait, il remarqua que son chemin obliquait pour se rapprocher de celui qu'avait pris Yvain. Et effectivement, les deux se rejoignaient. Lancelot entra alors dans une grande vallée. Il aperçut, auprès d'un bouquet d'arbres, le petit groupe formé par la litière et son escorte. Dès qu'il vit la demoiselle, il lui demanda quel était le chevalier transporté ainsi, et elle lui fit les mêmes réponses que précédemment à monseigneur Yvain : elle ne lui montrerait le chevalier que s'il tentait de le retirer du coffre et jurait de le venger.

Lancelot prit les engagements requis et s'approcha du coffre. Il fut saisi de pitié à la vue du malheureux, se demandant comment il pouvait vivre avec des plaies aussi affreuses. Il le prit alors dans ses bras aussi doucement que possible et le dégagea du coffre sans aucune peine. Le chevalier poussa un soupir, et, regardant Lancelot :

— Seigneur, bénie soit l'heure où votre route a croisé la mienne ! Nombreux sont les bons chevaliers qui ont tenté de faire cesser mes souffrances, mais en vain. Il est clair que vous êtes le meilleur de tous. Je voulais me rendre à la cour du roi Arthur, mais c'est inutile à présent, car je suis bien soulagé de mes douleurs. Cher neveu, dit-il à l'un de ses écuyers, retournez vite au château avec un compagnon, et annoncez cette nouvelle à mon père et à mon frère : elle leur réjouira le cœur. Le seigneur que voici nous y accompagnera, car il est bien juste que nous lui fassions honneur et fête.

Puis, s'adressant à Lancelot :

— Seigneur, il est temps pour vous de faire halte. Je vous prie de venir à mon château. Nulle part vous ne serez mieux reçu, quand les miens sauront que vous m'avez libéré.

Lancelot accepta, et les deux écuyers s'éloignèrent aussitôt pour annoncer au château la merveilleuse nouvelle. Avec l'aide de la demoiselle, Lancelot aménagea la civière du chevalier : ils rendirent sa couche moelleuse avec de l'herbe et de la mousse, qu'ils recouvrirent avec les étoffes qui garnissaient la litière. Après cela, ils l'allongèrent le plus commodément possible en étendant sur lui une couverture somptueuse. Quant au coffre, ils l'abandonnèrent au milieu du chemin : le blessé ne voulait plus le voir.

Leur chevauchée les amena au château, où une grande fête les attendait. C'était un fort beau château, de dimensions imposantes, qui dominait la Tamise. Il avait été un des plus animés du monde et on le nommait le Gai Château. Le maître des lieux, d'un âge avancé maintenant, était appelé Trahan le Gai, et il avait été célèbre dans sa jeunesse pour son caractère enjoué et son succès auprès des dames. C'était le père du chevalier de la litière, dont le nom était Drian le Gai. Il avait un frère, Méliant le Gai, et tous deux étaient renommés pour leur prouesse. À l'entrée du château les attendait Méliant avec tous ses hommes, pour leur faire escorte à travers la ville. À peine eut-il vu Lancelot qu'il se précipita pour lui faire de grandes démonstrations de joie, puis il se pencha vers son frère dans la litière, pour l'embrasser et lui demander comment il allait.

— Seigneur, fit Drian, je vais très bien, grâce au chevalier que voici, qui m'a délivré de cette douloureuse prison. Vous pouvez le chérir plus que quiconque, car, s'il plaît à Dieu, il me vengera. Il ne m'aurait pas délivré s'il n'avait été le meilleur chevalier du monde.

Ils entrèrent dans la ville où les habitants dansaient de joie dans les rues. Ils s'interrompirent pour courir à la rencontre de Lancelot et l'acclamer.

— Bienvenue au bon chevalier qui a guéri notre jeune seigneur !

Au château, le père le remercia en pleurant de joie : il avait perdu tout espoir de voir un jour son fils guéri. On accourut pour sortir celui-ci de la litière et le porter jusqu'à un lit de repos confortable. Quant à Lancelot, Méliant le débarrassa lui-même de ses armes, puis le ramena dans la grande salle. Mais plus il le regardait, plus il avait l'impression de l'avoir déjà rencontré. Il finit par lui poser la question :

— Seigneur, ne croyez pas que je veuille être indiscret, mais ne seriez-vous pas de la maison du roi Arthur ?

— Certainement, j'en fais partie. Mais pourquoi cette question ?

— Il me semble bien, seigneur, que je vous ai déjà vu. Vous ressemblez à ce tout nouveau chevalier qui un jour, à Camaalot, retira du corps d'un blessé les fers que nul n'osait ôter.

— Certes, et cela m'a valu bien des ennuis et des peines !

— Et n'avez-vous jamais su qui était ce chevalier ?

— Non, jamais ! Mais, à cause de lui, je suis resté emprisonné un an et demi.

Il n'y avait plus aucun doute pour Méliant. C'était bien lui ! Il lui sauta au cou, lui manifestant toute la joie possible.

— Seigneur, soyez béni entre tous les chevaliers du monde ! Vous êtes, j'en suis sûr, celui qui retira ses fers au chevalier. Vous aviez été adoubé le jour même, et c'était votre toute première prouesse. Eh bien, sachez que c'est moi que vous avez libéré !

Il lui montra alors la cicatrice qu'il avait à la tête et les deux autres à la poitrine.

— Seigneur, reprit-il, nous vous devons la vie, mon frère et moi. Me ferez-vous l'honneur et l'amitié de me dire votre nom ? Je désire plus que tout le connaître.

— Sachez que je m'appelle Lancelot du Lac, et qu'il y a bien peu de chevaliers à qui je l'ai révélé. Mais éclairez-moi à votre tour. D'où venaient les terribles blessures qui vous furent infligées à vous et à votre frère ?

— La vérité, c'est qu'au sortir de cette forêt il y a un chevalier, le plus félon et le plus cruel du monde. Et il est aussi le plus grand par la taille, plus que Galehaut, le fils de la Géante, qui dépasse d'un bon demi-pied les plus grands chevaliers du roi Arthur. Il a pour nom Caradoc le Grand, le seigneur de la Douloureuse Tour. Il avait un frère tout aussi félon et déloyal que lui, et c'est ce frère qui m'infligea les blessures que vous savez. Je le tuai en retour de sa propre épée, et entre Caradoc et nous naquit une haine mortelle. Par la suite, il attaqua mon frère Drian, qui se défendit vaillamment mais ne put résister à ses coups, tant est grande sa force physique. Caradoc, après l'avoir ainsi blessé, ne daigna pas le tuer ; il préférait le laisser vivre dans le désespoir et l'humiliation. Il le fit emmener chez lui et là, sa mère l'enferma dans le coffre que vous avez vu. Ce coffre était fait par enchantement : seul le meilleur chevalier du monde pourrait, sans l'abîmer ni le briser, en extraire le blessé. Le pouvoir magique de ce coffre était tel que jamais, aussi longtemps qu'il y serait emprisonné, son occupant ne pourrait ni mourir, ni voir ses plaies guérir. C'est dans cet état que mon malheureux frère fut transporté et remis devant la porte de ce château. Nous fûmes si accablés de douleur que nous aurions préféré mourir. Mon père sombra dans le désespoir et c'est alors que ma sœur entreprit la douloureuse quête que vous savez. Il y a bien un an et demi que mon frère n'a pas mis pied à terre, mais je suis sûr que maintenant, il sera rapidement guéri, aussi vite que moi à partir du moment où vous m'avez déferré.

Lancelot, à la description que lui avait faite Méliant, avait bien compris que ce Caradoc n'était autre que l'agresseur de Gauvain. Il lui révéla alors la raison de son voyage : il était à la recherche de celui-ci, en compagnie de Calescalain et de monseigneur Yvain.

— Et comment pensez-vous venir à bout de Caradoc ? Croyez-moi, ce ne sera pas aussi facile que vous l'imaginez ! Il faudrait pour le moins l'intervention du roi Arthur avec toute son armée. Et la victoire ne serait pas acquise : son château est très bien fortifié et ses hommes nombreux. Je ne pense pas qu'un seul chevalier en soit capable, ni deux, ni trois, ni même cent. Sachez que Caradoc est d'un tel orgueil qu'il espère une confrontation avec le roi Arthur en personne. C'est pour cela qu'il a enlevé monseigneur Gauvain. Il pense attirer ainsi à son château les meilleurs chevaliers du roi Arthur et s'en emparer, les uns après les autres. De cette manière, il espère vaincre le roi. Vous le voyez, la situation est grave, et il serait sage de renoncer à votre dessein. Mais quel que soit votre choix, toutes nos forces sont à votre disposition.

— Je ne peux en rester là, répliqua Lancelot. Deux

chevaliers plus âgés et plus valeureux que moi sont engagés dans cette quête, et ils ne renonceront à aucun prix. Il n'est pas question que je me dérobe.

— Je ne tenterai pas de vous en dissuader davantage. Si quelqu'un peut venir à bout de Caradoc, c'est bien vous. Je pense qu'il ne mourra pas d'une autre main que la vôtre.

Nous laisserons ici Lancelot en train de faire des plans d'action, pour revenir à monseigneur Gauvain, au moment où il est enlevé.

5

Gauvain en prison

Au bout d'une lieue à peine, le grand chevalier s'arrêta. Il dépouilla Gauvain de tous ses vêtements et le fit hisser sur un roncin au trot dur, les pieds liés sous le ventre de l'animal. Il le livra alors à deux hommes d'armes cruels, munis de fouets, qui le firent avancer en lui donnant de grands coups sur les côtés et sur les épaules. Le sang vermeil lui coulait tout le long du corps, teignant de rouge le roncin et le chemin qu'il suivait. Monseigneur Gauvain endurait tout cela sans un gémissement, mais il était pénétré de douleur à la pensée de la honte qu'éprouveraient le roi son oncle et ses compagnons quand ils apprendraient son malheur. Accablé de coups et couvert de plaies, il arriva à la Douloureuse Tour. Là, le félon le livra à sa déloyale mère, qui s'écria dès qu'elle le reconnut :

— Ah ! Gauvain, je te tiens enfin ! Tu vas payer pour mon frère Madras le Noir, que tu as tué comme un traître que tu es !

— Dame, je n'ai jamais été traître un seul jour de ma vie ! Je m'offre à combattre n'importe quel chevalier, pour prouver mon innocence.

Mais la vieille femme se souciait peu de ses protestations. Elle appela en criant les chevaliers du château, qui s'empressèrent d'accourir, car ils la redoutaient fort.

— Tant que vivra Gauvain le traître, je n'aurai pas un jour de bonheur ! Si vous ne le tuez pas, c'est moi qui le ferai !

Elle se précipita alors pour saisir une épée pendue au mur, et fonça comme une démente pour en frapper Gauvain. Mais son fils l'en empêcha en la ceinturant de ses bras, et il lui arracha l'épée.

— Arrêtez, dame ! Il n'est pas question de le tuer : vous feriez échouer tout mon projet. Croyez-moi, la mort lui serait plus douce que le sort que je lui réserve : il ne sortira jamais de ma prison, où il connaîtra un excès de douleur et de honte.

La mère ordonna à quatre robustes hommes d'armes de saisir Gauvain et de l'étendre sur un lit. Là, avec un poison de sa composition, elle lui envenima toutes ses plaies, puis elle le fit transporter dans un cachot noir et profond, tout infesté de vermine.

Ce cachot comportait une étroite couche surélevée. Au-dessous grouillait la vermine : crapauds et serpents qui faisaient un affreux vacarme et répandaient une puanteur abominable. Le malheureux qui serait tombé au milieu était perdu.

La première nuit fut atroce. La couche n'était garnie que d'un peu de fourrage dur et piquant, et la couverture fort mince ne protégeait pas Gauvain du froid et de l'humidité glaciale qui tombait de la voûte de pierre. Mais le pire à supporter, c'était le bruit et le tumulte que menaient les serpents qui, au-dessous de lui, tentaient de monter à l'assaut de sa couche. Le chevalier ne pouvait fermer l'œil, et son agitation ne faisait qu'aggraver l'état de ses plaies infectées. Ses bras et ses jambes étaient tuméfiés, enflés sous l'effet du poison, et la tête lui tournait, par manque de nourriture et de sommeil.

Il y avait dans la maison une demoiselle d'une très grande beauté, que Caradoc aimait à la folie. Mais elle le détestait par-dessus tout, car il l'avait enlevée en tuant son ami, un vaillant chevalier qu'elle aimait de tout son cœur. Elle le haïssait donc en secret. Cette jeune fille avait auparavant été la suivante de la dame de la Blanche Tour, la cousine de Calescalain. Elle était sage et courtoise, mais ne pouvait se consoler de la perte de son ami. Si on ne l'avait pas étroitement surveillée, elle se serait enfuie, mais la présence constante des chevaliers et des hommes d'armes rendaient la chose impossible.

Un beau jour, elle était en train de cueillir des fleurs dans le petit jardin au pied du donjon, à proximité du cachot où était enfermé Gauvain. Un étroit soupirail, donnant à l'arrière de la tour, procurait en effet une maigre lueur au prisonnier. Entendant des soupirs et des gémissements, la demoiselle s'approcha. Un malheureux se plaignait de ses grandes souffrances :

— Ah ! Dieu, en quoi ai-je mérité un sort aussi honteux et une mort si vile ? Ah ! noble roi Arthur, mon cher oncle, si tu voyais les maux que j'endure ! Lancelot, mon compagnon, je suis sûr que vous seriez bientôt là, si seulement vous saviez où je me trouve !

La jeune fille comprit que le captif était monseigneur Gauvain en personne, dont elle avait tant entendu vanter la vaillance et la courtoisie. Elle l'appela doucement par son nom, et le prisonnier répondit faiblement :

— Qui est-ce, seigneur Dieu ?

— Je suis une amie, et je sais que vous êtes celui qui jamais ne refusa son aide aux dames et aux demoiselles.

— Ah ! dame, qui êtes-vous ?

Elle lui raconta alors son histoire et lui demanda en quoi elle pourrait l'aider.

— Demoiselle, mes plaies se sont envenimées et mes membres sont tout enflés. Mais ce qui me soucie le plus, c'est l'assaut incessant des couleuvres et autres serpents qui me harcèlent. Procurez-moi un bâton pour me défendre, voilà le plus grand service que vous pourriez me rendre.

— Au nom de Dieu, vous l'aurez, et aussi un onguent[1] pour éliminer le poison de vos plaies.

Aussitôt, elle retourna à sa chambre dans la tour,

---

1. Sorte de remède, crème ou pommade grasse, que l'on

et tira d'un coffret une petite boîte. Puis elle s'empara d'une longue perche servant à suspendre les vêtements et la lança par la fenêtre aussi discrètement que possible. Elle redescendit au jardin en prenant garde de ne pas être vue, et récupéra la perche. Elle attacha la boîte d'onguent à l'extrémité et la fit passer par le soupirail à monseigneur Gauvain.

— Prenez vite cette boîte et passez-vous cet onguent sur tout le corps. Quant à la perche, brisez-la en plusieurs tronçons pour vous défendre. Mais surtout, pas un mot à quiconque ! Je serais perdue, et vous avec, si l'on apprenait ce que j'ai fait.

Monseigneur Gauvain suivit tous ses conseils et s'en trouva soulagé. Quant à elle, elle remonta dans sa tour en se demandant comment elle pourrait améliorer son sort. Il lui revint en mémoire une recette qu'elle avait un jour apprise de la mère de Caradoc, cette vieille déloyale. C'était une sorte de pain dont nul ne pouvait manger sans mourir aussitôt. Appelant une servante, elle lui fit chercher une bonne mesure de farine, de quoi faire du pain pour dix chevaliers. Puis elle alla cueillir au jardin une certaine herbe, dont elle mêla le jus à la pâte après l'avoir pétrie. Après quoi, elle fit cuire le pain, puis elle le rompit en menus morceaux sur une nappe blanche. Elle redescendit au jardin sans se faire voir, s'approcha du soupirail et jeta le tiers du pain dans le fond du cachot. Quand les serpents sentirent l'odeur du pain

---

applique sur la peau pour soigner. L'*onguent* contient diverses substances médicinales (plantes, poudres).

chaud, ils se précipitèrent dans un vacarme de sifflements et l'engloutirent en un clin d'œil. Elle leur lança alors le reste. Quand ils eurent le ventre plein, la chaleur du pain et la vertu des herbes entrèrent en conflit avec le venin froid des serpents, et les horribles bêtes crevèrent sur-le-champ. Une puanteur affreuse s'en éleva, et monseigneur Gauvain en aurait suffoqué sans le parfum délicieux de l'onguent dont il s'était enduit.

La demoiselle avait entendu avec satisfaction tout ce remue-ménage. Elle regagna sa chambre en réfléchissant à un moyen de procurer au prisonnier un peu de nourriture, car il était très affaibli. À la nuit tombée, elle se faufila hors de la tour avec tout ce qu'elle avait pu trouver à manger, soigneusement emballé. Elle noua une corde à l'extrémité d'une lance très longue qu'elle avait dérobée dans la salle d'armes, et au bout de la corde, elle attacha la nourriture empaquetée. Par la suite, Gauvain ne devait plus manquer de nourriture, car elle renouvela souvent son opération. Elle lui fit aussi passer des vêtements et une couverture. Elle imagina même un moyen de le débarrasser de la puanteur de la vermine, qui pourrissait sur le sol, grâce à un feu de soufre et d'encens.

C'est dans ces conditions que monseigneur Gauvain vécut en prison. Chaque jour, la demoiselle venait lui parler et lui dispenser l'aide dont il avait besoin. Par ses onguents, elle parvint à guérir ses plaies, et sa santé s'améliora de jour en jour. Il n'avait plus à souffrir que de l'enfermement qui lui était imposé.

Nous le quitterons ici pour revenir au roi Arthur, installé avec toute sa cour dans les prés de Londres, au bord de la Tamise.

6

À la cour d'Arthur

C'était la veille de la Pentecôte, et en fin d'après-midi le roi Arthur avait entendu les vêpres en compagnie de Galehaut. Il sortit de sa tente avec lui pour retrouver les autres chevaliers et ils s'étonnèrent de ne pas voir monseigneur Gauvain. Personne ne sut leur en dire des nouvelles, pas plus que de Lancelot, Yvain ou Calescalain. Galehaut ne voulut pas en rester là. Il se rendit à leur campement ; mais personne de leur entourage ne put lui en dire davantage. Il cacha cependant ses inquiétudes au roi, car le lendemain devait avoir lieu un événement important : c'était le jour fixé pour l'adoubement de Lionel, le cousin de Lancelot.

La cérémonie se déroula comme il était prévu, et le nouveau chevalier se distingua lors du tournoi qui suivit. Mais ni le roi, ni Galehaut, ni les chevaliers de la cour n'avaient vraiment le cœur à ces réjouissances. Monseigneur Gauvain n'avait jamais été absent sans motif à une grande fête comme celle de la Pentecôte. Quant à Lancelot, comment pouvait-il faire défaut à son cousin le jour de son adoubement ?

L'après-midi tirait à sa fin quand arriva un chevalier en bel équipage. C'était Méliant le Gai, qui avait quitté Lancelot après l'avoir accompagné quelque temps sur son chemin. Celui-ci voulait retrouver Yvain et Calescalain, pour tenter avec eux une action contre Caradoc.

— Seigneur, dit Méliant au roi, j'ai à vous porter le salut de Lancelot, à vous et à toute votre cour.

Le roi tressaillit de joie à ces mots. Prenant Méliant dans ses bras, il le pria de raconter tout ce qu'il savait. La nouvelle fut contée à Galehaut, qui se tenait dans sa tente, tout affligé. Sautant sur ses pieds, il se précipita chez le roi, assez vite pour entendre le récit de Méliant, qui racontait comment Lancelot avait délivré son frère du coffre qui l'emprisonnait.

— Et monseigneur Gauvain, dit le roi, sait-on quelque nouvelle de lui ?

— Hélas, seigneur, il est entre les mains de Caradoc, un chevalier redoutable et déloyal à l'extrême. Lancelot s'est lancé à sa recherche, avec monseigneur Yvain et Calescalain, s'il parvient à les retrouver.

La joie du roi, d'avoir des nouvelles, se changea vite en affliction, car le sort de Gauvain et de ses compagnons pouvait susciter les pires inquiétudes. Il avait très peur de les avoir perdus à tout jamais, si le ravisseur était si déloyal que le lui avait dit Méliant.

Galehaut était encore plus accablé : au chagrin que lui causait le malheur de Gauvain s'ajoutait l'angoisse devant les risques que Lancelot allait prendre.

On fit venir la reine, pour la mettre au courant de ces nouvelles.

— Dame, lui dit le roi, nous avons eu des nouvelles de Gauvain et de Lancelot.

Et il lui raconta tout ce qu'il savait. Voyant que les larmes lui étaient venues aux yeux, le roi la réconforta, car il connaissait son affection pour son neveu :

— Ne craignez point, nous le retrouverons. Mais, par Dieu, Lancelot mérite lui aussi votre affliction, car il vous a servie mieux que personne.

Mais la reine était bouleversée. Craignant de montrer un excès de douleur, elle s'enfuit dans ses appartements, dans une telle agitation que personne ne pouvait en tirer une parole. Galehaut, voyant son trouble, la suivit et la trouva gisant évanouie sur une couche. La Dame de Malehaut était auprès d'elle, très affligée. Il prit doucement la reine dans ses bras et elle finit par reprendre ses esprits. Mais ce ne fut que pour recommencer ses plaintes.

Galehaut revint, tout chagriné, auprès du roi. Ils se consultèrent sur la conduite à tenir, et décidèrent que tous deux se mettraient en route dès le lendemain à la tête de leurs troupes, pour délivrer monseigneur Gauvain. On prit l'avis de Méliant le Gai, qui leur donna ces conseils :

— Gardez-vous de traverser la forêt avec vos troupes. Il est facile de s'y égarer, et elle foisonne en aventures étranges. Quant à la terre de Caradoc, elle est pleine de défilés, de forêts profondes et de marécages, et vos gens y subiraient de grands dommages. Franchissez plutôt la Tamise et longez la forêt. Je vous conduirai moi-même en cinq jours par une voie sûre.

Le roi et Galehaut furent d'accord pour suivre ces conseils. Ils convoquèrent leurs troupes et se mirent en route le lendemain matin, guidés par Méliant.

Nous cesserons de parler d'eux pour revenir à Calescalain.

7

Calescalain au Val sans Retour

Calescalain avait quitté le château de la Blanche Tour en compagnie de l'écuyer de sa cousine. Il chevaucha ainsi plusieurs jours sans rencontrer aucune aventure digne d'être racontée. Mais un après-midi, alors qu'il cheminait à travers une forêt très sombre, son compagnon commença à manifester des signes d'inquiétude :

— Seigneur, nous venons d'entrer dans la partie la plus sauvage et la plus dangereuse de cette forêt, qu'on appelle la Forêt Malaventureuse. Et savez-vous comment se nomme ce chemin ? Le Chemin du Diable. Ces noms sont justifiés, car la plupart des chevaliers errants qui s'y sont hasardés n'ont rencontré que honte et malheur. Beaucoup ne sont jamais revenus. Vous feriez mieux de faire demi-tour et de rentrer à la Blanche Tour.

— Jamais, dit Calescalain, je ne ferai demi-tour par crainte d'une aventure périlleuse. Plutôt mourir dans l'honneur que sauver ma vie en esquivant le danger !

La nuit commençait à tomber. L'écuyer vit sur sa gauche une clairière, avec des vaches et des brebis en train de paître.

— Seigneur, proposa-t-il, il est temps de s'héberger. Si vous voulez, j'irai demander à ces bergers s'ils connaissent un lieu où passer la nuit.

Les pâtres appartenaient à un vavasseur d'un grand âge, qui demeurait dans un beau manoir tout proche et hébergeait avec plaisir les chevaliers errants. Calescalain et l'écuyer y furent donc conduits et fort bien accueillis.

Comme ils devisaient avec leur hôte après le repas, Calescalain révéla à ce dernier qu'il cherchait à atteindre la Douloureuse Tour.

— Par Dieu, dit le vavasseur, vous allez avoir à traverser des lieux bien périlleux. Prenez garde aux aventures traîtresses qu'ils recèlent. Tout près d'ici, il en est une que je vous conseille tout particulièrement d'éviter, car jamais nul n'a pu la mener à bien, quelle que fût sa prouesse. Le chemin qui part de ce manoir vous conduira à une large vallée profonde. Aucun chevalier, depuis fort longtemps, n'en est jamais ressorti. La raison de cette étrangeté, je ne puis vous la dire, mais voilà comment éviter de tomber dans ce piège. Quand vous arriverez au-dessus de ce val, vous trouverez une chapelle appelée la Chapelle de Morgane. Là, le chemin se divise en deux voies. Celle de droite vous mènera à la Douloureuse Tour.

Pour l'amour du Ciel, gardez-vous de prendre la voie de gauche, qui conduit au val qu'on appelle le Val sans Retour, car nul chevalier n'en est jamais revenu. Mais je ne saurais vous conseiller davantage d'aller à la Douloureuse Tour, car aucun n'y entre sans trouver la mort. C'est pourquoi le plus sage serait de renoncer à toutes ces folies, et de revenir sur vos pas.

— Mon cher hôte, dit Calescalain, ce n'est pas par plaisir que j'ai entrepris ce voyage. Faire demi-tour serait une lâcheté qui me couvrirait de honte.

— Je vois que mes conseils sont inutiles. Allez donc, et que Dieu vous protège de tout mal.

Après une bonne nuit, Calescalain se leva dès qu'il fit jour, et revêtit les armes que son écuyer lui apporta. Ils prirent congé du vavasseur et de toute la maisonnée et s'engagèrent sur le chemin indiqué. Ils chevauchèrent ainsi jusque vers l'heure de none, et arrivèrent à la Chapelle de Morgane, où la route se séparait en deux. La première voie obliquait à droite vers une vaste lande. La seconde, à gauche, conduisait à l'entrée du val.

Arrivé à la chapelle, l'écuyer, qui allait devant, tira sur ses rênes et dit :

— Seigneur, voici le val périlleux dont vous a parlé le vavasseur. Ayez pitié de vous-même, car, si vous y entrez, vous êtes perdu ! Dans ce cas, je ne vous suivrai pas, car ma dame m'a donné pour mission de vous mener à la Douloureuse Tour, et c'est là que conduit la voie de droite.

— Pas question de la prendre, répliqua Calescalain. On m'accuserait de lâcheté.

— Seigneur, je n'en soufflerai mot à personne !

— Je te crois volontiers, mais moi, je le saurai ! Lorsque viendra le moment de raconter mes aventures à la cour du roi Arthur, sous peine de parjure, je dirai la vérité. Je serai obligé d'avouer que j'ai voulu éviter cette aventure, et le déshonneur sera sur moi. Non, j'irai aussi loin que je pourrai aller ! Toi, attends-moi ici quelque temps, pour voir ce qui m'arrivera. Si je ne reviens pas, tu retourneras chez ma cousine pour l'informer des événements.

Le jeune homme jura qu'il l'attendrait aussi longtemps qu'il faudrait, et le chevalier s'engagea sur le chemin de gauche, qui descendait vers le val.

Ce val était appelé Val sans Retour, parce qu'aucun chevalier n'en revenait, et aussi Val des Amants Infidèles, parce qu'il retenait tous les chevaliers qui avaient été infidèles à leurs amies, même seulement en pensée. Voilà quelle était l'origine du val. Morgane, la sœur du roi Arthur, était, plus que toute autre femme, habile en charmes et enchantements. Elle les avait appris de l'enchanteur Merlin, puis elle avait abandonné la cour pour habiter les forêts profondes et lointaines, où elle se consacrait à la magie.

Dans sa jeunesse, elle s'était follement éprise d'un chevalier nommé Guyomar, cousin de la reine Guenièvre. Mais celle-ci les prit sur le fait et bannit son cousin. Depuis ce jour, Morgane la haïssait à mort. Elle s'enfuit de la cour pour retrouver Guyomar, mais celui-ci s'était épris d'une autre jeune fille, d'une grande beauté. Il n'osait cependant la fréquenter ouvertement, car il redoutait la colère et la jalousie de Morgane. Un jour, il parvint à s'éloigner avec la jeune fille, et ils vinrent s'unir dans ce val, qui était un des endroits les plus charmants de la terre. Ils furent dénoncés à Morgane, qui les prit en flagrant délit. Elle pensa devenir folle de douleur et frappa le val d'un enchantement : jamais aucun chevalier qui s'y présenterait ne pourrait en ressortir s'il avait commis la moindre faute, même en pensée, envers son amie. Et tous les chevaliers y resteraient emprisonnés jusqu'au jour où viendrait celui qui serait pur de toute infidélité, en acte, en pensée ou en désir. Guyomar, elle le retint sans qu'il puisse jamais quitter le val, mais la jeune fille qu'il aimait connut un sort affreux : elle la jeta dans une prison où elle la laissa périr de faim et de froid.

Depuis dix-sept ans, nul chevalier n'était entré dans le Val sans Retour sans y être retenu. Les enchantements devaient prendre fin si se présentait un amant irréprochable, mais Morgane était certaine qu'il n'en existait aucun. Elle était sûre ainsi de garder à tout jamais son ami dans sa prison.

Le val était large et profond, et entouré de part et d'autre par de hautes collines. Une herbe verdoyante et toujours fraîche le tapissait, et juste au milieu jaillissait une claire fontaine. Un grand chemin empierré le traversait d'un bout à l'autre, mais il était vain de chercher à en sortir, car il était parfaitement clos par une muraille d'air édifiée par magie. La prison n'était pas trop pénible, car les chevaliers, logés dans de belles maisons, avaient à boire et à manger à volonté, et disposaient de toutes sortes de divertissements, jeux de trictrac et d'échecs, danses et rondes, concerts de vielle[1] ou de harpe. Mais la mélancolie minait beaucoup d'entre eux, et certains étaient morts sans avoir pu retrouver la liberté. Le jour où Calescalain y arriva, le nombre de chevaliers emprisonnés s'élevait à deux cent cinquante-trois.

Calescalain, ayant laissé son écuyer à la chapelle, commença à descendre la colline par le chemin abrupt. Mais craignant que son cheval ne trébuche, il préféra mettre pied à terre. Il arriva ainsi en bas et là, il ne vit qu'une sorte de brume épaisse qui entourait le milieu du val : c'était la muraille d'air. S'étant remis en selle, il passa à travers cette brume et atteignit ce qui lui sembla être des maisons. Là, il se retourna et s'aperçut qu'il ne distinguait plus l'endroit par lequel il était entré. Surpris par ce prodige, il regarda autour de lui : il eut l'impression d'avoir, à droite comme à gauche, de hauts murs qui l'empêchaient d'obliquer, ou de faire demi-tour. Contraint d'avancer, il parvint à une porte étroite, si basse qu'il n'aurait pu y engager son cheval. Mettant pied à terre, il abandonna sa monture et se décida à franchir la porte en se protégeant la tête de son écu, et l'épée à la main. Bien lui en prit, car au bout du passage, long et étroit, il déboucha dans une petite salle où se tenaient deux dragons vomissant par la

1. Instrument de musique ancêtre du violon, dont on joue en frottant les cordes avec un archet.

gueule des gerbes de feu et de flammes. Les deux bêtes féroces étaient attachées par le cou à des chaînes scellées dans les deux murs opposés. Il fallait passer entre les deux pour pouvoir continuer son chemin.

Le chevalier jeta un regard derrière lui : la porte s'était refermée. Il n'avait pas d'autre choix que d'affronter les deux bêtes. Celles-ci se lancèrent sur lui avec fureur, l'une fendant de ses griffes son écu, l'autre lui déchirant son haubert. Calescalain, blessé gravement, leur assénait des coups violents partout où il pouvait, mais sans grand effet, semblait-il. Il réussit cependant à franchir l'espace de la salle et les laissa là, léchant le sang de leurs blessures.

Il passa une autre porte et, sortant du bâtiment, il parvint à un cours d'eau rapide et bruyant. Le seul moyen de le franchir était une longue planche étroite et peu sûre. Il s'en approcha et, au moment d'y poser le pied, il aperçut de l'autre côté deux chevaliers complètement armés, l'écu devant le visage. L'un brandissait une lance, l'autre une épée nue. Calescalain comprit que le combat serait bien inégal : ceux qui défendaient le pont seraient sur la terre ferme, et lui sur une planche, en grand danger de basculer dans l'eau, noire et rapide comme le fleuve de l'enfer.

Il n'était pas question de reculer cependant. Il s'avança jusqu'au milieu de la planche, non sans trembler à la pensée de l'eau grondante au-dessous de lui. Ce qui devait arriver arriva : la lance le frappa en plein milieu du corps, et il eut encore le temps de recevoir un coup d'épée sur son heaume, avant de basculer dans l'eau tourbillonnante. Roulé par les flots, il était sûr de se noyer. Il était déjà à moitié évanoui, quand il lui sembla qu'on le tirait de l'eau au moyen de crochets de fer.

Quand il rouvrit les yeux, il se trouvait dans une vaste prairie. Il sentit qu'on lui ôtait ses armes, mais sa faiblesse était telle qu'il ne pouvait se défendre. Il fut ainsi amené dans un magnifique jardin où se tenaient de nombreux chevaliers. Ceux-ci le réconfortèrent de leur mieux : ils avaient pitié de lui et maudissaient la mauvaise coutume du lieu. Quand il fut un peu remis, les autres lui demandèrent qui il était. Ayant appris qu'il était de la maison du roi Arthur, plusieurs chevaliers se nommèrent aussi. C'étaient des chevaliers de la Table Ronde que l'on pensait morts depuis longtemps.

Nous laisserons maintenant le Val sans Retour pour revenir à Lancelot, qui vient de quitter le Gai Château.

8

Lancelot au Val sans Retour

Lancelot avait à peine parcouru quelques lieues quand il aperçut sur le chemin un chevalier. C'était monseigneur Yvain. Ils se racontèrent leurs aventures et décidèrent de faire route ensemble. Le sort de monseigneur Gauvain les préoccupait beaucoup et ils se demandaient aussi ce qu'il était advenu de Calescalain.

Vers l'heure de none, ils rencontrèrent une demoiselle qu'ils saluèrent. Monseigneur Yvain lui demanda si elle connaissait le chemin vers la Douloureuse Tour.

— Je ne pense pas, répondit-elle, qu'aucun de vous deux soit assez hardi pour aller jusqu'à la tour, et encore moins pour y entrer.

— Et pourquoi donc, rétorqua Lancelot, n'aurions-nous pas assez d'audace ?

— Parce que tant de périls vous menaceraient que vous perdriez courage.

Lancelot se récria :

— Demoiselle, indiquez-nous la route, et vous verrez si nous oserons la suivre !

La demoiselle fut toute heureuse de sa réponse, car elle n'avait parlé ainsi que pour l'éprouver. Elle proposa donc aux deux chevaliers de les accompagner vers la Douloureuse Tour. Le soir venu, ils arrivèrent chez le vavasseur qui avait déjà hébergé Calescalain. Les nouvelles que leur donna le vieux seigneur étaient inquiétantes. Il avait peur, leur dit-il, que leur ami ne se soit engagé sur la route du Val sans Retour.

Au lendemain matin, Lancelot, Yvain et la demoiselle se mirent en route. Ils arrivèrent dans l'après-midi à la Chapelle de Morgane, où ils trouvèrent l'écuyer de Calescalain, qui attendait toujours son maître, dans la plus grande angoisse. Il leur conta comment celui-ci l'avait quitté, pour pénétrer dans le val dont nul n'était jamais revenu. Il s'inquiéta :

— Qu'allez-vous faire, chers seigneurs ? Allez-vous passer votre chemin sans vous soucier de lui ?

— Par Dieu, répondit Lancelot, il n'est pas question de l'abandonner ! Nous suivrons ses traces et nous verrons bien pourquoi nul chevalier ne peut sortir de ce val.

Ils s'engagèrent donc tous trois dans le chemin de gauche. Quand ils arrivèrent à l'entrée de la muraille d'air, là où il fallait traverser la brume, la demoiselle s'écria :

— Seigneurs, il n'y a plus qu'à décider lequel de vous deux tentera l'aventure.

Monseigneur Yvain s'avança d'un pas.

— Attendez-moi à cet endroit. Si je ne reviens pas d'ici quelque temps, vous saurez que je n'ai pas été plus heureux que les autres chevaliers.

Lancelot, n'osant s'opposer à ce que réclamait son compagnon, resta donc avec la demoiselle. Mais monseigneur Yvain connut le même sort que Calescalain, et se retrouva prisonnier avec celui-ci et tous les autres.

Au bout d'un long moment d'attente, la jeune fille se tourna vers Lancelot :

— Eh bien, noble chevalier, c'est maintenant votre tour d'affronter l'aventure. Mais mon cœur me dit que c'est vous qui mettrez fin aux maléfiques coutumes de ce val. Pourtant, ne vous fiez pas à votre prouesse pour réussir l'épreuve. Des chevaliers très vaillants y ont échoué, car c'est une autre qualité qui est requise.

— Et de quelle qualité voulez-vous parler ?

— Je vais vous l'expliquer. Vous ne sortirez pas de ce lieu si, de toute votre vie, vous avez commis la moindre infidélité envers votre amie, en pensée ou en acte.

Lancelot éclata d'un rire joyeux.

— Et si se présentait un chevalier pur de toute infidélité, qu'arriverait-il ?

— Eh bien, sachez qu'il aurait délivré tous ceux qui sont prisonniers de ce val, depuis dix-sept ans.

Mais je ne crois pas que soit jamais né un chevalier capable d'aimer avec une loyauté sans faille !

— Nous verrons bien ce qu'il en est. Venez, à présent !

Il s'engagea hardiment et elle le suivit, pleine d'appréhension. Il parvint jusqu'aux deux dragons, après avoir laissé son cheval à l'extérieur. S'élançant vers le premier, il le frappa entre les deux yeux, mais l'épée rebondit sans entamer les écailles de la bête. Dépité, il la remit au fourreau et, levant son écu, chercha à se protéger des flammes que vomissait le dragon. Mais déjà le second lui sautait dessus, fichant ses griffes dans son écu. La bête se trouva ainsi immobilisée, et Lancelot put, de ses deux mains, la saisir par le cou, qu'il serra dans une étreinte si puissante qu'il lui brisa les vertèbres. S'en étant ainsi débarrassé, il put retourner vers le premier dragon, dont il triompha de la même manière.

Ayant récupéré son écu, Lancelot poursuivit son chemin, toujours suivi par la demoiselle, et parvint au cours d'eau. S'avançant vers la planche, il demanda aux deux chevaliers défenseurs du pont si ce passage lui était interdit. Comme il n'obtenait aucune réponse, il avança le pied droit, puis le gauche, et chemina ainsi à petits pas comme sur un sentier, avec assurance et légèreté. Parvenu au milieu de la planche, il vit le chevalier pointer sa lance, prêt à le frapper en plein corps. Il interposa son écu, et la lance vint se ficher dedans. Il n'eut alors aucun mal à déséquilibrer son adversaire, qui bascula dans la rivière, avec pour seul trophée l'écu percé au bout de sa lance. Il lui restait à affronter le second. Franchissant la deuxième moitié de la planche, il le rejoignit sur la rive et l'assaillit avec une telle violence, faisant pleuvoir les coups sur son heaume, qu'il le força à demander grâce.

Toujours en compagnie de la demoiselle, il continua son chemin et arriva à un palais, mais là, il dut s'arrêter : une muraille de feu lui barrait la route. Déconcerté, il ne savait que faire. Mais la jeune fille l'interpella :

— Pour l'amour de Dieu, seigneur chevalier, souvenez-vous de l'anneau qui vous fut jadis confié !

Lancelot ôta son gantelet gauche et observa l'anneau que lui avait donné la Dame du Lac. Devant lui, il n'y avait plus rien du rideau de flammes qui l'avait arrêté. L'enchantement s'était dissipé.

Mais pendant qu'il continuait d'avancer à travers le palais, une suivante, qui avait tout observé par une fenêtre, courut prévenir sa maîtresse, Morgane :

— Dame, je vous apporte de bien étranges nouvelles !

— Quelles nouvelles ? Ne me fais pas attendre !

— Dame, tous les enchantements se sont dissipés, les murailles du val n'existent plus, et vous pouvez voir venir vers ce château plus de cent chevaliers qui étaient prisonniers.

— Et comment cela a-t-il pu arriver ? Qui a fait cela ?

— Dame, c'est un chevalier qui a accompli aujourd'hui des prouesses extraordinaires. C'est le meilleur chevalier du monde, et aussi le plus loyal en amour !

— Maudit soit-il ! fit Morgane. Aucun chevalier ne pouvait me faire plus de mal, car il a ainsi délivré mon ami, que je retenais auprès de moi dans ce val.

Mais Lancelot entrait dans la salle, toujours suivi par sa demoiselle, et Morgane fut obligée de faire bon visage et de manifester la joie la plus vive pour les accueillir. Derrière eux arrivèrent les chevaliers délivrés : ils accouraient pour fêter celui qui les avait tirés d'une douloureuse prison. Parmi eux se trouvaient Calescalain et monseigneur Yvain, qui se précipitèrent, les bras tendus, vers leur compagnon. L'allégresse était générale et les chevaliers s'empressèrent de leur demander qui était leur sauveur.

— Mais c'est Lancelot du Lac, le fils du roi Ban de Bénoïc, le meilleur chevalier du monde !

Quand Morgane entendit que c'était Lancelot, son cœur frémit de haine. Par nigromance[1], en lisant dans les astres, elle avait en effet appris l'amour de la reine pour Lancelot. Plus que toute femme au monde, elle détestait Guenièvre, qui l'avait séparée de son amant Guyomar. Elle pensa qu'elle tenait enfin, avec Lancelot, le moyen de tourmenter la reine, et de la perdre dans l'esprit du roi Arthur.

Ce soir-là, cependant, Morgane fit préparer une grande fête en leur honneur et promit solennellement

1. Magie noire, science magique maléfique.

que tous les chevaliers présents s'en iraient quand ils voudraient.

Elle invita donc tout le monde à rester au palais pour la nuit et fit préparer des lits. Après quoi elle fit mine d'aller se coucher. Quand elle pensa que Lancelot était endormi, elle pénétra dans sa chambre et glissa sous sa tête un oreiller bourré d'herbes magiques, qui avait le pouvoir de plonger celui qui y reposait dans le sommeil le plus profond. Elle le fit déposer sur une courtepointe par quatre de ses hommes d'armes, qui l'emportèrent au-dehors. Ils le placèrent dans une litière, qu'ils chargèrent sur des chevaux, et partirent à vive allure. Morgane les accompagnait. Ils parcoururent ainsi une grande distance à travers la forêt, jusqu'à un riche domaine où elle avait un château. Au matin, elle le fit descendre dans un cachot profond où elle l'abandonna.

Pendant ce temps, les chevaliers s'étaient réveillés. Quelle ne fut pas leur stupéfaction quand ils se retrouvèrent au milieu du val ! Mais quand Calescalain et monseigneur Yvain s'aperçurent de l'absence de Lancelot, puis de celle de Morgane, leur inquiétude fut à son comble. Ils s'équipèrent donc, accablés. La demoiselle qui avait conduit Lancelot, tout aussi affligée qu'eux, les accompagnait.

— Comment, dit monseigneur Yvain, parviendrons-nous à libérer Gauvain sans l'aide du meilleur d'entre nous ?

— Que faire ? Nous ignorons où il se trouve ! Cependant, si ces chevaliers ici présents voulaient se joindre à nous, nos chances de réussite grandiraient d'autant.

Ils s'accordèrent tous à cette proposition de Calescalain. Déterminés à mourir, s'il le fallait, pour délivrer Gauvain, ils se dirigèrent vers la Douloureuse Tour.

9

Lancelot et Morgane

Quand Lancelot s'éveilla, il se vit dans un lieu obscur et hideux. Où était-il ? Le Val des Amants Infidèles, la délivrance de Calescalain et Yvain, tout cela n'était-il qu'un rêve ? Il appela ses amis, mais personne ne répondit.

Après l'avoir laissé se tourmenter quelque temps, Morgane vint à lui et l'appela par son nom :

— Lancelot, vous êtes désormais mon prisonnier. Vous allez devoir suivre ma volonté.

— Dame, en quoi ai-je mérité ce sort infâme ? Et mes compagnons, que sont-ils devenus ?

— Ils sont sains et saufs, je les ai laissés partir, comme cela avait été fixé. Et vous-même, si vous acceptez de m'obéir, je vous libérerai. Mais si vous refusez, vous resterez longtemps dans cette prison.

— Ah ! dame, ne me retenez pas ici, car, si monseigneur Gauvain était délivré sans que j'y prenne part, j'en mourrais de honte ! S'il est un moyen de vous fléchir, je ferai avec plaisir ce que vous voudrez.

— Tant mieux pour vous, car je ne vous demanderai rien d'impossible. Jurez-moi de répondre la vérité à toutes mes questions.

— Seule la vérité sortira de ma bouche, mais je ne puis jurer de répondre.

— Eh bien, je veux obtenir ce que vous avez refusé de dire à la Dame de Malehaut. Il vous faut révéler qui vous aimez d'amour.

— Dame, personne au monde ne m'a été assez cher pour que je lui fasse cette confidence. S'il est vrai que j'aime, nul ne le saura par moi.

— Il vous faudra pourtant en passer par là !

— Je le jure devant Dieu, cela ne sera pas. Vous pourrez y user tous les enchantements de Merlin, je ne dirai pas un mot à ce sujet.

Morgane vit bien qu'il était furieux. Se mettant à rire, elle lui jeta :

— Eh bien, vous ne sortirez jamais de cette prison !

— Très bien, alors je n'en sortirai pas.

Elle comprit qu'elle ne parviendrait à rien de cette manière.

— Je pourrais, lui dit-elle, vous laisser aller au secours de mon seigneur Gauvain, mais à une condition : une fois que vous en aurez fini, vous reviendrez vous remettre dans ma prison, sans dire à personne où vous allez. Vous me laisseriez en gage cet anneau que je vois à votre main droite.

— Dame, je vous donnerai par serment toutes les assurances qu'il faudra. Mais cet anneau ne quittera mon doigt qu'avec la vie.

C'était bien ce que soupçonnait Morgane : l'anneau était un cadeau de la reine. Et en effet, c'était bien celui que Guenièvre lui avait donné le jour où elle lui avait accordé son amour.

— Allons, reprit Morgane, je vous laisserai aller si vous me jurez de revenir aussitôt monseigneur Gauvain libéré, par vous ou par un autre.

Lancelot prêta le serment exigé et elle le tira de prison. Elle dut le forcer à se restaurer, tant il était impatient de se mettre en route. Elle lui fit préparer un cheval, donner des armes neuves, et lui dit au moment du départ :

— Cher seigneur, je voudrais vous confier une de mes demoiselles. Vous assureriez sa protection et elle pourrait vous guider jusqu'à la Douloureuse Tour. C'est elle qui vous avertira quand vous devrez revenir ici.

Il était impossible de refuser, et Morgane lui confia la plus belle demoiselle de sa suite. Mais la prenant à part, elle lui parla un moment à l'oreille, avant de la laisser monter en selle.

Lancelot et la jeune fille partirent sur la route de la Douloureuse Tour. Au bout de quelques lieues, la demoiselle engagea la conversation, selon les instructions de sa dame. Elle essaya de le faire parler de divers sujets, en le flattant de son mieux. Riant et badinant, elle tenta de l'exciter par tous les moyens : elle dénoua sa guimpe pour lui montrer son visage et ses cheveux. Elle lui chanta même des refrains bretons et français, de sa voix claire et mélodieuse. Avisant une clairière particulièrement plaisante, elle lui proposa :

— Allons, seigneur chevalier, ne serait-il pas bien sot, celui qui passerait ici en compagnie d'une belle demoiselle sans s'arrêter à loisir ?

Elle le provoquait autant qu'elle le pouvait, mais lui restait insensible à ses avances. Loin d'être charmé, il en était tellement agacé qu'il ne pouvait lui jeter un regard. À la fin, il lui fut impossible de garder le silence :

— Demoiselle, parlez-vous sérieusement ?

— Allons, seigneur, il est bien naturel qu'un chevalier, s'il est beau, vaillant et sage, prie d'amour une demoiselle quand ils sont seul à seule ! S'il ne le fait pas, par crainte peut-être, la demoiselle peut tout à fait le rappeler à l'ordre et le prier de satisfaire ses désirs. Et s'il refuse, moi, je pense qu'il doit devenir un objet de honte et de moquerie dans toutes les cours du monde entier. Pour cette raison, je vous prie instamment de mettre pied à terre. Voyez, le lieu est agréable et commode, et si vous ne me faites pas l'amour, je ne vous suivrai pas plus avant, et je vous couvrirai de ridicule partout où j'irai.

— Par Dieu, j'ignorais qu'une jeune fille pût parler aussi librement. Pour moi, elle ne fait que se déshonorer quand elle adresse à un chevalier étranger des propos qu'il n'oserait même pas lui tenir ! Mais en fait, je suis persuadé que vous ne parlez pas sérieusement, et que vous n'agissez ainsi que pour me mettre à l'épreuve.

Et effectivement, la jeune fille n'avait pas d'autre mission. En riant à l'abri de sa guimpe, elle se remit en route. Ils chevauchèrent longuement sans plus parler, jusqu'à la tombée de la nuit. Ils pénétrèrent alors dans une lande vaste et belle, et distinguèrent, à la clarté de la lune, un pavillon luxueux et magnifique.

— C'est le pavillon de ma dame, fit la demoiselle. Elle l'a fait dresser à notre intention.

Les serviteurs s'empressèrent de désarmer le chevalier, puis préparèrent un repas fastueux. Quand ils se furent restaurés, la jeune fille amena Lancelot à un lit, le plus somptueux qu'on eût jamais vu. Draps fins, oreillers de soie, courtepointe brodée ornée de pierreries, rien ne manquait à ce lit, tout imprégné des parfums les plus suaves. Dans un autre coin de la pièce avait été dressé un autre lit, mais petit et pauvre en comparaison du premier. La demoiselle ordonna à Lancelot de se dévêtir et de se déchausser, puis d'aller se coucher dans le grand lit.

— Et vous, demoiselle, où dormirez-vous ?

— Ne vous en souciez pas.

Puis elle le laissa pour aller faire coucher les serviteurs et les écuyers dans les dépendances autour du pavillon. Quand elle revint, Lancelot s'était mis au lit, mais il avait pris ses précautions : il avait gardé ses braies[1] et sa chemise.

Le pavillon était éclairé de deux grands cierges

1. Pantalons courts qui descendent jusqu'aux genoux, et

posés sur un coffre. Les ayant éloignés en les posant à terre, la demoiselle alla retirer sa robe pour ne garder que sa chemise. Puis elle s'approcha du lit, souleva les draps pour se glisser à l'intérieur, et tenta de l'enlacer. Lancelot bondit hors du lit.

— Ah, demoiselle, vous avez perdu toute pudeur ! Jamais on n'a vu une jeune fille vouloir prendre de force un chevalier !

— Lâche et déloyal, voilà ce que vous êtes ! Vous vous vantez de délivrer monseigneur Gauvain, et une demoiselle toute seule vous met en fuite !

— Aucun chevalier ne m'a traité de lâche sans que je me défende !

— Eh bien, on va voir comment vous vous défendez !

À ces mots, elle se rua sur lui, pensant le prendre par le cou. Mais elle le manqua et sa main se glissa dans l'encolure de sa chemise. Lancelot, rouge de honte, la saisit par les deux bras, et la terrassant le moins rudement possible :

— Promettez-moi, lui dit-il, de renoncer à coucher avec moi.

Mais la jeune fille était rusée. Elle feignit de s'évanouir, et quand le chevalier desserra son étreinte pour tenter de l'examiner, elle en profita pour avancer les lèvres et lui donner un baiser. Furieux, il la repoussa en crachant de dégoût, et, voyant qu'elle ne renon-

---

portés par les hommes sous la cotte. Les *braies* sont raccordées aux *chausses*, qui couvrent jambes et pieds.

cerait pas, il sortit du pavillon. Elle le poursuivit en criant :

— Revenez, seigneur chevalier ! Vous n'avez plus à vous garder de moi. Je ne poursuivrai pas davantage un lâche, un déloyal qui se dérobe à la demande d'une demoiselle !

— Est-ce donc loyauté, de se plier au bon vouloir des demoiselles ?

— Oui, assurément.

— Que Dieu me dispense de cette loyauté-là !

— Et pourquoi ? Ne suis-je pas assez belle pour vous ?

— Là n'est pas la question. Je suis aimé d'une dame si belle, si bonne et si loyale, que je suis incapable de la tromper, ni dans mon cœur, ni dans mon corps.

— Soyez désormais sans souci, chevalier, je vous laisserai reposer tranquille. Vous êtes l'ami le plus loyal et le meilleur chevalier du monde. Si je vous ai tourmenté, c'était pour vous mettre à l'épreuve, et obéir aux volontés de ma dame. J'ai peur de m'être attiré votre haine, et je vous supplie de me pardonner.

Elle tomba alors à ses pieds et Lancelot la releva. Ils revinrent tous deux au pavillon, où chacun se coucha dans un lit et dormit jusqu'au jour.

10

La libération de Gauvain

Le lendemain, Lancelot arriva avec la demoiselle à proximité de la Douloureuse Tour, où ils retrouvèrent monseigneur Yvain, Calescalain et tous ceux qui avaient été libérés du Val sans Retour. On peut imaginer la joie qu'ils se manifestèrent. L'écuyer qui avait accompagné Calescalain les rejoignit et leur exposa les derniers événements. Caradoc s'était mis en route, avec deux cents chevaliers et deux mille hommes d'armes, vers l'entrée de sa terre, au Félon Passage, où il comptait affronter le roi Arthur avec toute son armée. Il avait donc laissé la Douloureuse Tour considérablement dégarnie. Calescalain se réjouit fort de la nouvelle, et interrogea ses compagnons :

— Qu'en pensez-vous ? Le moment semble favorable pour donner l'assaut.

— Je me range à votre avis, dit monseigneur

Yvain. Nous devons avant tout libérer Gauvain. C'est pour cela que nous sommes ici.

Tous furent d'accord, mais Lancelot restait réticent :

— Je pense que monseigneur Gauvain, le plus vaillant des chevaliers, ne mérite pas d'être délivré par traîtrise et sans risque. Cette délivrance doit être obtenue par un fait d'armes éclatant : en affrontant Caradoc, et non en nous emparant de son château en son absence. J'irai donc plutôt rejoindre le roi.

Les chevaliers se rallièrent à ce point de vue et, sans plus attendre, ils partirent pour le Félon Passage. Monseigneur Yvain et Calescalain, quant à eux, préférèrent se consacrer à la libération immédiate de Gauvain.

Ils se présentèrent donc à l'entrée de la première enceinte. Un nain vint à leur rencontre, une épée ensanglantée à la main.

— Seigneurs chevaliers, avez-vous l'intention d'entrer dans ce château ?

— Assurément.

— Eh bien, il faudra vous soumettre à la coutume du lieu : si un chevalier errant se présente, il doit livrer combat à dix chevaliers qui gardent la grande porte. S'il s'en présente deux, chacun doit combattre contre dix.

Ces précisions laissèrent les deux amis ébahis. Leurs chances de réussite semblaient bien minces ! Il n'était pas question de renoncer pour autant à leur entreprise. Ils se concertèrent à voix basse :

— Voilà un passage qui ne manque pas de traîtrise, dit Calescalain. Mais je soupçonne ce nain de mentir. Les renseignements de l'écuyer laissent à penser qu'il n'y a pas sur place tant de chevaliers capables de combattre. Mais un autre moyen existe peut-être : ma cousine m'a indiqué qu'on pouvait s'introduire dans le château par une poterne basse à l'arrière. Choisissez le passage que vous préférez.

Monseigneur Yvain était perplexe. Il ne connaissait rien du second passage, et surtout il craignait, s'il évitait le premier, de passer pour un lâche. Il décida qu'il affronterait les dix chevaliers, et que Calescalain tenterait sa chance à la poterne. Ils se séparèrent donc.

Yvain revint au nain, qui aussitôt sonna du cor. La porte s'ouvrit et apparurent à l'entrée dix chevaliers équipés de toutes leurs armes.

— Chers seigneurs, leur dit Yvain, si un chevalier errant est prisonnier ici, que risque-t-il ?

— Il a toute chance de perdre sa tête !

— Et s'il peut forcer le passage ?

— Cela ne s'est jamais vu.

— Eh bien, je tenterai l'aventure. Il n'y a pas de déshonneur à être vaincu, mais reculer devant l'épreuve me couvrirait de honte.

Monseigneur Yvain recommanda son âme à Dieu, fit un signe de croix, et piqua des éperons en direction des dix. Les chevaliers l'attendaient et ne manquèrent pas d'asséner des coups violents sur son écu, lui faisant ployer l'échine vers l'arçon arrière. Son écu lui fut arraché, la courroie rompue, mais son cheval était robuste et rapide, il lui permit de traverser la cour. Rassemblant ses forces, il se redressa et revint vers ses adversaires, l'épée brandie. Il se comporta comme un brave, mais toute sa vaillance fut inutile. Accablé de coups, il tomba à terre. Là ils l'attachèrent de force et l'emmenèrent pour le tuer. Mais apprenant qu'il était de la maison du roi Arthur, ils n'osèrent pas le faire, et l'enfermèrent dans un souterrain en attendant le retour de leur seigneur.

De son côté, Calescalain se dirigea vers la poterne ouverte dans la palissade à l'arrière du château. Embarrassé de ses armes, il passa la planche étroite avec effroi. Mais à peine avait-il franchi la porte qu'il se trouva face à deux chevaliers, qui foncèrent sur lui. Au prix d'un gros effort, il parvint à s'en débarrasser et à passer la porte de la seconde enceinte. Là ce furent quatre chevaliers qui l'assaillirent et le blessèrent en plusieurs endroits. Il se défendit magnifiquement, offrant à ses adversaires plus de résistance qu'ils ne pensaient, mais il finit par succomber à la violence de leur assaut. Les chevaliers le prirent à son tour et le jetèrent dans la prison où était déjà enfermé monseigneur Yvain.

Pendant ce temps Lancelot et sa troupe de chevaliers avaient rejoint le Félon Passage, guidés par la demoiselle et l'écuyer. Là, la bataille faisait rage entre les hommes du roi Arthur et ceux de Caradoc. Les gens du roi, particulièrement téméraires, avaient subi de lourdes pertes. Les nouveaux venus foncèrent hardiment et abattirent un grand nombre de ceux qui défendaient le passage, faisant basculer le sort de la bataille. Lancelot aurait bien poursuivi le combat, mais les ennemis du roi étaient en débandade. Caradoc, après avoir combattu vaillamment, fut obligé de prendre la fuite. Il s'en retourna vers son château à vive allure, éperonnant son excellent cheval, à travers la forêt profonde. Mais Lancelot l'avait aperçu, il se lança à sa poursuite et le rejoignit dans une vallée écartée. Caradoc se retourna et fit face, l'épée nue à la main. Ils échangèrent des coups furieux sur les heaumes et les hauberts, qui bientôt ruisselèrent de sang vermeil. Mais Caradoc entendit les hommes du roi se rapprocher ; craignant d'être rejoint, il reprit la fuite vers son château, toujours poursuivi par Lancelot.

Le guetteur, le voyant, fit abaisser le pont-levis pour lui livrer passage, et Lancelot se rua à sa suite. Son adversaire allait lui échapper. S'approchant autant qu'il le pouvait, il l'agrippa par le bras. Caradoc tira de toutes ses forces pour se libérer et parvint à arracher Lancelot aux arçons de sa selle, le faisant atterrir à la volée sur la croupe de son propre cheval. La bête tituba sous le poids des deux hommes, puis continua sa course effrénée et franchit, sans que personne puisse l'arrêter, les trois rangées de fortifications. Les voici dans la cour du château.

Les dix chevaliers préposés à la garde des enceintes firent fermer les portes et relever le pont-levis, et s'employèrent à défendre les murailles contre les assaillants, qui avaient suivi de près Lancelot, et menaient un grand vacarme à l'extérieur. Ils avaient trop à faire pour s'occuper de ce qui se passait dans la cour.

Le cheval avait fini par arrêter sa course devant la tour. Caradoc était grand et vigoureux : se débattant violemment sous l'étreinte de Lancelot, il parvint à se jeter à bas de sa monture en l'entraînant à terre. Ils tombèrent ainsi la tête la première, manquant de se rompre le cou, et restèrent un moment étourdis. Lancelot se releva le premier et, mettant la main à l'épée, fonça sur son adversaire, qui dégaina aussitôt. Lancelot le serrait de près, faisant pleuvoir les coups sur son heaume. Mais l'autre, d'une force exceptionnelle, lui renvoyait des coups encore plus violents et pesants, tailladant son haubert et cabossant son heaume. Le combat dura longtemps, sans qu'aucun ait vraiment l'avantage.

La demoiselle de la tour, celle qui avait tant aidé monseigneur Gauvain, les observait, stupéfaite devant ce spectacle : aucun chevalier n'avait jamais tenu aussi longtemps face à Caradoc. Elle détestait ce dernier et était prête à tout pour le mener à sa perte. Le chevalier était tellement épris d'elle qu'il lui avait confié la garde d'un objet dangereux entre tous : une épée enchantée. Sa mère avait prédit en consultant les astres qu'il ne pourrait mourir que par cette épée. Aussi l'avait-elle longtemps gardée. Mais pour finir, Caradoc l'avait confiée à la demoiselle dont il était amoureux. Celle-ci tira l'épée du coffre où elle était enfermée et réfléchit à la manière dont elle pourrait la faire parvenir à Lancelot.

La lutte continuait entre les deux hommes, aussi

vaillants et résistants l'un que l'autre. Confiant dans la force de ses poings, Caradoc aurait voulu saisir Lancelot, qui ne cessait d'esquiver ses manœuvres. Il se déplaçait insensiblement vers la tour, conscient en outre du vacarme des assaillants et pensant y trouver refuge en cas d'assaut final. Arrivé en bas de l'escalier menant à la tour, Caradoc parvint à éviter un coup terrible que lui portait son adversaire. L'épée s'abattit sur la marche de pierre et se brisa net à un demi-pied de la poignée. Lancelot était désarmé. Son adversaire en profita pour reprendre l'avantage : il l'obligea à céder du terrain, et à monter les degrés à reculons tout en se protégeant du mieux possible avec son écu. Et voilà que derrière Lancelot s'ouvrit la porte de la tour. La demoiselle lui tendit la précieuse épée et referma bien vite la porte.

Caradoc avait vu la jeune fille et reconnu l'épée.

— Ah ! Dieu, l'heure de ma mort est venue ! Je meurs trahi par l'être que j'aimais le plus au monde !

Sans attendre son adversaire, il dévala les marches et se mit à fuir vers une porte dérobée menant aux souterrains, en bas du fossé. Puisqu'il était condamné à mourir, il voulait aller tuer monseigneur Gauvain. Lancelot bondit à sa poursuite. Il le rejoignit tandis qu'il atteignait le fossé, au fond duquel une grille aux barreaux de fer barrait l'accès aux souterrains. Caradoc sauta dans la fosse, se brisant une jambe, et se traîna jusqu'à la porte qu'il se mit à déverrouiller. Lancelot l'avait suivi, il entendit le bruit de la porte et se jeta du haut de la fosse sur son adversaire, qui s'effondra. Sans plus attendre, il lui arracha son heaume et lui coupa la tête.

Mais Lancelot ne pensait plus qu'à une chose : délivrer monseigneur Gauvain. S'engageant dans le souterrain, il buta soudain contre un corps sans vie : c'était la mère de Caradoc. Voyant que le château allait être pris, elle s'était ruée vers l'escalier menant de l'intérieur de la tour aux souterrains, dans l'intention de tuer Gauvain. Sa précipitation lui avait été fatale : elle était tombée la tête la première, se fracassant le crâne. Avançant à tâtons dans le couloir obscur, Lancelot finit par trouver la geôle de monseigneur Gauvain :

— Cher seigneur, mon compagnon, est-ce bien vous ? Comment vous portez-vous ?

— Je suis encore en vie. Mais qui êtes-vous, pour m'appeler compagnon ?

Lancelot se nomma.

— Certes, répondit Gauvain, ce ne pouvait être que vous !

Pendant que Lancelot était dans la fosse, la demoiselle de la tour était allée voir les chevaliers qui défendaient la place. Elle leur apprit la mort de Caradoc et les persuada d'implorer la grâce du bon chevalier qui en avait triomphé. Il fallait aussi libérer les prisonniers et ouvrir les portes du château au roi Arthur.

Ainsi fut fait. Grande fut la joie du roi à retrouver son neveu. Calescalain et monseigneur Yvain, tirés de leur cachot, participèrent à la joie générale, ainsi que les captifs du Val sans Retour. On fit une grande fête et chacun raconta ses aventures, qui devaient être consignées parmi les hauts faits. Le roi Arthur, avec Galehaut et les autres barons, alla visiter la prison de monseigneur Gauvain, qui raconta comment il était encore en vie grâce à la demoiselle de la tour.

Le soir même, Lancelot fut rejoint par la suivante de Morgane, qui lui rappela ses engagements.

11

Morgane la perfide

Lancelot pria la demoiselle de la tour de lui faire préparer en cachette le meilleur cheval possible et de lui fournir des armes, car celles qu'il avait utilisées contre Caradoc n'étaient plus en état de servir. Il s'équipa et alla trouver discrètement monseigneur Gauvain.

— Seigneur compagnon, je préférerais ne rien avoir à vous cacher, mais sachez que je suis obligé de m'en aller maintenant. Je ne puis vous dévoiler pourquoi, ni où je vais, mais j'espère ne pas y rester trop longtemps. Aussi je vous prie d'avertir le roi et Galehaut de mon départ, mais pas avant demain matin, lorsque je serai loin.

— Ah ! seigneur, dit Gauvain très alarmé, serez-vous en danger là où vous allez ?

— Non, ne vous faites pas de souci !

Les deux amis se séparèrent après s'être recommandés à Dieu, et Lancelot rejoignit la suivante de Morgane, qui l'attendait pour le reconduire auprès de sa maîtresse.

Au matin, l'émotion fut grande quand on s'aperçut de la disparition de Lancelot. Gauvain dut avouer qu'il était au courant de son départ, et tenta de tranquilliser le roi et Galehaut, en disant que son absence ne serait pas longue. Mais le roi le blâma amèrement, et Galehaut fut douloureusement surpris : comment l'ami qui lui était si cher avait-il pu confier le secret de son départ à un autre que lui ? À partir de ce moment, il sombra dans une noire tristesse qui ne devait plus le quitter.

Le roi et toute sa cour partirent de la Douloureuse Tour le jour même, pour regagner Londres à grandes étapes. Les nouvelles qu'ils apportèrent plongèrent la reine dans l'angoisse, mais elle dissimula du mieux possible ses tourments.

Quand Lancelot regagna la prison de Morgane, celle-ci tenta par tous les moyens de le mettre en confiance. Elle avait remarqué qu'il portait à sa main droite un très bel anneau, orné d'une claire émeraude, et elle se doutait bien qu'il s'agissait d'un cadeau de la reine. Elle le lui avait déjà demandé, mais sans rien obtenir, ni par la prière ni par la menace. Elle en fit donc fabriquer un autre, en tout point semblable, et un soir, elle lui donna à boire un breuvage de sa composition : un vin très capiteux où elle avait fait macérer une herbe, qui procurait un sommeil invincible. Celui qui l'avait absorbé ne pouvait être réveillé que de force.

Cette nuit-là, Lancelot sombra dans un profond sommeil, et Morgane lui ôta l'anneau du doigt pour le remplacer par le sien. Dès le lendemain, elle choisit parmi ses suivantes une personne de confiance pour l'envoyer porter son message à la cour du roi Arthur.

La demoiselle arriva à Londres, où tout le monde était dans l'inquiétude au sujet de Lancelot, car on était sans nouvelles de lui depuis des semaines. Elle fut aussitôt introduite et salua le roi :

— Seigneur, je suis venue des terres lointaines et je vous apporte d'étranges nouvelles. Mais donnez-moi tout d'abord l'assurance que mon message ne me vaudra ni malheur ni honte, car certains ne le trouveront peut-être pas à leur goût.

Le roi jura par serment qu'elle n'aurait rien à craindre, ni de lui ni d'aucune personne présente. Elle commença alors sans tarder :

— Roi Arthur, je vous apporte des nouvelles de Lancelot du Lac. Sachez que vous ne le reverrez plus dans votre cour.

Entendant ces mots, Galehaut sentit tout son corps se glacer, le cœur lui manqua et il perdit connaissance. Le roi et Gauvain s'élancèrent pour lui porter secours. Quant à la reine, saisie d'une angoisse insupportable et craignant de s'évanouir en public, elle se leva pour regagner ses appartements. Mais la messagère l'en empêcha en criant au roi :

— Seigneur, retenez la reine ! Je ne parlerai qu'en sa présence !

Le roi et monseigneur Gauvain la supplièrent donc

de rester, et elle y consentit. Quand Galehaut eut repris ses esprits, il s'adressa à la demoiselle :

— Pour l'amour de Dieu, dites-nous la vérité ! Qu'est-il arrivé au meilleur chevalier du monde ? Est-il vivant ou mort ?

— Voici la vérité : au retour de la Douloureuse Tour, Lancelot a eu à se battre contre un des meilleurs chevaliers du monde. Un coup de lance lui a traversé le corps, lui faisant perdre tant de sang qu'il a failli mourir. Il a donc voulu se confesser, pour sauver son âme, et là, il a avoué publiquement un horrible et vil péché : il a déshonoré le roi, son seigneur, en compagnie de son épouse. Après avoir avoué ce forfait, il a juré de faire pénitence en renonçant à porter les armes, et en allant désormais sur les chemins, nu-pieds et en chemise de laine.

La demoiselle se tourna ensuite vers la reine en lui tendant l'anneau que Morgane avait ôté du doigt de Lancelot pendant son sommeil.

— Dame, voici le message qu'il me faut livrer, que cela plaise ou déplaise. J'ai juré à Lancelot de vous remettre cet anneau que vous lui aviez donné : il vous le rend, car il est décidé à ne plus jamais pécher avec vous.

Elle laissa alors tomber l'anneau sur les genoux de la reine. Un bref moment, celle-ci resta sans réaction, incapable de répondre. Mais surmontant sa défaillance, elle se leva, et, toisant du regard la demoiselle et toute l'assistance, elle parla d'une voix qui se faisait de plus en plus ferme.

— J'en prends Dieu à témoin, je n'ai jamais éprouvé

pour Lancelot, ni lui pour moi, un amour indigne. Cet anneau, je lui en ai fait présent, et je ne le nie pas, comme une dame loyale à un loyal chevalier. Des gages d'amitié, j'en ai donné à plus d'un qui avait bien servi son roi. Depuis sept ans qu'il a été fait chevalier, Lancelot a surpassé tous les autres en vaillance, mais aussi en noblesse de cœur et en tant de qualités que je ne saurais les énumérer. Sa valeur est telle que, si je lui avais accordé plus qu'aux autres, je n'aurais pas à en rougir. Me blâme qui voudra, mais jamais je ne me justifierai ni pour l'anneau ni pour autre chose.

Ainsi se défendait la reine, et un murmure d'approbation parcourut l'assistance. Tous admiraient sa fière réponse et le roi le premier la rassura :

— Dame, je n'accorde aucun crédit à ses paroles. Je ne croirai jamais qu'un tel message puisse venir de Lancelot.

La demoiselle prit alors congé et le roi la fit raccompagner sous la protection de monseigneur Yvain. Quant à la reine, elle avait regagné ses appartements et se laissait aller à la douleur, en présence de Galehaut et de la Dame de Malehaut.

— Comment voir cet anneau sans désespoir ? S'il est mort, je ne veux plus vivre. S'il est vivant et qu'il m'ait trahie, il me paiera sa déloyauté. Jamais plus il n'aura mon cœur.

— Dame, intervint Galehaut, ne prenez aucune décision tant que vous serez dans l'ignorance de son sort. Je vais prendre la route, et je ne m'arrêterai pas tant que je ne saurai avec certitude s'il est vivant ou mort.

12

La mort de Galehaut

Galehaut était parti de la cour du roi Arthur en compagnie de Gauvain. À la sortie de la ville, ils furent rejoints par Lionel, qui ne se résignait pas à rester sans nouvelles de son cousin. Ils fouillèrent sans relâche toute la contrée sans trouver trace de Lancelot. Quant au repaire de Morgane, il était tout aussi introuvable, car il était protégé par les enchantements où elle était experte. Ils décidèrent alors de se séparer pour pousser plus loin leurs recherches, chacun dans une direction.

Un jour, Galehaut chevauchait en compagnie de son écuyer, tout absorbé dans de sombres pensées, quand il rencontra une demoiselle montée sur un palefroi. Elle pleurait à chaudes larmes et se plaignait amèrement. Galehaut, saisi de pitié, lui demanda ce qu'elle avait.

— Ah ! seigneur, je pleure à cause du meilleur chevalier du monde qui ait jamais porté un écu !

— Demoiselle, est-ce de Lancelot que vous parlez ? Avez-vous des nouvelles de lui ?

— J'en ai assez appris à ce château, qui est à la lisière de la forêt où nous sommes. Ni vous ni moi ne le reverrons de nos yeux.

À ces mots, Galehaut s'évanouit d'angoisse sur l'encolure de son cheval. Son écuyer s'élança pour l'aider, mais la demoiselle poursuivit sa route, toute à son propre chagrin. Quand Galehaut revint à lui, il n'avait plus qu'un souci : retrouver le château dont la demoiselle lui avait parlé. Il y parvint à l'heure de none. Devant la porte, il trouva une place où une foule de dames, de demoiselles et de chevaliers dansaient et chantaient. S'approchant, il vit au milieu de la place un poteau où était pendu un écu. C'était manifestement celui d'un vaillant chevalier, car il était cabossé, tailladé de haut en bas et tout troué de coups de lance. Mais on pouvait voir encore sa couleur : le champ[1] était d'argent à bande vermeille en diagonale. C'était celui que Lancelot avait emporté avec lui en quittant Londres à la recherche de Gauvain. Il s'adressa à un vieux seigneur et lui demanda à qui appartenait cet écu.

— Seigneur, c'est celui du meilleur chevalier du monde, celui qui a délivré le Val sans Retour. Nous avons appris qu'il était mort, et l'avons pleuré pendant trois jours. Puis on nous a apporté son écu, et pour l'honorer, nous avons fait la fête que vous voyez.

---

1. Terme de héraldique (science des armoiries). Le *champ* est la surface de l'écu, où prennent place les *meubles* : diverses figures servant d'emblèmes (bandes, animaux, tours...).

Galehaut, sans mot dire, se dirigea vers l'écu, le décrocha et le tendit à son écuyer.

— Comment, dit le vieillard, vous voulez l'emporter ?

— Assurément, je préférerais mourir que le laisser ici.

— Eh bien, cela ne va pas tarder ! Aucun de ceux qui sont ici ne restera sans réaction.

Galehaut, sans discuter davantage, ordonna à son écuyer de partir en avant le plus vite possible et de regagner sa terre du Sorelois. Lui resterait ici. Déjà un chevalier s'élançait vers lui, tout armé, monté sur un cheval rapide.

— Seigneur chevalier, vous allez payer cher l'écu que vous emportez !

Galehaut assura son heaume, passa son écu à son cou et mit en position sa lance au fer tranchant. Il se rua sur son adversaire avec la fureur d'un homme qui ne se soucie plus de vivre. D'un seul coup, il l'abattit mort à ses pieds. Mais déjà sortaient du château vingt autres chevaliers qui fonçaient vers lui et tentaient de lui couper la route vers la forêt. Il leur fit face hardiment, laissant sa lance pour asséner de terribles coups d'épée sur tous ceux qui passaient à sa portée. Il en tua quatre à la suite. Mais malgré sa défense, il reçut un mauvais coup d'épée qui le fit chanceler. Il reprit pourtant le combat de plus belle, avec une témérité telle qu'ils en étaient tous sidérés. Mais son sang coulait sans s'arrêter, et le vieux seigneur intervint :

— Seigneur, arrêtez le combat ! Je ne veux pas

voir mourir sur ma terre un chevalier aussi vaillant que vous.

Le vieillard ordonna à ses chevaliers de cesser le combat et de laisser Galehaut descendre de cheval. Il fit bander ses plaies et l'envoya dans un monastère des environs où il pourrait être soigné au mieux par un ancien chevalier devenu moine. Celui-ci s'occupa de sa blessure et la plaie sembla se refermer.

Mais malgré les soins, Galehaut se sentait de plus en plus mal. Assuré de la mort de Lancelot, il ne pensait pas lui survivre. Il voulait donc retourner en Sorelois pour accomplir avant sa mort toutes sortes de bonnes œuvres[1] : fonder des églises et des hôpitaux, donner des aumônes et faire dire des messes pour le salut de l'âme de Lancelot, et après pour la sienne.

Il quitta donc le monastère et prit la route du Sorelois. Arrivé là-bas, il sombra dans la mélancolie la plus noire. Incapable de manger ni de boire, il ne trouvait de réconfort qu'à contempler l'écu de Lancelot. La plaie qu'il avait reçue pour le conquérir s'infecta, faisant pourrir ses chairs et dessécher son corps. Voyant sa fin prochaine, il fit venir son neveu Galehaudin, pour qu'il reçoive sa terre et l'hommage de ses barons. Puis il tomba en langueur et trépassa au mois de septembre sans avoir revu Lancelot.

---

1. Les chrétiens pensaient que les bonnes œuvres pouvaient leur permettre d'aller au paradis. Avant de mourir, ils faisaient donc des dons importants aux églises et monastères.

13

Lancelot prisonnier

Lancelot avait regagné sa prison comme il s'y était engagé. Morgane semblait ne plus s'intéresser à lui. Elle le laissa longtemps captif sans venir le voir. Puis un beau jour, elle le fit amener à elle. L'état du prisonnier s'était beaucoup détérioré, et il lui demanda avec lassitude si elle comptait le détenir ainsi jusqu'à la fin de ses jours.

— Assurément, répondit Morgane, tant que vous ne me révélerez pas ce que je vous ai demandé.

— Eh bien, dans ce cas, c'est un mort que vous garderez.

Elle le renvoya dans sa prison, pensant qu'il finirait par capituler. Mais Lancelot sombra dans une profonde mélancolie. Il se mit à repousser toute nourriture, et devint si maigre et faible qu'il ne se levait plus de sa couche. Morgane finit par venir le trouver.

— Lancelot, allez-vous pour de bon vous laisser mourir ?

— Dame, c'est ce que je désire le plus.

— Et si je vous relâchais sous condition ?

— Dites-moi à quelle condition !

— Jurez-moi que vous n'irez pas à la cour du roi Arthur avant un an. Vous ne devrez pas non plus rencontrer homme ou femme de sa maison.

— Faites-moi plutôt périr que d'exiger de moi pareil serment !

— Alors jurez seulement de ne pas entrer d'ici Noël dans un lieu où soit la reine Guenièvre.

— Jamais je ne prêterai ce serment. Je préfère pourrir dans cette prison.

Morgane, dépitée, se retira, cherchant par quel moyen elle pourrait vaincre sa résistance. Elle eut alors l'idée de mêler à sa boisson un poison qu'elle avait elle-même distillé en usant de pratiques magiques. Ce poison lui troubla le cerveau si bien qu'il eut des cauchemars étranges.

Cette nuit-là, il lui sembla qu'il était éveillé et qu'il trouvait la reine dans un jardin, couchée avec un autre chevalier. Il levait son épée pour frapper celui-ci, quand la reine se relevait pour lui dire :

— Gardez-vous de porter la main sur ce chevalier, Lancelot, car c'est lui que j'aime maintenant ! Disparaissez de ma vue, je ne veux plus jamais vous voir !

Tel fut le cauchemar que Morgane lui suscita, pour lui faire haïr la reine. Et pour achever de le convaincre que c'était la réalité, elle le fit transporter, sur une litière, dans un jardin à l'extérieur du château. Au matin, Lancelot se réveilla et crut reconnaître le décor de son rêve. Il tenait à la main l'épée dont il avait voulu se servir. Aucun doute n'était possible : sa dame l'avait repoussé pour toujours.

Mais Morgane arrivait, suivie de ses gens.

— Eh bien, Lancelot ! Vous tentez de vous enfuir sans ma permission ? Quelle déloyauté !

— Dame, je ne comprends rien à cette situation. Mais c'est trop de tourments pour moi. J'accepte les conditions que vous m'avez fixées.

— Je recevrai donc votre serment. Gardez-vous d'y manquer, ou je vous poursuivrai jusque devant la cour du roi Arthur pour vous couvrir de honte.

Puis elle l'emmena dans son château.

— Vous ne pouvez partir d'ici dans cet état, lui dit-elle. Vous êtes si maigre et faible que vous ne pourriez tenir à cheval. Vous allez donc rester encore quelque temps pour reprendre du poids et des forces, et alors seulement, je vous laisserai partir.

Quand il eut retrouvé la santé, il s'en alla, après avoir prêté serment. Mais il s'éloigna sombre et triste, sans aucune pensée qui puisse le réconforter.

14

La folie de Lancelot

Pendant plusieurs jours, Lancelot erra dans la forêt, fuyant toute présence humaine. L'idée même de chercher un gîte lui était odieuse. Dès le premier soir, il coucha dans la cabane vide d'un charbonnier[1], et le lendemain matin, il abandonna là ses armes et sa monture pour s'enfoncer toujours plus profondément dans les bois.

Il marcha au hasard dans ces lieux sauvages, en proie à un désespoir si profond que sa tête se vida, et il perdit la raison. Buvant l'eau des sources, se nourrissant de racines, il fut bientôt si maigre et si faible qu'il se soutenait à peine. Hirsute, la peau noircie par le soleil et le gel, vêtu de lambeaux, il était

1. Le *charbonnier*, au Moyen Âge, vit au fond des forêts, où il fabrique du charbon en faisant brûler du bois.

totalement méconnaissable. Il passa ainsi une partie de l'hiver dans les bois.

Un matin de grand froid, il se trouvait encore endormi dans le creux d'un taillis, quand le seigneur d'un château voisin sortit pour chasser. L'homme était chaudement équipé d'une cotte bien fourrée et de bottes solides, et il aperçut ce pauvre être à demi nu et fort mal en point. Pris de pitié, il ordonna à son écuyer de le réveiller avec douceur pour l'emmener à l'abri dans son château. Devant son air hagard, il comprit qu'il n'avait plus sa raison.

Lancelot fut donc transporté au château. Le seigneur, qui avait pour nom Bliaut, lui fit donner les meilleurs soins. Bien nourri, baigné, rasé et peigné, il retrouva la santé et la beauté. Mais on ne put guérir son esprit, et il restait absent et indifférent à toute chose. On le logea dans une belle chambre très vaste et, comme il était paisible, on le laissait aller et venir librement à l'intérieur du château.

On arriva à la fin de l'hiver et les plus grands froids étaient passés. Un matin, Lancelot entra par hasard dans une grande salle où un vieil homme était en train de peindre aux murs une histoire de l'ancien temps. C'était celle d'Énée[1] fuyant Troie avec son vieux père et son fils. Au-dessous de cette scène, une

1. Au Moyen Âge, on apprécie beaucoup les grandes œuvres de l'Antiquité grecque et romaine. Tout particulièrement l'*Énéide* de Virgile, épopée en latin qui raconte comment le héros troyen *Énée* fuit la ville de Troie en flammes en emmenant son vieux père et son fils.

inscription en expliquait le sens. L'envie naquit alors en Lancelot de ressaisir ainsi les images qui habitaient toujours son esprit. Il demanda qu'on lui donne les couleurs et les instruments nécessaires pour peindre une fresque dans sa chambre.

Des jours durant, il s'absorba dans ce travail. Les souvenirs revenaient en foule dans sa mémoire. Il représenta le jour où la Dame du Lac l'avait emmené à Camaalot pour y être adoubé, et aussi la première rencontre, éblouissante, avec la reine. Il peignit la conquête de la Douloureuse Garde, et aussi le premier baiser dans la plaine aux arbrisseaux, ainsi que l'écu fendu envoyé par la Dame du Lac, et pourquoi les deux parties s'étaient rejointes. Ces images remplissaient son cœur de douceur.

Chaque matin, à son réveil, Lancelot venait saluer l'une après l'autre les images qu'il avait tracées de sa dame. Puis il l'embrassait sur la bouche et pleurait tendrement, car il se souvenait qu'il l'avait perdue.

Le printemps arriva. Sous sa fenêtre était planté un beau jardin, dont les arbres se couvrirent de feuilles. Lancelot s'approcha de la fenêtre, et il aperçut un rosier où s'épanouissaient des fleurs fraîches et vermeilles. Parmi elles, une rose lui sembla l'emporter sur toutes les autres, ranimant en lui le souvenir du visage frais et vermeil de sa dame.

« Si je ne puis avoir ma dame auprès de moi, pensa-t-il, que j'aie au moins cette rose ! »

Il passa le bras par la fenêtre, mais la rose était encore trop loin. Alors, comme pris de fureur, il empoigna les barreaux et les secoua avec tant de rage qu'il les arracha et les jeta au milieu de la chambre, non sans se blesser les mains. Il put alors se glisser par la fenêtre, sauter dans le jardin et cueillir la rose vermeille. Il la porta à ses lèvres, puis la cacha sur sa poitrine.

Regardant autour de lui, il vit que la porte menant au donjon était ouverte. Entrant dans la salle d'armes encore déserte, il prit dans un coffre un heaume et un haubert et les revêtit, puis il se munit d'une lance et d'une épée. Dans les écuries, il choisit un destrier robuste et rapide, auquel il mit la selle et la bride, puis il se dirigea vers la porte du château, sans rencontrer personne, car il était encore très tôt. Seul le portier s'étonna de voir ce chevalier en armes qu'il ne connaissait pas, mais pensant qu'il partait pour quelque mission, il lui ouvrit la porte.

Ainsi Lancelot quitta-t-il le château de Bliaut. Ce qu'il ignorait, c'est que ce dernier était le sénéchal de Morgane, à qui le château appartenait. Elle devait un jour découvrir les peintures qui ornaient la chambre, et comprendre qui avait été hébergé dans ses murs.

Lancelot chevauchait maintenant dans la forêt. La douceur de l'air, le chant des oiseaux réconfortaient son cœur. Au sortir du bois, il aperçut une demoiselle montée sur une mule richement équipée, et il se dirigea vers elle.

Cette demoiselle était une suivante de la Dame du Lac, qui depuis des mois battait les chemins à la recherche de Lancelot. S'étant fait reconnaître de lui, elle l'emmena dans un château des environs, où ils furent hébergés fort courtoisement jusqu'au cinquième jour avant l'Ascension. Ce jour-là, la demoiselle vint trouver Lancelot, après avoir fait préparer ses armes et son cheval.

— Lancelot, le temps est venu où tu vas retrouver tout ce que tu as perdu, si tu en as l'audace. Sache qu'il faut que tu sois à Camaalot le jour de l'Ascension, avant l'heure de none. Si tu ne t'y trouves pas, tu le regretteras toute ta vie.

— Ah ! demoiselle, dites-moi pour quelle raison !

— Parce que la reine va être enlevée. Le lieu où elle sera emmenée de force, tu es le seul à pouvoir l'en arracher.

— S'il en est ainsi, je jure que j'y serai.

La demoiselle lui donna alors les armes et le cheval, et il se mit en route pour Camaalot.

Sixième partie

L'ENLÈVEMENT DE LA REINE

1

Le défi de Méléagant

Ce jour-là, le roi Arthur tenait sa cour à Camaalot, une ville très agréable où il aimait beaucoup séjourner. Mais on était bien loin de ces cours splendides que l'on tenait du vivant du noble Galehaut. Quant à Lancelot, on était sans nouvelles de lui depuis si longtemps que l'on pouvait tout craindre. L'assemblée était donc triste et endeuillée. Au moment où le roi revenait de la messe, Lionel fit son entrée. Il rentrait d'une longue quête où il avait affronté mille périls à la recherche de son cousin Lancelot. Le roi lui fit fête, et la reine s'élança à sa rencontre, car, plus que toute autre, elle était anxieuse des nouvelles qu'il pourrait apporter. Mais leur joie se changea vite en chagrin quand Lionel leur apprit qu'il avait sillonné en vain tout le pays : Lancelot demeurait introuvable, mort selon toutes probabilités. La reine, les larmes aux yeux, préféra rentrer dans ses appartements pour rejoindre la Dame de Malehaut. Celle-ci était inconsolable depuis qu'elle avait appris la mort de Galehaut, qu'elle devait épouser l'année même.

Le sénéchal Keu vint avertir que le repas était prêt et le roi se décida à passer à table. Mais le repas fut morne, car les convives avaient peu d'appétit. Quand ils eurent terminé, le roi resta à sa place sans parler, absorbé dans de sombres pensées.

Tout à coup un tumulte à l'entrée de la salle lui fit lever la tête. Un chevalier tout armé s'avançait, la main droite posée avec assurance sur le pommeau de son épée. Son allure était noble, sa taille et sa carrure impressionnantes. Traversant la salle à grands pas, il vint se camper devant le roi. Il ôta son heaume et parla avec arrogance, assez fort pour que tous puissent l'entendre :

— Roi Arthur, je suis Méléagant, le fils du roi Baudemagu du pays de Gorre. Je suis venu dans votre cour pour défier Lancelot du Lac.

— Seigneur, lui répondit le roi, Lancelot n'est pas ici. Il y a bien longtemps que nous sommes sans nouvelles de lui, à notre grand regret.

Méléagant se préparait à partir, quand il se ravisa et revint sur ses pas.

— Roi, je ne quitterai pas cette cour sans avoir de bataille. Dans la terre de mon père Baudemagu, il y a de nombreux captifs de votre pays. Ils sont retenus en servitude, et malgré cela je ne vois pas beaucoup de chevaliers de votre cour, si réputée pourtant, se presser pour venir les délivrer. Voilà ce que je vous propose : osez confier la reine au meilleur de vos chevaliers, pour qu'il la conduise jusqu'à l'entrée de cette forêt. S'il est capable de la défendre contre moi, je libérerai les prisonniers de la terre de Gorre et je deviendrai votre vassal.

— Certes, répondit le roi, le sort des captifs du pays de Gorre ne m'est pas indifférent. Mais la reine n'est pour rien dans leur captivité, et elle ne peut être un enjeu pour leur libération.

Méléagant sortit donc de la salle et, enfourchant sa monture, il rejoignit à l'entrée du bois ses compagnons, une bonne centaine de chevaliers en armes. Là, il attendit, guettant pour voir si quelqu'un oserait le rejoindre.

Pendant ce temps, dans la grande salle, on ne parlait, parmi les chevaliers du roi, que de Méléagant, de son arrogance et de son fol orgueil. Mais Keu, le sénéchal, ne perdit pas son temps dans ces discussions. Il courut à son logis pour s'armer des pieds à la tête, et revint ainsi équipé devant le roi.

— Seigneur, je vous ai servi bien longtemps, mais maintenant, je veux vous quitter.

Le roi était abasourdi.

— Comment, sénéchal, parlez-vous sérieusement ?

— Assurément, seigneur.

— Renoncez à cette folie, je vous en prie. Demeurez, au nom de l'amitié qui a toujours été la nôtre.

— Inutile d'insister. Rien ne me fera rester, excepté une chose que je ne peux vous dire[1].

Le roi avait beaucoup d'affection pour Keu. Il tenta de lui faire révéler la chose qui pourrait le faire changer d'avis, mais en vain. Il alla donc chercher la reine pour qu'elle le prie à son tour. Ce qu'elle fit très volontiers :

— Dites-nous donc quelle est cette chose, Keu. Sachez-le, quelle qu'elle soit, je vous la ferai avoir.

— Si je pouvais en être sûr, je parlerais.

Le roi, tout heureux de le voir céder, lui donna sa parole, et la reine apporta sa garantie.

— Seigneur, dit Keu, vous avez accordé que la reine me soit confiée pour que j'aille relever le défi du chevalier qui vient de sortir. Si personne ne le faisait, votre cour en serait déshonorée.

À ces mots, une angoisse terrible envahit le roi. Mais sa parole était engagée, il ne pouvait faire autrement que lui confier la reine. Il se tourna vers elle :

— Dame, sans conteste, il vous faut aller avec Keu.

— N'ayez pas la moindre crainte, dit le sénéchal, je vous la ramènerai saine et sauve.

Les chevaliers présents murmuraient, blâmant l'orgueil et la déraison de Keu. Gauvain était rouge

1. C'est le schéma du *don contraignant*, courant dans la tradition celtique : le demandeur exige un don sans préciser lequel. Son interlocuteur doit montrer sa générosité et sa confiance, en acceptant de donner cette sorte de « chèque en blanc ». Lorsque la nature du don est révélée, il ne saurait être question de revenir en arrière, sous peine de perdre la face.

de colère. La reine, consternée, avait les larmes aux yeux. Sans tarder, on lui amena un palefroi richement équipé, elle se couvrit la tête de sa guimpe, monta en selle et partit ainsi, escortée par le sénéchal.

Méléagant les vit venir, et, après avoir donné ses instructions aux cent chevaliers pour qu'ils l'attendent sur la lande, il rejoignit ceux qui arrivaient. Il demanda à Keu qui il était, et si c'était bien la reine.

— Assurément. Je suis Keu, le sénéchal du roi Arthur, et j'accompagne ma dame, la reine.

— Eh bien, seigneur Keu, nous allons nous rendre sur cette lande, où nous serons plus à l'aise pour jouter.

Ils se dirigèrent donc vers la lande, mais voici que sortit de l'orée du bois un chevalier qui s'y tenait dissimulé. C'était Lancelot, couvert de toutes ses armes. Il s'approcha de Keu et le prit à l'écart pour lui demander qui était cette dame.

— C'est la reine.

— Vous ne l'emmènerez pas plus loin.

— Elle m'a été confiée par le roi Arthur, et je dois la défendre contre le chevalier que voilà.

Et Keu, qui ne l'avait pas reconnu, lui expliqua les conventions qui avaient été fixées. Lancelot ne pouvait s'y opposer. Il y allait de la parole du roi. Il le laissa donc rejoindre les autres sur la lande, mais se mit à les suivre sous le couvert du bois.

Les adversaires se préparèrent à combattre. Ils prirent tous deux du champ et calèrent leurs lances sous leurs aisselles, se protégeant de leurs écus. Le choc fut rude. La lance de Keu vola en éclats. Celle de

Méléagant l'atteignit avec une force telle que son écu en fut disloqué. Le fer déchira le haubert et pénétra dans son flanc, lui brisant les côtes. Keu, désarçonné, tomba violemment à terre contre un rocher et s'évanouit de douleur. Mais Méléagant, comme un homme sans honneur, lui passa sur le corps avec son cheval. Ses chevaliers accoururent avec une civière où ils hissèrent le blessé, complètement brisé. Ils l'emportèrent ainsi, et Méléagant prit la tête de la troupe, emmenant avec lui la reine.

2

La charrette d'infamie[1]

Lancelot avait observé la scène depuis l'orée du bois, guettant l'issue du combat. Quand il vit qu'on emmenait la reine, il éperonna son cheval, poussant un cri de défi. Méléagant, laissant les autres poursuivre leur chemin, revint vers la lande pour l'affronter.

Les deux chevaliers s'élancèrent aussitôt l'un vers l'autre, pleins de fureur. La lance de Lancelot transperça l'écu de son adversaire et le fit tomber à terre. Méléagant ne manquait pas de bravoure, malgré sa déloyauté. Il ramassa sa lance et remonta immédiate-

1. Au Moyen Âge, la *charrette d'infamie* était utilisée pour mener les criminels sur les lieux de leur supplice. Ils traversaient ainsi la ville, où ils étaient exposés aux insultes de la foule : injures, moqueries, boue, crachats. Monter dans une telle charrette était un déshonneur complet (*infamie*).

ment en selle. Éperonnant sa monture, il fonça vers Lancelot. Sa lance frappa en plein corps le cheval, qui s'effondra sous son cavalier. Mais Méléagant ne fit rien pour s'emparer de Lancelot, car il craignait que d'autres chevaliers de la cour ne surviennent. Il le laissa là, préférant rejoindre au galop sa troupe, qui s'était déjà bien éloignée.

Lancelot, réduit à l'impuissance devant son cheval abattu à terre, les vit disparaître, la rage au cœur. Il se mit néanmoins en route à pied, suivant leurs traces, l'épée à la main. Il marcha jusqu'à épuisement et parvint à un carrefour. Toutes les voies avaient été piétinées, et il resta là, désemparé, jusqu'au moment où il aperçut, sur le côté, une charrette conduite par un nain bossu.

— Ah ! nain, sais-tu quelque chose des chevaliers qui sont passés et qui emmenaient une dame ?

— Tu veux parler de ceux qui emmènent la reine ?

— Oui, c'est cela.

— Tu veux vraiment le savoir ?

— Plus que tout au monde. Je te donnerai ce que tu voudras en récompense.

— Dans ce cas, monte dans ma charrette, et je te conduirai en un lieu où tu auras les renseignements que tu cherches.

Lancelot sauta sans hésiter dans la charrette, qui s'ébranla aussitôt. Mais il ne s'agissait pas d'une charrette ordinaire. Dans ce temps-là, lorsqu'un criminel, un traître ou un brigand avait été pris sur le fait, on le chargeait sur la charrette d'infamie et on le menait par les rues de la ville. La foule accourait pour le voir et le cribler d'insultes et de moqueries. Il n'y avait pire déshonneur.

À quelque distance de là, la charrette fut rejointe par un chevalier en armes. C'était monseigneur Gauvain. Ne voyant pas revenir le sénéchal, saisi d'une inquiétude mortelle au sujet de la reine, il s'était mis en route pour lui porter secours. Il avait trouvé sur la lande le cheval abattu, et il se douta bien que son possesseur n'était autre que le chevalier assis dans la charrette qu'il avait rejointe. Il interpella le nain :

— Dis-moi, nain, saurais-tu me dire des nouvelles de la reine ?

— Monte donc dans ma charrette, comme ce chevalier, et tu auras les informations que tu souhaites !

— Monter dans cette charrette ? Jamais, que Dieu m'en préserve !

Monseigneur Gauvain se contenta donc de chevaucher à côté de la charrette. Le soir commençait à tomber quand ils parvinrent à un château. Dès qu'ils furent entrés dans l'enceinte de la ville, les gens commencèrent à s'attrouper. Ils se mirent à huer Lancelot, à l'injurier et à lui cracher dessus. « Quel crime a-t-il commis ? » demandaient-ils au nain.

Ils poursuivirent leur chemin à travers la ville et parvinrent au donjon.

— Vous pouvez descendre, seigneur chevalier, dit le nain.

— Et les nouvelles de ma dame, me les donneras-tu ?

— Vous les aurez, mais demain seulement. Il vous faut passer la nuit ici, et vous soumettre à l'épreuve du lieu. On verra alors si votre bravoure est à la hauteur de votre entreprise.

Lancelot était contrarié de rester, car il avait toute chance d'être alors reconnu par Gauvain. Mais il ne voulait pas passer pour un lâche et ne pouvait qu'accepter les conditions du nain.

À ce moment-là, deux demoiselles sortirent du donjon pour accueillir les arrivants. Elles firent fête à monseigneur Gauvain. Comme Lancelot les saluait aussi, l'une lui répondit :

— Par Dieu, seigneur chevalier, gardez-vous bien de saluer des demoiselles !

— Et pourquoi donc ?

— Parce que vous avez été dans la charrette. En tous lieux vous devez être honni.

Quelle honte et quel chagrin pour Lancelot ! Mais la pensée que c'était pour sa dame qu'il s'était ainsi déshonoré l'aida à endurer cette amertume. Il se dirigea vers la tour et pénétra dans une chambre somptueuse, garnie en son centre d'un lit magnifique ; un autre, beaucoup plus modeste, était dans un coin. Il ôta l'écu de son cou et tout armé, sans même retirer son heaume, il s'étendit sur la plus belle couche.

Pendant ce temps les demoiselles, restées avec monseigneur Gauvain, avaient questionné ce dernier sur l'identité du chevalier déshonoré, mais en vain. Pénétrant à leur tour dans la chambre, elles le virent allongé sur le plus beau lit.

— Comment, seigneur chevalier déshonoré, vous osez vous allonger sur cette couche ? Votre place est sur le lit là-bas dans le coin, et il est encore trop beau pour vous.

— Il n'est pas question que j'en choisisse un autre.

— Prenez garde, vous y risquerez votre vie ! L'épreuve est déjà rude pour le chevalier le plus vaillant du monde, et vous, le plus déshonoré, vous prétendez y coucher ?

— C'est là que je passerai la nuit.

Sans plus discuter, les demoiselles appelèrent des serviteurs qui désarmèrent Lancelot et lui passèrent un fort beau manteau, pendant qu'elles s'occupaient elles-mêmes de Gauvain. On avait préparé un repas pour les arrivants, et Gauvain s'approcha de Lancelot pour le prier de se joindre à lui, mais celui-ci, dissimulant de son mieux son visage dans le capuchon de son manteau, refusa de venir manger, sous prétexte qu'il ne se sentait pas bien.

— Cela vaut mieux, dirent les demoiselles. De toute façon, nous refuserions de prendre place à table avec vous.

Mais Gauvain était de plus en plus intrigué par le mystérieux chevalier. Son audace, son sang-froid, l'assurance dont il faisait preuve malgré les rebuffades, tout cela lui faisait penser à Lancelot. Quand il revint dans la chambre après avoir dîné, il le trouva endormi dans le grand lit. Il alla prendre place dans l'autre et s'endormit à son tour.

Quand vint minuit, un fracas terrifiant se fit entendre et la salle entière se mit à trembler, comme prête à s'effondrer. Voici qu'une lance enflammée descendit du plafond. De son fer ardent jaillissait une grande flamme vermeille. Elle s'abattit sur le lit, frôlant le flanc de son occupant, et traversa la couverture et toute l'épaisseur de la couche pour venir se ficher dans le sol. Lancelot se dressa d'un bond et la vit plantée toute droite sur le lit. Il l'arracha aussitôt et la rejeta aussi loin qu'il put, maudissant le lâche qui l'avait lancée sur lui au milieu de son sommeil. Puis il s'employa à étouffer le feu qui avait pris aux draps.

Monseigneur Gauvain, de son côté, avait bondi sur ses pieds, craignant pour son étrange compagnon, mais celui-ci le rassura :

— Tout va bien, seigneur, allez vous recoucher.

Tous deux dormirent donc jusqu'au matin. Le jour était déjà levé quand dans la chambre fit irruption le nain qui avait conduit Lancelot. Il lui cria :

— Chevalier de la charrette, viens voir ! On emmène la reine !

En braies et en chemise, Lancelot se précipita à la fenêtre. Il aperçut le cortège des chevaliers emmenant la reine, et le sénéchal Keu sur une civière. La vue de la reine le fit défaillir. Plus elle s'éloignait, plus il se penchait à l'extérieur, sans pouvoir la quitter des yeux. Monseigneur Gauvain accourut et le vit prêt à basculer par la fenêtre. Il le prit à bras-le-corps pour le tirer en arrière et reconnut alors Lancelot. Il le serra contre lui en l'embrassant :

— Ah ! mon ami, souciez-vous un peu de votre vie ! Vous avez manqué de mourir !

Sans tarder, les deux chevaliers réclamèrent leurs armes et se firent équiper. Les demoiselles demandèrent à monseigneur Gauvain qui était le chevalier.

— Je ne saurais le révéler sans sa permission. Sachez seulement que c'est le meilleur de tous.

Les chevaux leur furent amenés, et ils allaient s'éloigner quand l'aînée des demoiselles demanda à Lancelot son nom.

— À quoi bon ? lui répondit-il. Je suis le chevalier de la charrette.

3

Vers le pays de Gorre

Les deux chevaliers chevauchèrent ensemble jusqu'à midi passé. Ils parlèrent de choses et d'autres, mais monseigneur Gauvain se garda bien d'évoquer la mort de Galehaut. Il ne demanda pas non plus à Lancelot ce qui l'avait retenu si longtemps loin de la cour, car il le sentait préoccupé et anxieux. À une croisée de chemins, ils rencontrèrent une demoiselle montée sur une mule[1] richement harnachée. Ils la saluèrent et lui demandèrent si elle avait des nouvelles de la reine.

— Je saurais vous renseigner sur elle, mais que me donneriez-vous pour cela ?

1. La *mule* résulte du croisement d'un âne et d'une jument. C'est une monture surtout destinée aux dames, pour voyager. La mule est appréciée, mais moins noble que le palefroi.

— Demoiselle, dit Lancelot, demandez tout ce que vous voudrez, et vous l'aurez.

— Je désire votre protection pour m'accompagner dans le lieu où je vais. Là, vous me devrez le premier don que je solliciterai de vous.

— Vous l'aurez sans conteste. Mais dites-moi ce que vous savez de la reine !

— Son ravisseur n'est autre que Méléagant, le fils du roi Baudemagu. Mais autant le père est un homme sage et juste, autant le fils est arrogant et déloyal.

— Cela, nous avons déjà pu le constater, dit monseigneur Gauvain. Dites-nous plutôt comment il est possible d'entrer dans ce pays.

— Il est très difficile de pénétrer dans le pays de Gorre, et je vais vous expliquer pourquoi : il y a plus de trente ans, Uter Pendragon, le père d'Arthur, fit la guerre au roi qui y régnait alors. Il voulait que celui-ci devienne son vassal et tienne de lui sa terre. Le sort des armes lui fut tout d'abord favorable. Il pénétra dans le royaume de Gorre, le ravagea et installa sur une partie du territoire ses propres barons bretons et leurs familles. Mais quelques années après, Baudemagu, le neveu du roi de Gorre, fut couronné. Il rétablit sa puissance et reconquit son royaume. C'était au tout début du règne du roi Arthur, et celui-ci avait trop à faire sur ses terres pour secourir ses barons. Ceux-ci, vaincus, durent jurer de ne jamais sortir de cette terre jusqu'au jour où un chevalier de Bretagne viendrait les racheter par sa prouesse. C'est ainsi qu'ils furent retenus en exil. Le royaume était séparé du pays de Galles, terre d'Arthur, par des marais et par une large rivière, profonde et dangereuse. Deux ponts de bois en défendaient l'accès, avec, à l'extrémité de chacun, une ville puissamment fortifiée. Le roi fit détruire ces ponts pour les remplacer par deux autres, très étranges. Le premier, le Pont sous l'Eau, est une planche de bois large de trois pieds immergée dans le fleuve d'une rive à l'autre : il y a autant d'eau dessus que dessous. L'autre pont est pire encore : il est fait d'une lame d'acier aussi aiguisée qu'une épée, scellée à chaque bout dans deux troncs d'arbres. Personne n'a jamais pu le passer. Celui qui veut pénétrer dans le royaume de Gorre doit choisir entre les deux ponts.

— Seigneur, dit Lancelot, vous prendrez le passage que vous voudrez.

Monseigneur Gauvain opta pour le Pont sous l'Eau.

— Je prendrai donc celui de l'Épée.

Là-dessus les deux compagnons se séparèrent.

Lancelot chemina avec la demoiselle qui lui avait indiqué le chemin, puisqu'elle souhaitait voyager sous sa protection. Assez tard dans la soirée, ils arrivèrent à un château qu'elle connaissait et où ils passèrent la nuit.

La nouvelle s'était déjà répandue dans le pays qu'un chevalier qui avait été dans une charrette venait pour délivrer la reine, et l'on savait même quelles armes il portait[1]. Le lendemain, quand il sortit du

1. Lorsque le chevalier est en armes, il est impossible de le

château, les enfants étaient massés sur son passage pour crier :

— Voici le vaincu ! Voici le vaincu !

Il passa sans rien dire au milieu de ces huées. La demoiselle qui l'accompagnait pleurait de compassion. Vers l'heure de midi, ils parvinrent à une chaussée défendue à son extrémité par un chevalier équipé de toutes ses armes. Dès qu'il reconnut le chevalier de la charrette, il l'interpella :

— Malheur à toi, chevalier de la charrette ! Tu n'emprunteras pas ma chaussée.

— Par Dieu, c'est mon chemin, et je compte bien passer !

— Tu devras te battre contre moi, ou bien payer tribut.

— Chacun doit-il laisser une contribution ?

— Oui, certes. Aujourd'hui même j'ai reçu celle de la reine de Bretagne.

— Comment ?

Le chevalier lui montra le bloc de pierre au bout de la chaussée :

— Tu peux voir ici le plus beau peigne du monde, en or et orné de pierres précieuses. Seule une reine en possède un semblable. Mais un homme qui a été en charrette ne doit même pas y poser les yeux ! Toi, tu vas me donner le cheval que tu montes.

---

reconnaître, car son visage est caché par le heaume. L'usage s'est vite répandu de porter sur son écu (ou sur une étoffe attachée à sa lance) ses *armoiries*, comme signe de reconnaissance.

— Tu ne l'auras pas sans peine, car je suis prêt à le défendre.

— Fi donc ! Je ne te ferai pas l'honneur de me battre contre toi !

— Eh bien, je passerai donc facilement !

Et Lancelot, sans plus attendre, s'engagea sur la chaussée. L'autre fut bien obligé de livrer combat. Prenant du champ de toute la longueur de la chaussée, il s'élança vers lui au galop. Il le heurta violemment, mais sa lance se brisa sur l'écu de Lancelot, et le choc le précipita sur le sol. Se relevant, il se protégea la tête de son écu et fonça sur son adversaire, qui avait mis pied à terre. Ils échangèrent des coups violents sur les heaumes, les hauberts, les écus. À la fin, le chevalier fut obligé de céder du terrain, incapable de poursuivre le combat. Il ne voulait pas cependant s'avouer vaincu.

— Est-il vrai, s'écria-t-il, que tu es monté dans la charrette ?

— Assurément.

— Je préfère mourir, alors, que de me rendre à toi. Ce serait une trop grande honte !

— Malheureux, s'écria la demoiselle, tu peux te rendre à ce chevalier ! Sache qu'il est monté de son plein gré dans la charrette. Ce ne fut pas à son déshonneur, mais à sa gloire !

— Oui, je le crois volontiers, car c'est un excellent chevalier. Recevez mon épée, seigneur, je me reconnais vaincu.

— Tu vas me remettre d'abord le peigne de la

reine, puis tu iras te constituer prisonnier au château d'où je viens.

Bien à contrecœur, l'autre fut obligé de s'exécuter. Le chevalier de la charrette contempla le peigne avec ferveur : quelques cheveux de sa dame y étaient restés accrochés, et leur éclat n'était pas moins vif que celui du peigne. Soulevant un pan de son haubert, il le plaça sur sa poitrine, entre sa chemise et sa peau, comme une précieuse relique.

Le chevalier reprit sa route en compagnie de la demoiselle. Ils cheminèrent ainsi pendant cinq jours, et finirent par arriver à proximité du pays de Gorre. Ils s'engagèrent dans un chemin étroit et encaissé, environné d'un bois touffu. C'est alors qu'apparut devant eux un chevalier en armes. La demoiselle le reconnut et dit à Lancelot :

— Seigneur, voici un chevalier qui me sollicite depuis longtemps. Il veut à tout prix s'emparer de moi, et c'est pour cette raison que j'ai demandé votre protection.

— Vous n'avez rien à craindre.

Le chevalier s'approcha de la demoiselle et avança la main pour saisir sa monture par la bride.

— Lâchez-la, seigneur, dit Lancelot. C'est moi qui la conduis.

— C'est une bien piètre escorte qu'elle a trouvée ! Une jeune fille de si haut rang méritait mieux qu'un homme qui est monté en charrette. Pour moi, je serais bien fou de prendre au sérieux une telle protection !

— Cher seigneur, vous ne l'avez pas encore conquise. Vous feriez mieux de faire demi-tour, ou de chercher un endroit où nous aurions la place de jouter.

— Cela me convient parfaitement.

Ils sortirent donc de la forêt et arrivèrent sur une belle lande. Les chevaliers étaient pleins d'énergie. Ils éperonnèrent leurs montures et s'élancèrent. Le choc des lances fut si rude que le bois des écus se fendit et que les cavaliers, désarçonnés, tombèrent à terre. Encore étourdis, ils se remirent sur pied, puis, tirant l'épée, ils échangèrent de grands coups partout où ils pouvaient. L'adversaire de Lancelot était d'une force exceptionnelle et d'un grand courage. La bataille dura longtemps, acharnée. À la fin, Lancelot fit pleuvoir une telle grêle de coups sur son ennemi que celui-ci tomba sur les genoux. Sans lui laisser le temps de se relever, il lui arracha son heaume et le jeta loin de lui. Voyant sa mort prochaine, le chevalier se mit à crier grâce.

— Tu devras jurer de renoncer à t'emparer par force de cette demoiselle.

— Cela, jamais ! Je préfère mourir que prononcer ce serment !

— Eh bien, tu mourras, alors.

Lancelot hésitait cependant sur la conduite à tenir. La demoiselle qui l'accompagnait s'était approchée. Elle se jeta à ses genoux :

— Seigneur, écoutez-moi ! Vous m'avez accordé un don !

Lancelot pensa qu'elle voulait sauver la vie du vaincu.

— Je n'aurai garde d'oublier ma parole.

— Eh bien, reprit-elle, vous m'avez accordé la tête de ce chevalier. Donnez-la-moi, je vous prie, car je vous assure que c'est un traître de la pire espèce.

Lancelot était stupéfait. Le vaincu tomba à ses pieds :

— Ah ! noble chevalier, grâce ! Ne croyez pas cette demoiselle qui me hait à mort !

Lancelot ne savait que faire. La demoiselle avait reçu sa parole. Mais il avait pour règle d'épargner la vie d'un adversaire vaincu qui demandait grâce, à moins d'être contraint de le tuer. Il décida donc de donner une seconde chance à son adversaire.

— Et si je te rendais ton heaume et ton écu, reprendrais-tu le combat contre moi ? Si je l'emporte à nouveau, tu y laisseras ta tête.

— Seigneur, c'est là agir en chevalier généreux et noble.

Ils reprirent le combat, mais Lancelot vint à bout de lui plus vite encore que la première fois. Il lui arracha son heaume et le vaincu se remit à crier grâce. La demoiselle, de son côté, lui réclama à nouveau sa tête :

— Noble chevalier, écoutez ma requête, au nom de l'être que vous aimez le plus. Vous serez un jour récompensé de ce service. Quant à cet individu, c'est l'homme le plus déloyal qui soit au monde.

Lancelot leva alors l'épée et d'un coup lui trancha la tête. Il la donna à la jeune fille, qui, le soir même, alla la jeter dans un vieux puits très profond.

Cette demoiselle était la sœur de Méléagant, née d'un second mariage du roi Baudemagu. Le chevalier dont elle avait réclamé la tête était un ami très proche de son frère. Il avait sollicité son amour avec beaucoup d'insistance, mais sans succès, car elle en aimait un autre. Comprenant qu'elle se refuserait toujours à lui, il s'était répandu auprès de Baudemagu en calomnies abominables sur sa fille et son ami, et avait obtenu du roi l'autorisation de le tuer. Il n'y avait pas manqué, et la jeune fille avait juré de le venger. Ayant appris que la reine avait été enlevée et que les meilleurs chevaliers du roi Arthur étaient en route pour la délivrer, elle avait résolu d'obtenir leur aide contre l'homme qu'elle haïssait le plus au monde.

— Seigneur, dit-elle à Lancelot, nos routes se séparent ici. Je n'ai désormais plus rien à craindre dans ce pays. Quant à vous, vous parviendrez demain au Pont de l'Épée. Là où vous serez hébergé ce soir, vous pourrez avoir toute l'aide dont vous aurez besoin pour affronter cette épreuve. Allez, et que Dieu vous protège !

Elle quitta Lancelot, qui arriva le soir même à un château où il fut fort bien accueilli. Les habitants étaient natifs de Bretagne, et comme tous les Bretons retenus captifs dans le pays de Gorre, ils plaçaient de grands espoirs dans ce chevalier venu de la cour du roi Arthur pour disputer la reine à Méléagant.

4

Le Pont de l'Épée

Lancelot eut cette nuit-là tout le confort qu'on pouvait souhaiter. Son cheval fut bien pansé à l'écurie, et son hôte s'occupa en personne de lui fournir des armes en parfait état, car les siennes avaient été endommagées par les combats qu'il avait dû livrer.

Au matin, dès que le jour parut, Lancelot alla écouter la messe. Puis il s'arma, et avec lui les deux fils du seigneur et une grande partie des exilés. Ils tenaient à l'accompagner jusqu'au pont où l'attendait la dure épreuve qu'il avait choisi d'affronter. Vers l'heure de none, ils parvinrent au Pont de l'Épée. Lancelot descendit de cheval et s'approcha du fleuve.

Sous le pont il vit l'eau traîtresse qui grondait. Ses flots étaient noirs et boueux, et d'une laideur si effroyable qu'on eût dit le fleuve d'enfer. Toute créature qui y serait tombée n'aurait eu aucune chance de s'en sortir : elle s'y serait noyée, comme dans la mer aux eaux salées. Quant au pont qui l'enjambait, il ne ressemblait à nul autre : il était fait d'une seule épée étincelante de blancheur. Cette épée était solide et rigide, et ne pouvait se rompre ni fléchir sous le poids d'un homme. Elle avait la longueur de deux lances et était solidement fixée, à chaque extrémité, dans des billots de bois.

De l'autre côté du fleuve se dressait la ville de Gorron, la capitale du pays. C'est dans cette cité qu'avait été emmenée la reine Guenièvre et elle était retenue dans les appartements du roi Baudemagu. Elle était venue à une fenêtre, en compagnie du roi et de Méléagant, ainsi que de nombreux chevaliers et dames. De là, ils avaient vu la petite troupe s'avancer et un chevalier s'en détacher pour s'avancer vers le pont.

L'eau grondante, l'épée aiguisée, tout cela remplit d'épouvante les compagnons de Lancelot. Ils ne purent se retenir de pleurer en voyant les peines qu'il allait devoir endurer. Mais le chevalier les réconforta :

— N'ayez de crainte à mon sujet. Ni ce pont, ni cette eau ne me font peur. Avec l'aide de Dieu, je délivrerai la reine, et je vous délivrerai aussi.

Lancelot s'apprêtait à franchir le gouffre. Regardant la lame brillante, il comprit qu'il n'aurait aucune prise sur elle s'il gardait ses chausses et ses gantelets de fer. Il s'en défit donc, car il valait mieux s'entailler les mains et les pieds, et même se mutiler, que tomber du pont. Il dirigea ses yeux vers la fenêtre de la tour et fit un signe de croix, puis il s'engagea à califourchon sur la lame et rampa en s'aidant des mains, des genoux et des pieds. Il se cramponnait à l'épée, plus aiguisée qu'une faux, au prix de douloureux efforts. À la fin il parvint de l'autre côté. Ses pieds et ses mains étaient en sang, et il dut les essuyer sur l'herbe verte. Se retournant vers la rive d'où il venait, il vit que ses compagnons franchissaient le fleuve dans des barques, comme ils avaient coutume de le faire, avec son cheval et ses armes.

Le roi Baudemagu, la reine, ainsi que Méléagant, n'avaient rien perdu de cette scène. Ils avaient vu le chevalier passer le pont aux prix de grandes souffrances. Méléagant avait changé de couleur. Il savait que désormais on lui disputerait la reine. Mais il était si vaillant qu'il ne craignait personne. S'il n'avait été déloyal à ce point, il n'y aurait eu meilleur chevalier, mais il avait un cœur de pierre, inaccessible à la pitié.

Ce qui attristait son fils remplissait de joie le roi Baudemagu. Il était certain que l'homme qui avait passé le pont était bien le meilleur de tous les chevaliers. Il s'approcha de la reine, qu'il avait traitée avec les plus grands égards :

— Dame, je vous en prie, dites-moi le nom de ce chevalier qui vient de franchir le pont, car je sais bien que c'est pour vous qu'il l'a fait.

— Seigneur, je n'en suis pas totalement sûre, mais je pense que c'est Lancelot du Lac.

— Le bruit de sa mort a longtemps couru, sinon, je n'aurais même pas posé la question. Mais maintenant, j'ai la conviction qu'il est vivant : personne d'autre n'aurait tenté l'aventure.

Le roi descendit alors de la tour et monta à cheval avec quelques familiers pour accueillir Lancelot. Arrivé à l'endroit où celui-ci était en train d'étancher ses blessures, il mit pied à terre. Avant même qu'il eût le temps d'enlever son heaume, il le serra dans ses bras, l'accueillant chaleureusement :

— Cher seigneur, vous avez pris de grands risques dans cette aventure. Si je dois en croire la reine de Bretagne, vous êtes Lancelot. Sachez qu'ici, le seul que vous ayez à redouter est mon fils Méléagant. Quant à moi, je me charge de vous protéger contre tous les autres.

— Je vous remercie de votre accueil, seigneur, mais c'est justement votre fils que je cherche. Qu'il vienne combattre contre moi. L'emprisonnement de la reine n'a que trop duré.

— Ne vous pressez pas de livrer bataille, mon ami. Il faut d'abord faire soigner vos blessures et prendre quelque repos.

— Seigneur, je n'ai ni plaie ni blessure qui m'oblige à me reposer. Je tiens à l'affronter dès que possible.

— Il est trop tard aujourd'hui. Nous attendrons jusqu'à demain, pour que les gens de mon royaume et du vôtre puissent assister au combat.

Lancelot accepta à contrecœur, tant il lui tardait de se battre. Le roi le conduisit dans ses propres appartements pour le faire désarmer. Une fois ôté son heaume, il put reconnaître qu'il s'agissait bien de Lancelot, et il lui manifesta la joie la plus vive.

5

Méléagant

Laissant Lancelot se reposer, le roi se rendit auprès de son fils. Il avait toujours désapprouvé sa conduite, car il était aussi juste et bon que Méléagant était déloyal et cruel. Il voulut lui faire la leçon :

— Mon cher fils, te voilà arrivé au point que tu cherchais. Je t'ai souvent entendu réclamer : « Pourquoi Lancelot ne vient-il pas délivrer les captifs de cette terre ? » Puis tu t'es emparé de la reine, pensant qu'ainsi tu pourrais te confronter à lui. Mais tu vois qu'il a réussi à franchir ce pont que nul n'avait franchi avant lui. Tu sais parfaitement qu'il vient chercher la reine, sur laquelle tu n'as aucun droit. Je te conseille de la lui rendre de bon gré, car tu feras preuve alors de sagesse, et on louera ta noblesse d'âme. Si tu attends qu'il la conquière de force, on ne parlera que de ton fol orgueil. Tu y perdras l'honneur, car, tu le sais bien, il n'est pas meilleur chevalier au monde.

— La preuve n'est pas encore faite qu'il est meilleur que moi ! S'il est vaillant, je peux l'être aussi, ou même plus. Jamais je ne lui rendrai la reine, que je suis allé conquérir à mes risques et périls. Cela passerait pour lâcheté, et non pour noblesse. Et d'ailleurs, puisqu'il est là, ce chevalier hors pair, qu'attend-il pour venir se battre ?

— C'était bien son désir, mais je ne l'ai pas permis. Je t'en conjure, au nom de Dieu, rends-lui la reine !

— Je n'en ferai rien. Mon seul désir est de combattre contre lui.

Le lendemain matin, Lancelot se leva de bonne heure et, après avoir assisté à la messe, il se fit apporter ses armes. Ils furent nombreux à se presser autour de lui pour l'aider à s'armer, car les exilés avaient afflué du royaume, dès que la nouvelle de son arrivée s'était répandue. Il alla retrouver son adversaire, qui s'était aussi armé, à l'emplacement fixé pour le combat. Méléagant était impatient de se mesurer à lui, et de fort mauvaise humeur à cause de son père qui avait tenté, une dernière fois, de le convaincre d'y renoncer. Bien loin de l'écouter, il avait juré de combattre jusqu'à la victoire ou la mort.

Tout le monde s'était rassemblé sur une vaste place située juste devant le logis du roi ; c'était là que la rencontre devait se tenir. Le roi donna le bras à la reine, et tous deux montèrent s'installer aux fenêtres de la tour pour assister au combat, en compagnie des dames et demoiselles, et aussi du sénéchal Keu, qu'on avait fait transporter dans son lit.

Le roi fit donner le signal, et aussitôt les chevaliers en armes s'élancèrent. La place était bien dégagée, et ils purent prendre leur élan de loin, la lance bien calée sous l'aisselle. Les destriers arrivèrent à fond de train et les lances volèrent en éclats sous le choc. Voici les chevaux poitrail contre poitrail, tandis que les écus et les heaumes se heurtaient avec fracas. Lancelot tira son épée et frappa son adversaire de toutes ses forces. La lame rompit les mailles du haubert et alla entamer l'épaule jusqu'à l'os. Sous le choc, Méléagant, désarçonné, tomba au sol, mais il ne tarda pas à se relever. Aussitôt Lancelot mit pied à terre et fonça sur lui. Sans un mot, les adversaires s'affrontèrent, plus sauvagement que deux sangliers. Ils se portèrent des coups terribles de leurs épées d'acier.

La chaleur se faisait de plus en plus forte et Méléagant, qui avait perdu beaucoup de sang, commençait à faiblir. Mais voici que Lancelot, levant les yeux, aperçut la reine. À cause de la chaleur, elle avait rabattu son voile et son visage était à découvert. Ébloui, ravi à lui-même, Lancelot manqua de laisser tomber son épée. Les yeux tournés vers la fenêtre, il en oubliait de combattre. Son adversaire en profita pour lui asséner des coups redoublés. Autour de lui, on commençait à s'angoisser, quand le sénéchal Keu, passant péniblement la tête par la fenêtre, lui cria :

— Eh ! Lancelot, où est passée ta hardiesse ? Un seul chevalier aurait raison de toi ?

Reconnaissant la voix du sénéchal, tout honteux

d'avoir eu le dessous, Lancelot fonça sur son adversaire, plus rapide et agressif que jamais. Il le malmena rudement, l'obligeant à céder du terrain. Les assistants comprirent que Méléagant ne pourrait résister plus longtemps : il était perdu. Le roi Baudemagu se pencha vers la reine :

— Dame, mon fils est dans une situation désespérée. Malgré les torts qui sont les siens, je ne voudrais pas le voir mort ou mutilé. Je vous en prie, intervenez pour mettre fin au combat !

— Certes, je n'aurai garde d'oublier la façon honorable dont vous m'avez traitée depuis que je suis ici. Allez les séparer !

Les deux adversaires étaient sous les fenêtres, et ils entendaient clairement les paroles du roi et de la reine. Lancelot, aussitôt, remit son épée au fourreau. Méléagant voulut au contraire profiter de ce répit, mais il en fut empêché par le roi, descendu en hâte de la tour.

— Laissez-moi la bataille ! cria-t-il à son père. Vous voyez bien que j'ai l'avantage !

— Pas un mot de plus ! La situation est claire pour tout le monde.

— Vous ne respectez pas mes droits en me privant de ma bataille. J'irai ailleurs reprendre le combat contre lui.

Le roi prit alors son fils à part et lui proposa de remettre l'affrontement à une autre date et dans un autre lieu. Les conditions seraient les suivantes : le jour de son choix, il se présenterait devant la cour du roi Arthur et là, il défierait Lancelot. La reine devrait jurer solennellement de revenir avec lui s'il était vainqueur. On s'accorda sur ce projet et la reine regagna ses appartements.

Quand Lancelot fut débarrassé de ses armes et lavé, il fut conduit auprès de la reine par le roi Baudemagu. Aussitôt en sa présence, il s'inclina vers elle et s'agenouilla.

— Dame, dit le roi, voici Lancelot. L'honneur d'être devant vous, il l'a payé chèrement, car il a affronté de terribles épreuves pour vous rejoindre.

Mais la reine détourna la tête et laissa tomber :

— S'il a fait cela pour moi, il a bien perdu sa peine. Je ne peux lui en savoir gré.

— Songez au service qu'il vous a rendu ! s'exclama le roi.

— Il a si mal agi à mon égard par ailleurs, que jamais plus je ne l'aimerai.

— Ah ! dame, fit Lancelot, en quoi ai-je mal agi ?

Mais elle ne consentit pas à répondre et se retira dans une autre pièce.

6

Les amants réunis

Lancelot resta un long moment accablé. Le roi Baudemagu, voulant le tirer de ses noires pensées, le prit par la main pour le conduire dans la chambre où le sénéchal Keu était alité. Celui-ci à sa vue s'écria :

— Bienvenue au meilleur des chevaliers !

— Et pourquoi cet accueil, monseigneur Keu ?

— Parce que vous avez magnifiquement achevé ce que j'avais entrepris par folie.

Le roi les laissa alors, et Lancelot put demander à Keu :

— Savez-vous pourquoi ma dame refuse de me parler ?

— Je l'ignore totalement. Mais les femmes sont sujettes à bien des humeurs étranges.

— N'en parlons plus. Sa volonté doit être respectée en tout. Mais dites-moi, comment les choses se sont-elles passées pour vous ?

Et Keu lui raconta à quel point le roi avait été bienveillant à leur égard. Leur sort avait changé du tout au tout à partir du moment où ils avaient atteint le pays de Gorre. Pendant le voyage, Méléagant avait été d'une audace incroyable : il aurait voulu coucher avec la reine dès la première nuit. Mais elle s'était défendue avec la plus grande fermeté : il devrait d'abord l'épouser devant son père. Quand Baudemagu était venu à leur rencontre, la reine s'était laissée tomber à ses pieds pour le supplier, avec force larmes et cris, de la sauver du déshonneur. Depuis, le roi l'avait logée dans ses propres appartements. Lui, Keu, couchait dans la chambre qui permettait d'accéder à celle de la reine. Quant à Méléagant, fou de dépit, il avait bien été obligé d'accepter les mesures prises par son père.

Quand toutes ces explications eurent été données, Lancelot se leva : il allait partir dès le lendemain matin pour aller chercher monseigneur Gauvain au Pont sous l'Eau.

— Comment, il est donc aussi dans ce pays ?

— Nous avons fait route ensemble quelque temps, et il a choisi de tenter l'aventure au Pont sous l'Eau.

Le lendemain, Lancelot prit la route en compagnie de quelques exilés pour aller retrouver Gauvain. Il chevaucha ainsi plus de deux jours avant d'arriver à proximité du pont. Mais là il fut capturé par les gens du pays qui, pensant suivre la volonté du roi, s'emparèrent de lui. Il était sans armes, car il pensait ne rien avoir à redouter, se fiant à la parole de Baudemagu, qui l'avait assuré de sa protection. Il n'opposa donc aucune résistance. La rumeur se répandit que celui qui avait passé le Pont de l'Épée était mort.

Quand la nouvelle de sa capture et de sa mort atteignit la cour du roi, la reine faillit devenir folle de douleur. Désespérée, elle aurait voulu s'ôter la vie, car elle était convaincue d'être responsable, par sa cruauté, de la disparition de son ami. N'avait-elle pas refusé de lui adresser la parole ? Il était mort par sa faute, et elle n'avait pas le droit de survivre. Elle s'alita et repoussa toute nourriture, décidée à mourir aussi.

Elle resta ainsi deux jours, sans manger ni boire. Le roi, saisi de pitié devant son désespoir, essayait en vain de la réconforter. C'est alors que la petite troupe qui avait fait Lancelot prisonnier arriva en vue de la ville de Gorron. Le roi, averti, se précipita à sa rencontre pour faire délivrer Lancelot et jeter en prison ceux qui l'avaient si mal servi. Le prenant à part, il lui raconta l'immense chagrin de la reine à l'idée de sa mort.

— Je ne pense pas qu'elle refuse encore de vous parler quand vous retournerez la voir, lui confia-t-il.

Dès que la reine eut reçu la nouvelle de l'arrivée de Lancelot, elle reprit force et joie. Quand les deux hommes se présentèrent à ses appartements, elle se leva à leur rencontre. Elle prit Lancelot dans ses bras et l'étreignit longuement avant de le faire asseoir à côté d'elle. Elle pria aussi le roi de s'asseoir, mais par délicatesse il préféra les laisser seuls.

— N'êtes-vous pas blessé ? lui demanda-t-elle.

— Dame, la seule blessure qui m'importe, c'est celle que vous pouvez m'infliger. Pour quelle raison, au nom de Dieu, avez-vous refusé de me parler l'autre jour ?

Elle lui demanda alors ce qu'il avait fait de son anneau.

— Dame, le voici, dit-il en lui montrant celui qu'il portait à la main droite. Il n'a jamais quitté mon doigt.

— Vous mentez, ce n'est pas celui-là.

— Dame, je vous en fais serment, c'est bien l'anneau que vous m'avez donné.

Et il était sûr de dire la vérité. Mais la reine lui montra celui qui était en sa possession et il reconnut aussitôt que c'était le vrai. Il regarda avec horreur celui qu'il portait au doigt et le lança par la fenêtre le plus loin possible. La reine lui apprit comment la demoiselle était venue à la cour pour apporter son propre anneau, et les accusations qu'elle avait lancées. Il comprit alors toute la machination de Morgane et lui raconta sa captivité, et le songe hideux qui l'avait désespéré. La reine resta confondue à ce récit.

— Ami, soyez-en certain, je préférerais mourir que de voir un autre homme que vous à mes côtés !

— Dame, obtiendrai-je mon pardon pour ces fautes ?

— Je vous l'accorde entièrement.

Elle accepta aussi qu'il vienne lui parler la nuit suivante. La fenêtre de sa chambre, munie de barreaux de fer, donnait sur un jardin à l'arrière du logis royal. On pouvait y pénétrer facilement en franchissant un vieux mur en ruine, qu'elle lui montra de la fenêtre.

La nuit venue, quand le moment lui parut favorable, Lancelot se leva et quitta sa chambre. Traversant le jardin, désert à cette heure, il parvint à la fenêtre de la reine. Celle-ci ne dormait pas, toute à son attente. Elle s'approcha et, par l'ouverture, tendit vers lui ses mains, qu'il saisit.

— Dame, si je pouvais entrer, cela vous plairait-il ?

— Entrer, mon ami, mais comment ? Dieu sait pourtant que c'est mon désir le plus cher !

— Soyez sans souci ! Ce ne sont pas des barreaux qui m'empêcheront de vous rejoindre.

— Attendez seulement que je sois recouchée, et ne faites aucun bruit, surtout, car le sénéchal dort dans la pièce voisine.

Alors, sans faire de bruit ni en briser aucun, Lancelot tira sur les barreaux de la fenêtre et parvint ainsi à les desceller. Ses mains furent vite en sang à cause du tranchant des barreaux, mais il ne s'en aperçut même pas, car l'obscurité régnait dans la chambre. La reine avait regagné son lit, elle lui tendait les bras et il se glissa à côté d'elle. Sentant les gouttes de sang, elle crut que c'était de la sueur, et aucun des deux n'y prit garde.

Immense fut la joie qu'ils connurent ensemble. Au lever du jour, ils se séparèrent. Lancelot passa par la fenêtre, remit en place les barreaux et regagna sa chambre dans le plus grand silence.

7

Keu accusé

Au matin Méléagant vint se présenter chez la reine, comme il en avait l'habitude. Elle dormait encore. Il vit les draps tachés de gouttes de sang toutes fraîches. Il revint sur ses pas vers la chambre de Keu. Pendant la nuit, les plaies de ce dernier s'étaient rouvertes et il avait beaucoup saigné.

— Dame ! s'écria-t-il furieux en montrant les draps, voici des preuves qui vous accusent ! Mon père vous a soigneusement gardée de moi, mais bien mal de Keu ! On peut dire que le sénéchal a pris soin de vous ! Vous vous êtes déshonorée avec ce chevalier médiocre, alors que moi, je vous ai conquise les armes à la main. Quelle déloyauté pour une dame à qui l'on prête tant de vertus !

— Seigneur, répliqua la reine, j'en prends Dieu à

témoin, ce sang n'a jamais été apporté dans ce lit par Keu. Mais il m'arrive de saigner du nez.

— Inutile de vous défendre. Vous êtes prise sur le fait.

Keu était tellement indigné qu'il manquait de s'étouffer de rage. Il était prêt à se disculper par jugement ou par duel judiciaire, dit-il. Mais Méléagant ne voulut pas l'entendre. Ordonnant aux gardes qui étaient présents de ne toucher à rien avant son retour, il se précipita chez son père et se jeta à ses pieds :

— Seigneur, venez voir ce que vous n'auriez jamais soupçonné. Vous savez les périls que j'ai courus pour avoir la reine. Vous avez empêché toute atteinte à sa vertu, en la faisant garder contre moi. Mais ce matin, j'ai eu la preuve que Keu couche avec elle chaque nuit !

— Tais-toi ! Je n'en crois pas un mot !

— Venez donc voir les draps. Ils sont tachés du sang de Keu.

— Eh bien, allons-y ! Je veux voir la vérité de mes yeux !

Le roi, bouleversé et furieux, fit se lever Lancelot pour qu'il l'accompagne avec Méléagant chez la reine. Lancelot s'aperçut alors pour la première fois qu'il s'était déchiré les mains aux barreaux de la fenêtre. Dès qu'ils furent dans les appartements de la reine, Méléagant dit à son père, en montrant les deux lits :

— Seigneur, voici les preuves ! Rendez-moi justice de cette femme ! Pour elle, j'ai risqué la mort, et elle m'a éconduit. Et maintenant nous pouvons voir qu'elle donne ses faveurs au lâche qui ne l'a même pas défendue !

— Ah ! dame, fit le roi, comment est-ce possible ? Une telle conduite de votre part !

— Seigneur, ne le croyez pas ! Que Dieu m'anéantisse si j'ai eu des relations coupables avec Keu !

Le sénéchal intervint :

— Je suis prêt à jurer que je n'ai jamais couché avec la reine. Et que Dieu ne me rende jamais la santé si je me parjure ! Je préférerais la mort plutôt que de commettre une offense aussi laide envers mon seigneur. J'entends bien défendre ma dame et moi-même contre l'accusation de votre fils.

— Il n'en est pas question, dit le roi. Vous êtes beaucoup trop mal en point.

Lancelot s'avança alors :

— Seigneur, la reine et monseigneur Keu sont totalement innocents de ce dont on les accuse. Je suis prêt à en apporter la preuve par les armes.

— Et moi, j'oserai prouver qu'elle est coupable ! contra Méléagant.

Le roi aurait bien voulu éviter ce combat, mais les adversaires étaient résolus à se battre. Après s'être tous deux équipés, ils se retrouvèrent sur le terrain. Lancelot s'adressa au roi :

— Seigneur, l'enjeu de la bataille est considérable : il s'agit de l'honneur de la reine. Faites apporter les reliques, que nous prêtions tous deux un serment solennel.

Méléagant s'avança :

— J'en prends Dieu et les saints à témoin, la reine

a passé cette nuit avec le sénéchal Keu, qui fut son compagnon de plaisir.

— Je t'accuse en ceci de parjure, dit Lancelot. Je jure à mon tour que le sénéchal n'a pas couché avec elle. Et que Dieu prenne vengeance de celui qui a menti !

Le roi, la reine et le sénéchal Keu prirent place aux fenêtres, et le combat put commencer. Les deux chevaliers se ruèrent l'un contre l'autre de toute la vitesse de leurs destriers. Le coup qu'ils se portèrent fut tel qu'il ne resta plus rien de leurs lances : leurs poings ne tenaient plus que des tronçons, qu'ils jetèrent. Ils poursuivirent le combat, faisant tout pour se blesser. Le choc des épées sur les heaumes faisait jaillir des étincelles. Ils finirent par tomber à terre ensemble, et restèrent étourdis. La plaie de Méléagant s'était rouverte, et il perdit connaissance un bref instant. Quant à Lancelot, il resta un moment sur le sol, avant de se remettre debout, d'un bond, pour foncer vers celui qu'il haïssait plus que tous. Méléagant se défendait de son mieux, car sa bravoure était grande, mais Lancelot finit par avoir le dessus.

Le roi se rendit compte que le combat allait être fatal à son fils. Bouleversé dans son cœur de père, il supplia la reine d'intervenir, et celle-ci ne put le lui refuser.

— Allez, dit-elle, et séparez-les vous-même !

Le roi alla en personne sur le terrain et demanda à Lancelot de cesser le combat, au nom de la reine.

— Vraiment, dame, est-ce votre souhait ?

Comme elle le confirmait d'un signe, il obéit, bien

à contrecœur. Quant à Méléagant, il accepta la trêve, mais seulement parce qu'il savait qu'il pourrait reprendre le combat au moment de son choix.

Les combattants se séparèrent. Méléagant, furieux de cette seconde défaite, jura qu'il se vengerait de cette humiliation.

— Je tuerai Lancelot de mes mains avant qu'il ne quitte le pays !

— Sache bien ceci, lui dit le roi. Si Lancelot meurt par ta faute autrement qu'en loyal combat, je te déshériterai. Mon royaume ne tombera pas au pouvoir d'un traître, doublé d'un assassin.

Le soir même, Méléagant quitta la ville.

8

La traîtrise de Méléagant

Les exilés de Bretagne commençaient à affluer de tout le pays, car le roi avait donné l'ordre de ne retenir aucun de ceux qui désiraient partir. Ils se rassemblèrent autour de Gorron, pleins d'impatience et d'allégresse à l'idée de revoir leur pays, et ils firent fête à leur sauveur, le bon chevalier qui avait su franchir le Pont de l'Épée et triompher de Méléagant.

Lancelot se prêta volontiers à leurs manifestations de joie, mais il restait préoccupé du sort de monseigneur Gauvain. Il décida donc de repartir vers le Pont sous l'Eau, mais cette fois soigneusement équipé. Le roi le fit accompagner d'une quarantaine de chevaliers armés, choisis parmi les exilés, et il fit recommander expressément partout qu'on le traite comme lui-même.

Après quelques jours de voyage, Lancelot parvint à moins de sept lieues du pont. Il vit alors venir à sa rencontre un nain, monté sur un cheval de chasse galopant à vive allure. Le nain ayant demandé lequel était Lancelot, il lui dit :

— Seigneur, monseigneur Gauvain vous salue.

Lancelot, tout heureux, lui fit fête :

— Et comment se porte ton maître ?

— Très bien, seigneur. Je dois vous parler de sa part en privé.

Il l'attira donc à l'écart pour lui livrer son message :

— Mon seigneur se doutait bien que vous étiez à sa recherche. Il vous informe qu'il se trouve hébergé dans un lieu très agréable, où il a tout ce qu'il désire. Il vous demande de venir le rejoindre avec une escorte restreinte. Vous irez ensuite ensemble retrouver la reine.

— J'agirai en tout comme il le désire. Mais que faire de mes compagnons ?

— Seigneur, dites-leur de vous attendre ici. Vous leur ferez vite savoir ce que vous avez décidé avec monseigneur Gauvain. Il n'est guère loin d'ici, à une petite lieue à peine.

— J'irai donc tout seul.

Lancelot les laissa et partit avec le nain. Ils parvinrent rapidement à un petit château puissamment fortifié, ceint de deux remparts solides et de deux fossés. La porte était ouverte. Ils entrèrent dans une vaste salle qui était jonchée d'herbe fraîche[1]. Lancelot

1. Au Moyen Âge, on avait l'habitude de joncher d'herbe

pressa le pas, car il lui tardait de revoir Gauvain. Mais voilà qu'au milieu de la salle le sol se déroba sous ses pieds, et il tomba dans une fosse profonde de plusieurs toises. Il ne se blessa pas, pourtant, car on avait pris soin de la tapisser d'une bonne épaisseur d'herbe fraîche.

Lancelot comprit alors qu'il avait été trahi : il devait tout cela à Méléagant. Pas la moindre issue : il était bel et bien prisonnier. Il vit bientôt surgir au-dessus de la fosse une vingtaine d'hommes en armes, et parmi eux celui à qui appartenait le château, le sénéchal de Gorre, qui lui dit :

— Seigneur, vous le voyez, toute résistance est inutile. Rendez-vous, et votre prison ne sera pas trop dure.

— Pourquoi vous être emparé de moi ainsi ? Il eût été plus honorable de me capturer par les armes !

— Certes, mais nous ne voulions risquer ni de vous tuer, ni d'être blessés nous-mêmes. Mais si vous voulez sortir de cette fosse, rendez-vous. Il n'y a pas d'autre moyen.

Lancelot n'avait pas le choix. Il leur rendit son épée et son heaume. Seulement alors ils le hissèrent à la surface, puis ils l'enfermèrent dans une tourelle bien fortifiée.

Pendant ce temps-là les compagnons de Lancelot l'attendaient. À la nuit tombante, très inquiets, ils décidèrent de s'héberger dans un château du voisi-

---

fraîche le sol des salles. Cette sorte de tapis rustique était fréquemment renouvelée.

nage, tout proche du Pont sous l'Eau. Ils y trouvèrent monseigneur Gauvain : c'est là qu'il avait été accueilli pour soigner les blessures que lui avait infligées le défenseur du pont. Il avait dû l'affronter fort mal en point après son passage du fleuve, où il avait bu tant d'eau qu'il avait failli se noyer.

Gauvain s'étonna fort de ne pas voir Lancelot. On lui raconta comment le nain, prétendant venir de sa part, l'avait emmené avec lui. Monseigneur Gauvain, consterné, dit en pleurant :

— Hélas, il a été trahi ! Et le coupable, par Dieu, ne peut être que Méléagant le fourbe !

Très affligé, il reprit la route vers la cour de Baudemagu, avec les compagnons de Lancelot. Il fut reçu très chaleureusement par le roi, et la reine lui fit fête. Mais quand ils apprirent la disparition de Lancelot, leur joie se changea en désolation. Le roi mit tout en œuvre pour rechercher le chevalier, il fit porter des lettres à tous les barons de sa terre, pensant avoir ainsi quelque nouvelle de lui. En vain.

La reine et Gauvain restèrent à Gorron quinze jours dans cette attente. La reine reçut alors une lettre du roi Arthur. Il la saluait et l'invitait à revenir avec monseigneur Gauvain à la cour, où Lancelot se trouvait auprès de lui, en parfaite santé. Tout le monde fut au comble de la joie. La reine se mit au plus vite en route avec monseigneur Gauvain et les exilés. Escortés par le roi, ils sortirent du pays de Gorre, dont les ponts périlleux avaient été détruits, et ils se dirigèrent vers Camaalot.

Ce qu'ils ignoraient, c'est que la lettre était un faux

que Méléagant avait fabriqué en contrefaisant le sceau du roi Arthur. Quand ils arrivèrent à Camaalot, le roi s'était déplacé avec ses barons pour les accueillir. Il embrassa la reine, son neveu, et Keu, qui était presque guéri. Puis il s'informa de Lancelot.

— Lancelot ? dit la reine, mais il est auprès de vous !

— Comment ?

— Vous m'avez pourtant fait écrire qu'il était ici en parfaite santé !

— Par ma foi, je ne l'ai pas revu depuis plus d'un an, lors de ma cour plénière de Londres ! Et je ne vous ai envoyé aucune lettre.

La reine, à ces mots, sentit son cœur se glacer. Elle perdit connaissance et Gauvain s'élança pour la soutenir. Lui-même était très affligé et le roi avait les larmes aux yeux. Toute la cour fut plongée dans l'angoisse au sujet du sort de Lancelot.

9

Le tournoi de Pomeglai

Le roi s'attarda à Camaalot le plus longtemps possible, car c'était la ville de son royaume la plus proche du pays de Gorre, et l'on espérait recevoir des nouvelles de Lancelot. Un mois après leur retour, les exilés prièrent le roi d'organiser un grand tournoi. Leur exil les avait longtemps privés du spectacle des prouesses d'armes, et surtout ils souhaitaient pouvoir marier leurs filles à de valeureux chevaliers de Bretagne : un tournoi pourrait être une occasion de distinguer les meilleurs d'entre eux. Mais le roi n'était pas d'humeur à organiser des réjouissances, et ses barons étaient dans les mêmes dispositions. Quant à la reine, minée par la douleur et l'inquiétude, elle n'était que l'ombre d'elle-même.

À la mi-août, le roi fut bien obligé de tenir sa cour et porter la couronne, car la coutume l'exigeait. Il réunit donc ses barons à Rovelenc, pour une cour sans faste, car personne n'avait le cœur aux fêtes et aux divertissements habituels. Après le repas, en compagnie de la reine et de quelques barons, il alla donc s'accouder aux fenêtres, pour regarder vers la campagne.

C'est alors qu'ils virent s'avancer vers le château une charrette tirée par un grand roncin et conduite par un nain corpulent à la barbe grise. Dans la charrette se tenait un chevalier revêtu d'armes blanches. À son côté chevauchait une demoiselle montée sur un palefroi blanc comme neige. Apercevant le roi à la fenêtre, la demoiselle l'interpella :

— Roi Arthur, qui viendra délivrer le chevalier que voici ?

— Et quel est le crime de ce chevalier ? répondit le roi.

— Le même que l'autre !

Le roi ne comprit pas ce qu'elle voulait dire, mais il descendit avec toute la cour devant le château. Il s'adressa au chevalier dans la charrette :

— Seigneur, comment pourriez-vous être délivré ?

— Par un chevalier qui prendrait ma place dans cette charrette !

Tous se récrièrent :

— Personne ici ne saurait monter dans cette charrette d'infamie !

Mais monseigneur Gauvain sortit d'une chambre où il avait été retenu jusqu'alors. Il vit que tous étaient assemblés dans la cour et on lui raconta l'étrange arrivée de la charrette et les exigences de son occupant. Il se souvint alors de Lancelot, comment il était monté dans la charrette pour retrouver la trace de la reine. Les larmes lui montèrent aux yeux et il se dirigea vers la charrette. Des murmures s'élevèrent des rangs des barons.

— Mon cher neveu, s'écria le roi, gardez-vous du déshonneur !

— S'il y a déshonneur à monter dans la charrette, dans ce cas Lancelot est lui aussi déshonoré. Je me soucie peu d'être plus honorable que lui !

Et monseigneur Gauvain monta dans la charrette. Le chevalier qui s'y trouvait s'écria :

— Ah ! seigneur, grand merci ! Je vois bien que ce qu'on dit de vous et de votre courtoisie est vrai.

Le roi était ébahi. La demoiselle s'avança :

— Roi Arthur, on avait coutume de dire que nul être en détresse, homme ou femme, ne se présentait à ta cour sans recevoir de l'aide. Je vois bien que c'est un mensonge. Seul ton neveu a eu le courage de braver le déshonneur. Mais sache qu'il n'y a plus de déshonneur à monter dans la charrette d'infamie, depuis que Lancelot a osé le faire pour aller au secours de la reine. À cause de lui, les charrettes devraient être désormais un signe d'honneur. Et sais-tu qui est ce chevalier aux armes blanches ? Ce jeune homme de vingt et un ans, qui vient d'être adoubé à la Pentecôte, est Bohort : c'est le frère de Lionel et le cousin de Lancelot.

Le roi tout joyeux s'avança vers lui, les bras ouverts, pour l'accueillir. Bohort descendit de la charrette, et avec lui Gauvain. Les autres chevaliers du roi, honteux de leur conduite, montèrent l'un après l'autre dans la charrette. La reine y monta, pour l'amour de Lancelot, et aussi le roi.

Ils se dirigèrent vers la grande salle pour fêter le nouvel arrivant, quand la reine remarqua que la demoiselle était en train de s'en aller discrètement. Elle la rejoignit pour lui demander qui elle était.

— Dame, j'appartiens à la Dame du Lac.

— Je vous en supplie, dites-moi si vous avez des nouvelles de Lancelot !

— Il est en parfaite santé, dans une prison où il est bien traité. Mais il ne peut s'en échapper sans trahir sa parole. Il devrait pouvoir se rendre, sachez-le, au premier tournoi qui aura lieu dans le royaume de Logres.

Puis la demoiselle s'éloigna. La reine, enchantée de ces nouvelles, rejoignit la cour, à qui elle révéla que Lancelot était retenu prisonnier.

— Seigneur, dit-elle au roi, faites annoncer un grand tournoi, à la frontière entre votre royaume et le pays de Gorre. À cette occasion vous pourriez peut-être apprendre des nouvelles de Lancelot. Cela serait aussi une satisfaction pour les exilés qui vous en ont prié il y a peu de temps.

Le roi y consentit volontiers et l'on fit proclamer par lettres et messages une grande assemblée qui se tiendrait dans vingt jours à Pomeglai.

Lancelot était en prison chez le sénéchal de Gorre. Celui-ci était souvent absent du château, et sa femme, très courtoise et très belle, faisait tout pour alléger le sort du prisonnier. Chaque jour elle lui faisait quitter la tourelle pour déjeuner avec elle, car elle était tombée amoureuse de lui.

La nouvelle du tournoi se répandit dans toute la contrée, et Lancelot était fort triste de ne pouvoir y participer. Le voyant pensif et morne, la dame l'interrogea.

— Dame, lui répondit-il, c'est à cause de ce tournoi où je ne puis aller.

— Et la personne qui vous le permettrait ne mériterait-elle pas une grande récompense ?

— Certainement, tout ce dont je dispose, et plus encore !

— Je vous permettrai d'y aller, et je vous fournirai armes et cheval, si vous m'accordez un don.

Lancelot, au comble du bonheur, lui en fit la promesse.

— Savez-vous ce que vous m'avez donné ? lui dit-elle. Votre amour.

Lancelot était fort embarrassé. Il réfléchit un moment.

— Je vous accorde tout ce que j'ai le droit de vous donner.

La dame pensa qu'il ne parlait ainsi que par pudeur. Elle lui fit préparer cheval et armes. Au matin du tournoi, elle l'arma de sa main et lui fit jurer de revenir aussitôt la rencontre terminée.

Lancelot chevaucha vers Pomeglai et atteignit rapidement la place préparée pour l'assemblée. La reine était montée sur une bretèche, et avec elle de nombreuses dames et demoiselles. Elles comptaient bien, de là, pouvoir observer les combats, qui se tiendraient en plusieurs points. De nombreux chevaliers réputés devaient y prendre part : Dodinel le Sauvage, Guerrehet et Agravain, les frères de Gauvain, et Yvain, ainsi que Bohort, nouvellement arrivé à la cour.

Lancelot, passant devant la bretèche, y jeta un regard fervent, mais la reine ne pouvait le distinguer, car elle ignorait sous quelles armes il combattrait. Lancelot, portant un écu sinople[1] à trois lions d'argent, rejoignit le centre du terrain. Un chevalier fonça sur lui, c'était Herlin le Roux, frère du roi de Northumberland. Lancelot le frappa si rudement qu'il le précipita à terre, à l'étonnement de tous, car Herlin avait grande réputation. Il continua sa chevauchée, abattant les chevaliers et brisant les lances. Mais voici qu'un adversaire redoutable se présentait. C'était Gardor d'Outre-Marche. Lancelot le heurta avec une telle violence qu'il culbuta à terre cheval et cavalier. Tous étaient ébahis.

Le chevalier aux armes sinople accomplit tant de prouesses que les meilleurs étaient sidérés. On murmurait le nom de Lancelot. Gauvain se tourna vers la reine :

— Ce ne peut être que lui !

Elle-même en était convaincue : elle le reconnaissait à sa manière de combattre, pour l'avoir souvent observé. Mais elle imagina de les abuser. Elle fit signe à l'une de ses suivantes et lui glissa :

---

1. En héraldique, le mot *sinople* a désigné jusqu'au XIIIe siècle une couleur rouge, puis ensuite une couleur verte. Ici les armes sont donc rouges.

— Demoiselle, allez trouver ce chevalier et dites-lui mon ordre : qu'il se batte désormais le plus mal possible.

À partir de ce moment, Lancelot fit tout pour se couvrir de honte. Prenant sa lance, il s'élança pour jouter, et manqua son adversaire. Revenant à la mêlée, il s'agrippa au cou de son cheval, sur le point de tomber. Baissant la tête, fuyant les coups, il tentait d'éviter ses adversaires. La foule, qui l'avait porté aux nues, le huait maintenant, lui criant insultes et moqueries.

Il se comporta ainsi jusqu'à la mi-journée, où les combattants se séparèrent pour faire une pause. La suivante de la reine revint alors le voir : sa dame lui demandait de jouter au mieux.

Quand il alla reprendre le combat, des mauvais plaisants se mirent à le huer. Saisissant sa lance, il se mit en ligne, et alors commença une joute féroce : il se battit si brillamment que tous étaient abasourdis. À partir de ce moment, il fut partout vainqueur. Au soir, il n'était question que des prouesses du chevalier aux armes sinople : tous étaient convaincus que c'était Lancelot. Il n'avait combattu au pire que pour se moquer d'eux.

Lancelot cependant avait déjà disparu. Se débarrassant de son écu, il avait quitté le terrain et galopait à grandes étapes vers sa prison.

Mais Méléagant avait appris la présence de Lancelot au tournoi de Pomeglai. Ivre de rage, il se promit de l'enfermer dans un lieu tel qu'il ne pourrait jamais en sortir. Il fit aussitôt construire une tour du côté des marches de Galles, en prétextant qu'il devait assurer la sécurité de la frontière. La tour était située au milieu de marais où personne n'aurait pu se risquer sans être englouti comme par un abîme. Lancelot y fut transféré et placé sous la garde d'un serf[1] tout dévoué à Méléagant. Chaque jour, l'homme prenait une petite barque pour aller le ravitailler, en suivant un étroit chenal navigable au milieu des marais. Arrivé à la tour, il plaçait la maigre ration de pain et d'eau dans un panier qui était hissé au moyen d'une cordelette jusqu'à une petite fenêtre. Cet orifice était la seule ouverture permettant de communiquer, car la porte avait été murée.

Quand Méléagant se fut assuré ainsi de Lancelot, il quitta le pays de Gorre pour se rendre à la cour du roi Arthur. Il se présenta à Logres pour faire valoir son droit devant le roi :

— Roi Arthur, j'ai conquis la reine sur le sénéchal Keu. Lancelot est venu la rechercher. À l'issue de la bataille qui nous a opposés a été conclu l'accord suivant : je le laisserais emmener la reine, mais il devrait se battre contre moi devant cette cour, l'année même, quand je le voudrais. Qu'il se présente donc, car je suis venu le défier !

Le roi traita très honorablement Méléagant, par égard pour son père, le roi Baudemagu.

— Méléagant, Lancelot n'est pas ici. Je ne l'ai pas vu depuis qu'il a été chercher la reine, et avant cela, il avait été absent plus d'un an. Vous connaissez

1. Le *serf* est un paysan non libre.

l'usage : il vous faudra l'attendre ici durant quarante jours. S'il est toujours absent, vous retournerez dans votre pays jusqu'à la fin de l'année. Vous reviendrez alors vous battre, contre lui s'il est là, ou sinon contre un autre, et si vous êtes vainqueur, vous aurez gagné votre cause.

Méléagant ne pouvait qu'accepter ces conditions.

10

La mort de Méléagant

Méléagant avait une sœur à qui Lancelot avait rendu un grand service en lui faisant don de la tête de son pire ennemi. Cette demoiselle savait que l'on avait recherché Lancelot par tout le pays de Gorre, et elle se doutait bien que sa disparition était due à quelque perfidie de Méléagant. Quand elle apprit que celui-ci avait fait construire une tour au milieu des marais, elle comprit que c'était le lieu de captivité de Lancelot. Elle connaissait bien la femme du serf gardien de la tour. Elle vint la trouver et la combla de bienfaits pour pouvoir demeurer chez elle. Là, elle put observer comment on portait à manger à Lancelot. Elle pleura de pitié sur son sort : quelle perte si un chevalier comme lui venait à mourir dans cette prison !

En se cachant de tous, elle prépara tout ce qu'il lui fallait pour le libérer de prison : une barque, un pic et une grosse corde. Quand tout le monde fut endormi, elle monta dans la barque et rama sans bruit jusqu'à la tour, où elle trouva le panier dans lequel on plaçait la nourriture de Lancelot. Elle mit dedans le pic et la corde et appela très doucement.

— Qui êtes-vous ? fit le prisonnier.

— Je suis une amie, et je suis tellement désolée pour vous que j'ai pris le risque de venir vous délivrer.

Plein de joie, Lancelot hissa le panier où il prit le pic et la corde. Avec le pic, il eut vite fait d'élargir la petite fenêtre pour se faire un passage, puis il fixa à l'intérieur la grosse corde et se laissa descendre jusqu'à la barque. Ils parvinrent tous deux à la maison du gardien, où la demoiselle le cacha dans sa chambre.

Au matin, la jeune fille lui donna un large manteau avec un capuchon, qu'il ramena devant son visage, et le fit monter sur une mule. Ainsi dissimulé, elle l'emmena avec elle au nez et à la barbe des occupants de la maison. Ils cheminèrent tous deux jusqu'à un petit château que la demoiselle possédait en bien propre, car il lui venait de sa mère. Là, elle pourvut Lancelot de tout ce qui était nécessaire et l'obligea à reprendre des forces, car il était très éprouvé et amaigri par sa dure détention.

Pendant ce temps, elle envoya un messager à la cour du roi Arthur pour prendre des renseignements sur les agissements de son frère. Quand l'écuyer revint, il lui apprit que Méléagant était à la cour du roi, attendant que soit écoulé le délai de quarante jours fixé pour la bataille.

Lancelot avait déjà retrouvé beaucoup de sa vigueur. Apprenant cela, il demanda à la demoiselle de le laisser partir : il ne pensait qu'à se venger de l'homme qu'il haïssait le plus au monde.

— Cher seigneur, soyez patient. Je vous procurerai armes et monture et vous pourrez être là-bas à la date fixée. Quant à moi, je prierai le Ciel qu'il vous accorde votre vengeance. Cet homme n'a jamais été un frère pour moi : il a toujours cherché à me déshériter et à me couvrir de honte.

Lancelot resta encore huit jours chez la sœur de Méléagant, puis il s'en alla, frais et dispos, muni d'un excellent équipement, vers Escavalon, où Arthur tenait sa cour.

C'était le dernier des quarante jours de délai fixés. Méléagant, déjà équipé de toutes ses armes, était prêt à partir, puisque, disait-il, personne ne se risquait à prendre la place de Lancelot. D'un bond, Bohort s'avança :

— Je suis prêt à combattre à la place de mon cousin !

— C'est Lancelot que je voudrais comme adversaire ! rétorqua Méléagant.

— Certes, intervint monseigneur Gauvain, cela vous est facile de parler ainsi maintenant ! Mais vous seriez peut-être moins impatient s'il était ici. En attendant, je m'offre à combattre pour l'amour de lui.

— Je ne vous dirai pas non. Après lui, il n'est pas de chevalier que j'affronterai avec plus de plaisir que vous !

Monseigneur Gauvain courut s'équiper. Le roi désigna l'endroit où aurait lieu la bataille : une vaste place à l'extérieur des murs, dans les prés. Accompagnés de toute la cour, les adversaires descendirent par les rues de la ville et se préparèrent à combattre. C'est à ce moment-là que parut Lancelot, toutes armes revêtues. Il reconnut Gauvain et, mettant pied à terre, alla le serrer dans ses bras. Les deux compagnons s'étreignirent. La nouvelle se répandit en un clin d'œil parmi toute la cour. Méléagant était stupéfait. Lancelot vint à lui :

— Ah ! Méléagant, quelle surprise pour vous ! Me voici hors de la tour où vous m'aviez fait enfermer par traîtrise. Vous allez l'avoir, la bataille que vous n'avez cessé de réclamer !

Sans attendre davantage, ils se mirent en place sur le terrain, et lancèrent leurs chevaux à bride abattue. Méléagant frappa son adversaire si violemment que sa lance vola en éclats. Lancelot, de la sienne, perça son écu, qui était pourtant solide. Le choc fut si rude que les deux cavaliers tombèrent à terre, pour se relever aussitôt, dégainant leurs épées. Ils échangèrent des coups furieux sur les heaumes et les écus, déchirant les hauberts et mettant leurs épaules en sang. Jusque vers midi, le combat fut à peu près égal, mais ensuite Méléagant commença à faiblir. Le sang giclait de son nez et de sa bouche, et il ne faisait plus qu'esquiver les coups. Lancelot leva alors son épée pour frapper le coup décisif, mais son ennemi recula et tomba à terre. Lancelot se rua sur lui et arracha son heaume qu'il jeta loin de lui dans le pré. Se voyant en péril de mort, Méléagant cria grâce. Le roi s'avança pour demander qu'on l'épargne, mais Lancelot, levant les yeux, vit que la reine lui faisait signe de ne pas se laisser fléchir.

— Seigneur, dit Lancelot au roi, je ne peux accorder qu'une chose. Qu'il se relève pour remettre son heaume. Mais c'est la dernière fois que je l'épargne.

Méléagant se releva, saisit son heaume et son épée et courut l'attaquer à nouveau. Mais Lancelot reprit aussitôt le dessus. Lui arrachant une seconde fois son heaume, d'un seul coup d'épée, il lui fit voler la tête, qui roula au milieu du champ clos.

Gauvain, Yvain, le sénéchal Keu se précipitèrent vers Lancelot pour le féliciter. Le roi vint l'embrasser, tout armé comme il était, et le débarrassa en personne de son heaume.

— Très cher ami, lui dit-il, soyez le bienvenu !

La reine était au comble de la joie : elle était enfin vengée de la honte qu'elle avait subie. Les barons se pressaient autour de lui pour l'embrasser. Dans l'allégresse générale il fut emmené au palais, où le roi lui fit le grand honneur de le faire manger à côté de lui à sa table.

Après le repas, on lui présenta le jeune Bohort, son cousin, qu'il n'avait pas vu depuis des années. Le roi demanda à Lancelot de raconter ses aventures, et il les fit consigner par écrit afin que tous s'en souviennent.

Lancelot séjourna ainsi à la cour, et pendant ce temps il put voir souvent sa dame et obtenir ce qu'il souhaitait. Mais après quelques jours, Guenièvre ne put éviter de lui révéler la mort de Galehaut, qui lui avait été si longtemps cachée.

11

Le tombeau de Galehaut

Lorsque Lancelot apprit de la reine la mort de Galehaut, il fut frappé de stupéfaction et d'incrédulité.

— Dame, comment cela est-il possible ? Je pensais que, s'il était absent de cette cour, c'est qu'il avait dû retourner dans son pays pour s'occuper des affaires du royaume. Et quand donc cette mort a-t-elle eu lieu ?

— L'an dernier, en automne, alors qu'on était sans aucune nouvelle de vous.

— Certes, à cette époque j'étais retenu prisonnier par les enchantements de Morgane.

— Le noble Galehaut entreprit alors, avec Lionel votre cousin et avec Gauvain, de longues recherches. Tous trois ont battu en vain tout le pays, sans trouver la moindre trace de vous. Désespéré de cet échec, convaincu de votre mort, Galehaut a fini par regagner son royaume. La nouvelle de sa mort nous est parvenue à la fin du mois d'octobre, mais j'en ignore les circonstances exactes.

Lancelot décida alors de partir en Sorelois. Il prit congé de la reine et se mit en route, accompagné d'un seul écuyer, et en proie à une profonde tristesse.

Après plusieurs jours de voyage, il parvint dans la terre du Sorelois. Un après-midi qu'il cheminait, plongé dans de tristes pensées, il arriva à un monastère, où il pensa demander l'hospitalité pour la nuit. Il trouva à la porte trois frères[1] qui prenaient l'air frais du soir, après avoir chanté complies[2]. Ils accoururent pour l'aider à descendre de cheval et lui souhaiter la bienvenue. Apprenant qu'il n'avait rien mangé de la journée, ils ordonnèrent qu'on lui préparât un repas. Mais Lancelot leur déclara qu'auparavant, il voulait aller à l'église pour faire ses oraisons[3].

Entrant dans l'église, il se mit à genoux et dit ses prières. Jetant ensuite un regard autour de lui, il remarqua dans la partie droite de la nef[4] une grille d'argent magnifiquement ouvragée, avec des petites

---

1. Les moines sont souvent nommés *frères* et s'appellent ainsi entre eux.

2. Les *complies* sont l'office du soir (21 heures).

3. Les *oraisons* sont des prières.

4. La *nef* est la partie de l'église s'étendant de l'entrée jusqu'au *chœur*, abritant l'autel. Elle doit son nom à sa forme allongée comme celle d'un bateau (*nef* au Moyen Âge).

fleurs d'or et aussi des oiseaux et des animaux représentés. À l'intérieur du chœur, derrière la grille, se tenaient cinq chevaliers entièrement armés, le heaume sur la tête et l'épée à la main, prêts à combattre.

Étonné de ce spectacle, Lancelot s'approcha d'eux pour les saluer, et vit qu'ils gardaient un tombeau d'une incroyable richesse, orné d'or fin et de pierres précieuses. À quel roi, à quel prince pouvait appartenir cette sépulture splendide ? Il interrogea les chevaliers sur leur présence en ce lieu.

— Seigneur, répondirent-ils, nous gardons le corps qui gît dans cette tombe, de peur qu'on ne l'emporte d'ici. Un des frères du couvent, un saint homme, a prédit qu'un chevalier viendrait bientôt pour l'enlever de force. Et nous, gens de ce pays, nous montons la garde, car nous voulons conserver celui qui repose ici.

— Et quel est ce prince ?

— Seigneur, c'était un homme puissant et riche, mais c'était surtout l'homme le plus valeureux de son temps.

— Ah ! Dieu, quel est son nom ?

— Seigneur, si vous savez lire, son nom est inscrit sur la dalle du tombeau.

Lancelot s'approcha et lut :

ICI GÎT GALEHAUT, LE FILS DE LA GÉANTE
SEIGNEUR DES ÉTRANGES ÎLES
QUI MOURUT DE SON AFFECTION POUR LANCELOT

À cette lecture, il tomba évanoui et resta un moment à terre inanimé. Les chevaliers, sidérés, accoururent pour lui porter secours et le relever. Sa souffrance était telle qu'il se mit à se tordre les poings, à se frapper le front et la poitrine et à s'arracher les cheveux. De ses ongles, il s'égratignait le visage, faisant jaillir un sang vermeil, et il maudissait le jour de sa naissance.

— Ah ! Quelle perte immense ! L'homme le plus valeureux, le cœur le plus noble du monde, et il est mort à cause de moi !

Ses pleurs et ses gémissements étaient tels que tous les gens du lieu le regardaient avec stupeur et inquiétude. Et lui, incapable de leur dire un mot, ne savait que se lamenter, se frapper et se déchirer. Ses yeux revenaient sans cesse à l'inscription : c'était à cause de lui que Galehaut était mort. Eh bien, il devait à son tour mourir pour lui. Il s'élança hors du chœur pour aller chercher son épée.

À peine sorti de l'église, il se trouva face à une jeune fille : c'était une des suivantes de la Dame du Lac. Elle le saisit par le poignet pour l'arrêter :

— Que faites-vous ? Et où courez-vous ainsi ?

— Ah ! demoiselle, laissez-moi en finir avec mes souffrances, car jamais je ne connaîtrai joie ni repos.

Il s'apprêtait à lui échapper des mains, mais elle le retint :

— Seigneur, au nom de ma maîtresse, la Dame du Lac, je vous défends d'aller plus loin sans avoir d'abord parlé avec moi.

— Demoiselle, ne m'en veuillez pas, mais rien ne peut désormais réjouir mon cœur !

— Écoutez ce que j'ai à vous dire. Ma dame en était bien certaine : dès que vous trouveriez la tombe de Galehaut, vous voudriez vous tuer, tant serait grande votre douleur. Elle m'a envoyée à vous en toute hâte pour vous en empêcher. Laissez là ce désespoir et reprenez courage, ma dame vous en conjure au nom de l'être que vous aimez le plus au monde.

— Et que veut-elle que je fasse ?

— Elle vous ordonne d'enlever d'ici le corps de Galehaut et de le faire transporter à la Douloureuse Garde. Là, il sera mis dans la tombe où vous avez trouvé votre nom inscrit. C'est en effet dans ce lieu que vous serez un jour enterré à côté de lui.

Ce projet plut beaucoup à Lancelot. Il suivrait ses instructions.

— Et maintenant, reprit-elle, allez vous équiper. Il est clair que ces chevaliers ne vous laisseront pas emporter sans le défendre le corps qu'ils ont à garder.

Pendant qu'il courait s'armer, elle s'approcha des chevaliers pour tenter de les convaincre.

— Seigneurs, allez-vous vous opposer à ce que vous ne pourrez empêcher ?

— Que voulez-vous dire ?

— Le corps que vous gardez va vous être enlevé. Si vous vous y opposez, vous vous ferez tuer.

— Jamais, nous vivants, ce corps ne quittera cette église !

Lancelot franchit le seuil tout armé.

— Je veux avoir le corps qui est là, leur dit-il.

— Ma foi, vous ne l'aurez pas sans le payer fort cher. Nous mourrons plutôt sur place.

D'un bond, Lancelot franchit la grille et les chevaliers se ruèrent sur lui. Brandissant son épée, il attaqua si rudement le premier qu'il lui fendit le crâne en deux, en dépit de son heaume. Les autres passèrent à l'attaque, le frappant sur son écu, déchirant son haubert. Mais l'affliction dans laquelle il était rendait Lancelot insensible aux coups. Avisant le plus vigoureux d'entre eux, il fonça sur lui et lui porta sur le heaume un coup violent, qui fit jaillir des étincelles. La lame glissa jusqu'à l'épaule, qu'elle trancha, et le bras tomba sur le sol. Le chevalier s'effondra sous l'effet de la douleur. Les trois autres, épouvantés, auraient bien voulu fuir, mais Lancelot, infatigable, reprit l'assaut. Un autre fut sans tarder jeté à terre, un autre eut son poing coupé avant de parvenir à s'enfuir. Quant au dernier, d'un coup d'épée, Lancelot lui fit voler le heaume de la tête. Il se jeta à genoux pour crier grâce.

— Eh bien, dit Lancelot, tu vas m'aider à transporter le corps de Galehaut à la Douloureuse Garde, et là, à lui donner une sépulture.

Le chevalier jura qu'il exécuterait ses ordres point par point. Alors, Lancelot saisit la dalle par son extrémité et tira pour la desceller. Il dut y mettre toutes ses forces, tant elle était pesante. Quand il parvint à la dresser, son corps ruisselait de sueur et le sang lui giclait par le nez et la bouche, mais cette douleur n'était rien comparée à celle qu'il éprouva à la vue du corps de Galehaut. Il était vêtu de toutes ses armes et son épée étincelante était couchée à son côté. Il l'aurait saisie pour s'en transpercer si la demoiselle ne s'était élancée pour la lui ôter des mains.

Lancelot fit préparer une civière de bois garnie de riches étoffes pour transporter le corps. Le chevalier prisonnier intervint alors :

— Seigneur, ne vaudrait-il pas mieux faire route de nuit ? Si les gens du pays apprennent que l'on s'apprête à enlever le corps, ils tenteront de nous barrer la route. Nous n'irions pas loin avant d'être arrêtés.

— Tu as raison. Nous partirons ce soir même avec mon écuyer.

Le corps fut donc emporté à la nuit tombée, au grand regret des moines, et la civière fut chargée sur deux palefrois à l'allure douce, que menaient l'écuyer et le chevalier prisonnier. Lancelot les suivit, après avoir pris congé de la Demoiselle du Lac.

Au bout de plusieurs jours, ils parvinrent à la Douloureuse Garde. Les gens du pays l'appelaient maintenant la Joyeuse Garde, mais les étrangers la connaissaient toujours sous son ancien nom.

Les habitants du château avaient été prévenus de leur arrivée par l'écuyer, envoyé en avant. Ils se rassemblèrent pour accueillir Lancelot, mais leur joie se changea en affliction quand ils virent sa peine et qu'ils comprirent pour quelle raison il était venu. De leur mieux ils tentèrent de le réconforter, mais Lancelot ne pensait qu'au tombeau qu'il voulait faire édifier pour Galehaut.

— Seigneur, dit une vieille dame, dans ce château se trouve la plus riche sépulture qui soit au monde. On ne sait plus où exactement, mais je pense que les vieillards du pays doivent s'en souvenir encore.

On fit donc venir les anciens. Après s'être consultés, ils affirmèrent que le tombeau devait se trouver sous l'autel de l'église.

— Aucun tombeau au monde ne le surpasse en richesse. Il fut construit pour le roi sarrasin[1] Narbaduc, qui régnait ici avant que n'arrive Joseph d'Arimathie[2], qui convertit le pays au christianisme. Dès que les chrétiens pénétrèrent dans la ville, ils enlevèrent et jetèrent le corps de ce païen, et construisirent sur cet emplacement une église. Mais le tombeau n'a jamais été détruit ni déplacé.

L'idée sembla bonne à Lancelot, et il fit dégager le tombeau. Il était magnifique, entièrement fait de pierres précieuses délicatement assemblées. On le transporta dans le cimetière, à l'endroit où Lancelot avait vu son nom inscrit. Puis ils amenèrent le corps de Galehaut, revêtu de toutes ses armes, et Lancelot

1. C'est ainsi qu'on nomme souvent au Moyen Âge les peuples musulmans venus du Moyen-Orient et de l'Afrique.

2. *Joseph d'Arimathie* est le personnage qui, dans les Évangiles, donne son propre tombeau pour que Jésus puisse être enterré. Au Moyen Âge, la légende du Graal fait de lui un personnage très important : c'est lui qui, après la mort de Jésus, recueille son sang dans le Graal, vase qui avait servi à célébrer la Cène (dernier repas de Jésus). Il emmènera ce Graal en Bretagne et aura pour descendants les rois du château du Graal : ici le roi Pellès, au château de Corbenic.

voulut le coucher lui-même dans la tombe et l'embrasser une dernière fois. Il le couvrit d'une riche étoffe de soie brodée de pierres précieuses et plaça la dalle par-dessus, le cœur brisé.

Lancelot ne s'attarda pas au château. Après avoir recommandé à Dieu ses habitants, il prit seul la route de Camaalot.

12

Corbenic

Un après-midi qu'il chevauchait vers l'heure de none, il rencontra sur son chemin une dame montée sur un palefroi de grand prix. L'heure arrivait où il fallait songer à s'héberger, et la dame lui proposa de faire halte pour la nuit au château où elle se rendait. Il accepta et, peu de temps après, ils virent au fond d'un vallon un petit château bien fortifié par des remparts crénelés, et entouré d'un fossé profond. Une demoiselle en sortit pour venir à leur rencontre.

— Dame, dit-elle, où menez-vous ce chevalier ?

— Au château de Corbenic.

— Eh bien, vous ne l'aimez guère, car nul chevalier n'est sorti d'ici sans honte.

Parvenus au château, ils passèrent le pont et s'engagèrent dans la rue principale. Les gens, sur leur passage, interpellèrent le chevalier :

— Seigneur chevalier, la charrette vous attend !

— Ma foi, ce ne sera pas la première fois, dit Lancelot entre ses dents.

Il arriva au donjon où il mit pied à terre, quand il lui sembla entendre, sur sa droite, la voix d'une femme qui se lamentait. Entrant dans une grande salle, il découvrit une demoiselle plongée jusqu'à la taille dans une cuve de marbre pleine d'eau bouillonnante.

— Sainte Marie, qui me tirera de cette eau qui me brûle ? se plaignait la malheureuse.

Lancelot s'approcha, saisit la demoiselle à bras-le-corps, et sans le moindre effort la tira de la cuve. La jeune fille, délivrée, tomba à ses pieds.

— Ah ! seigneur, bénie soit l'heure où vous êtes né ! Bien des chevaliers ont tenté de me venir en aide, mais en vain. Vous m'avez arrachée à la pire des souffrances que femme ait jamais connue.

La salle se remplit aussitôt de dames et de chevaliers. Les habitants de la ville se pressaient pour voir celui qui avait mis fin au sortilège dont la demoiselle était prisonnière. Ils conduisirent alors Lancelot dans un cimetière à côté du donjon et lui montrèrent une très riche tombe dont la dalle portait une inscription :

Jamais cette pierre ne sera soulevée
Avant que le léopard n'y mette la main.

Alors seulement le léopard engendrera le grand lion
En la belle fille du roi de la Terre Foraine.

— Seigneur, dirent-ils, nous pensons qu'il s'agit de vous. Vous êtes le meilleur chevalier vivant au monde, sinon vous n'auriez pas pu délivrer la demoiselle ensorcelée.

— Et que voulez-vous que je fasse ?

— Nous voulons que vous souleviez cette pierre tombale, et que vous voyiez ce qu'il y a dessous.

Lancelot saisit la pierre et la souleva sans effort. La tombe renfermait un serpent, le plus hideux et le plus effrayant qu'il eût jamais vu. À la vue de Lancelot, l'horrible bête se dressa pour vomir par la gueule des flammes qui brûlèrent son haubert, puis elle s'élança de la tombe vers le milieu du cimetière, où elle embrasa les arbrisseaux de l'enclos.

La foule s'était enfuie, préférant monter aux fenêtres pour voir les événements. Lancelot marcha vers le serpent, en homme qui ne redoute pas l'épreuve. Il plaça son écu devant son visage, pour se protéger du feu empoisonné de la bête, et frappa le monstre de sa lance en plein poitrail, lui enfonçant dans le corps fer et bois. Blessé à mort, le serpent battit des ailes[1], mais Lancelot, brandissant son épée, lui fit voler la tête.

Tous s'empressèrent autour de Lancelot pour lui faire fête. Les cloches se mirent à sonner et on l'escorta en liesse jusqu'à la grande salle du donjon,

1. Ce serpent ailé qui crache du feu est un dragon.

où on le désarma. Les portes s'ouvrirent alors et apparut un chevalier de haute taille, suivi d'une nombreuse compagnie de seigneurs et de dames. C'était un très bel homme aux cheveux gris, dont l'allure noble frappa Lancelot.

— C'est le roi, lui dit-on.

— Cher seigneur, lui déclara le roi après l'avoir serré dans ses bras pour l'accueillir, voilà bien longtemps que nous désirions vous voir et vous avoir avec nous. Ce pays est ravagé, c'est une Terre Gaste[1] qui attend la fin de ses malheurs. Soyez le bienvenu !

Ils s'assirent côte à côte et le roi lui demanda quel était son nom.

— Seigneur, je suis Lancelot du Lac.

— Le roi Ban de Bénoïc, le roi si brave qui mourut de douleur, n'était-il pas votre père ?

— Oui, seigneur, c'était lui.

— Par ma foi, je sais en toute certitude que c'est par vous ou par un être issu de vous que ce pays sera délivré des aventures étranges qui s'y produisent jour et nuit.

— Seigneur, on m'a dit que ce château avait pour nom Corbenic, mais me direz-vous votre nom ?

— Assurément. Je suis le roi Pellès de la Terre Foraine[2].

---

1. Terre dévastée et stérile : dans les légendes celtiques, cet état de *Terre Gaste* est souvent lié à une blessure du roi ou à une malédiction.

2. La *Terre Foraine* est une terre étrangère (comme les *forains*, qui sont des étrangers, à l'origine).

À ce moment se présenta une dame d'un très grand âge, qui demanda à parler au roi en privé. Laissant Lancelot en compagnie de ses chevaliers, le roi la rejoignit et ils allèrent s'isoler dans une chambre.

— Seigneur, que ferez-vous de ce chevalier que Dieu nous a envoyé ?

— Je suis prêt à lui donner ma fille, s'il le veut.

— Il refusera, j'en suis sûre, car son amour pour la reine Guenièvre est trop fort pour qu'il désire une autre femme. Il faudra manœuvrer habilement.

— Faites comme vous l'entendez, mais trouvez une solution. Il faut que cette union se fasse.

Le roi revint s'asseoir auprès de son hôte. Pendant qu'ils parlaient de choses et d'autres, Lancelot vit entrer par la fenêtre une colombe tenant dans son bec un encensoir[1] d'or. Elle traversa la salle, qui fut aussitôt remplie des plus suaves odeurs du monde. Puis elle disparut dans une autre pièce.

Des serviteurs surgirent alors pour mettre les tables[2] et les garnir de nappes blanches. Le roi fit asseoir Lancelot à côté de lui et ses gens s'installèrent à leur tour en silence. Peu après, on vit sortir d'une chambre une demoiselle si belle, si charmante, que Lancelot dut bien s'avouer qu'il n'avait jamais vu

---

1. Petite boîte de métal précieux où l'on fait brûler l'encens, lors des cérémonies religieuses.

2. Au Moyen Âge, les *tables* ne sont pas des meubles fixes. Au moment du repas, mettre les tables, c'est installer sur des tréteaux les tables, sortes de grands panneaux de bois que l'on recouvre de nappes.

pareille beauté, à part la reine. La demoiselle tenait dans ses mains un vase qui ressemblait à un calice[1], le plus riche qu'un être humain pût jamais contempler. Lancelot comprit qu'il s'agissait d'un objet sacré, il joignit donc les mains et s'inclina sur son passage. La jeune fille fit le tour des tables, et aussitôt celles-ci furent garnies des nourritures les plus succulentes. Le palais fut rempli d'odeurs délicieuses, pareilles à celles des épices les plus rares.

Quand la demoiselle eut regagné la chambre dont elle était venue, le roi et ses hôtes se mirent à manger et à converser.

— Et que pensez-vous de la jeune fille qui portait le riche vase ? demanda le roi à Lancelot.

— C'est la plus belle des demoiselles que j'aie jamais vue. Des dames, je n'en dirai rien.

Le roi se souvint des paroles de Brisane. La vieille dame devait avoir raison : les pensées de Lancelot allaient vers la reine Guenièvre.

Cette Brisane était la confidente de la fille du roi. Elle vint s'entretenir avec Lancelot, et lui demanda des nouvelles du roi Arthur.

— Pour ce qui est de la reine, ajouta-t-elle, je n'en ai pas besoin. Je l'ai vue récemment, et en excellente santé.

— Vous vous moquez de moi ? Comment est-ce possible ?

---

1. Vase de métal précieux monté sur pied. Il est destiné à recevoir le vin, lors de la messe des chrétiens.

— Seigneur, elle se trouve à deux lieues d'ici, dans un château où elle passera la nuit. Venez avec moi, je vous conduirai à elle.

Le cœur de Lancelot fut inondé de joie. Il envoya chercher ses armes, pendant que Brisane rejoignait le roi.

— Faites donner une monture à votre fille et envoyez-la immédiatement au château de Quasse, où je la rejoindrai avec Lancelot. J'ai préparé un breuvage[1] qui lui fera croire que c'est la reine. Soyez sans crainte, quand il sera sous son emprise, il se comportera conformément à nos vœux.

Le roi fit escorter sa fille par vingt chevaliers qui la menèrent au château de Quasse. Là, ils firent dresser dans une chambre un lit d'une grande richesse, et la demoiselle s'y coucha, selon les instructions reçues.

Quand Lancelot et Brisane arrivèrent au château, il faisait nuit noire, et la lune n'était pas encore levée. Brisane le mena dans la salle où les chevaliers se levèrent pour l'accueillir. Une fois désarmé, Lancelot demanda à boire, car il avait eu chaud dans sa hâte à chevaucher vers le château. Une demoiselle apporta une coupe remplie d'un breuvage qui ressemblait à du vin : Brisane le lui avait confié dès son arrivée.

— Buvez tout, seigneur, cela ne peut vous faire du mal. Vous n'avez jamais rien bu de tel, je pense.

Comme le breuvage lui semblait agréable, Lancelot le but jusqu'à la dernière goutte. Resté seul avec Bri-

1. Boisson qui possède ici des pouvoirs magiques.

sane, il se sentit alors plus bavard et joyeux qu'à l'habitude, et demanda s'il pourrait voir la reine. Il avait l'impression d'être à Camaalot et pensait parler à une suivante de Guenièvre, qui aurait remplacé la Dame de Malehaut après son départ.

Brisane comprit qu'il était dans l'état qui convenait à ses plans. Il ne serait pas difficile de l'abuser.

— Seigneur, ma dame est peut-être endormie. N'attendez plus, allez la rejoindre !

— Mais je ne peux y aller que si elle m'y invite !

La vieille dame fit mine d'aller parler à la reine dans sa chambre, et revint bientôt.

— Seigneur, ma dame vous attend. Vous pouvez aller lui parler.

Il entra dans la chambre, en braies et en chemise, et alla se coucher dans le lit auprès de la demoiselle, croyant que c'était la reine. Il lui manifesta la joie qu'il réservait à sa dame, et elle le reçut volontiers, car elle désirait avoir à elle celui qui surpassait tous les autres chevaliers.

Ainsi s'unirent le meilleur et le plus beau chevalier et la plus belle jeune fille du plus haut lignage qui fût alors. Lui, la désirait parce qu'il la prenait pour la reine Guenièvre. Elle, ne le faisait pas tant pour sa beauté que pour le fruit qui devait naître de leur union : celui qui rendrait bonheur et prospérité à la Terre Gaste. C'est ainsi que Dieu leur permit d'engendrer Galaad, le chevalier pur qui devrait mener à bien les aventures du Saint-Graal.

Au matin, Lancelot se réveilla. L'effet du breuvage

s'était dissipé et il se demanda où il était. Dans la pénombre, il distingua la demoiselle.

— Qui êtes-vous, au nom du Ciel ? lui demanda-t-il en bondissant hors du lit.

— Seigneur, je suis la fille du roi Pellès de la Terre Foraine.

Comprenant qu'il avait été trompé, plein rage et d'amertume, il se rhabilla et sortit pour rechercher ses armes.

Rentrant dans la chambre, il ouvrit les volets pour faire entrer la lumière. Voyant la jeune fille qui l'avait trompé, son cœur se gonfla de colère. Hors de lui, il dégaina son épée et s'élança vers elle.

— Demoiselle, je suis mort de la honte que vous venez de m'infliger. Plus jamais vous ne tromperez un homme comme vous venez de le faire avec moi.

Il levait son épée sur elle, quand elle se jeta à ses pieds, les mains jointes :

— Pitié, noble chevalier, ne me tuez pas ! Pardonnez-moi comme Dieu fit à Marie-Madeleine[1] !

Il resta indécis, frémissant de colère et de rancune. Sous ses yeux, il y avait une jeune fille d'une beauté sans égale, qui tremblait de peur, nue dans sa chemise. Il eut honte de sa violence.

— Demoiselle, je n'ai pas le courage de me venger de vous. Détruire une beauté comme la vôtre serait

1. Sainte honorée par les chrétiens : après avoir commis de grandes fautes, *Marie-Madeleine* a consacré toute sa vie à pleurer ses péchés et prier Dieu.

cruel et déloyal. Pardonnez-moi, je vous prie, d'avoir levé mon épée sur vous.

— Seigneur, je vous le pardonne, à condition que vous me pardonniez d'avoir mérité votre courroux.

Lancelot s'équipa rapidement et, descendant dans la cour, trouva son cheval sellé. Brisane l'avait fait préparer, car elle savait qu'il ne s'attarderait pas au château, une fois la tromperie découverte. Reprenant son écu et sa lance, il s'éloigna, affligé et mécontent, et suivit son chemin, perdu dans ses pensées.

Comme le soir tombait, il arriva à un ermitage où un moine vêtu de blanc finissait de dire ses vêpres. Le saint homme l'accueillit et lui proposa l'hospitalité, à condition toutefois que son régime ne le rebute pas trop : il n'avait à lui offrir que du pain d'orge grossier et de la soupe d'herbes. Lancelot accepta, car plus que la lassitude de son corps lui pesait la confusion de son esprit, encore bouleversé de l'aventure qui lui était arrivée.

Comme il partageait le pain avec l'ermite, celui-ci, voyant sa mine sombre, l'apostropha :

— Lancelot, Lancelot, écoute-moi ! Ne laisse pas ton cœur sombrer dans la tristesse.

— Comment savez-vous mon nom ?

— Je sais beaucoup de choses sur toi. Je sais d'où tu viens et pourquoi tu es si troublé. Mais il arrive que l'on déplore une chose dont doit naître un grand bien.

— Et quel bien pourrait m'advenir du mal que j'ai pu faire ?

— Ton cœur est dans la peine parce que tu penses

avoir trahi ta dame en t'unissant à une autre femme. Voilà le mal qui t'accable à l'heure présente. Mais de ce mal viendra un bien : de ton union avec la fille du roi Pellès naîtra un enfant. Il s'appellera Galaad, du nom d'un de tes ancêtres, qui fut le plus jeune fils de Joseph d'Arimathie. Et ce fils parviendra à accomplir certaines aventures qui te sont interdites, bien que tu sois le meilleur chevalier du monde.

— Et quelles sont ces aventures ?

— Ce sont les aventures du Saint-Graal, car pour en venir à bout, la vaillance ne suffit pas. Seul un chevalier absolument pur en est digne. Toi, tu as donné ton cœur à la reine, et cet amour coupable t'empêchera de réussir ces hautes aventures. Mais elles étaient promises de tout temps à ton lignage, et Dieu, dans sa bonté, a bien voulu te donner un fils qui les accomplira.

Sur ces mots, l'ermite quitta son hôte, car il devait dire le dernier office de la journée, celui des complies. Lancelot resta seul, méditant ces paroles. Il ressentait du regret à l'idée d'aventures qu'il ne pourrait accomplir, mais la pensée d'un fils lui était d'un grand réconfort.

Le lendemain matin, après avoir écouté la messe, il quitta l'ermitage plus serein, et reprit la route de Camaalot.

Septième partie

La fin des aventures

[illegible]

[illegible]

[illegible] Lazare [illegible] part en France [illegible]
[illegible] Il rencontre [illegible] de Renée et de
Gautier sur le [illegible] Claudes. Sa sœur Hélène la

Quinze années passèrent.

Quinze années pendant lesquelles ne manquèrent pas les aventures. Lancelot affronta des ennemis redoutables, il força des passages périlleux et mit fin à des coutumes maléfiques. Plusieurs fois, il partit en quête de chevaliers de la Table Ronde dont on était sans nouvelles. Et chaque fois qu'il regagnait la cour du roi Arthur, il retrouvait l'amour de sa dame. La reine acceptait, au prix de bien des tourments, qu'il mît sa vie en péril, car sa gloire comptait plus que tout à ses yeux.

Pendant toute une année, Lancelot partit en France en compagnie de ses cousins Lionel et Bohort. Avec leur aide, il reconquit les royaumes de Bénoïc et de Gaunes sur le cruel roi Claudas. Sa mère Hélène, la

Reine aux Grandes Douleurs, eut la joie de voir son fils avant de mourir paisiblement dans son monastère.

Au bout de quinze ans, le jour de Pentecôte, arriva à la cour du roi Arthur un beau jeune homme, Galaad, qui avait été élevé à la cour du roi Pellès, à Corbenic. Lancelot put ainsi connaître son fils, un chevalier qui devait se révéler aussi vaillant et noble que lui. Pendant trois ans, Galaad accomplit les hautes aventures auxquelles il était destiné, et c'est lui qui fut choisi par Dieu pour accompagner le Saint-Graal à Jérusalem, où il disparut à tout jamais[1].

---

1. L'histoire de Galaad est racontée dans *La Quête du Saint-Graal*, roman qui s'intercale entre l'histoire de Lancelot et *La Mort du roi Arthur*, source de cette dernière partie.

1

Révélations

Ce jour-là, le roi Arthur avait réuni sa cour à Camaalot. Pendant trois ans, ses chevaliers étaient partis en quête du Saint-Graal, et maintenant que la plupart d'entre eux étaient revenus, le roi voulait fêter dignement ce retour en organisant un grand tournoi, qui aurait lieu non loin de là, à Wincestre.

Lancelot désirait prendre part à ce tournoi, mais sans se faire connaître, car il craignait que personne ne voulût jouter contre lui. Pour pouvoir s'y rendre seul et secrètement, il demanda à ses cousins Bohort et Lionel de partir avec leurs compagnons, car lui se sentait en trop mauvaise santé pour y aller. Mais ce manège attira l'attention d'Agravain.

Cet Agravain était l'un des frères de monseigneur Gauvain. Gauvain était en effet l'aîné des cinq fils du roi Lot et de la reine d'Orcanie, sœur du roi Arthur. Outre sa vaillance, sa générosité et sa courtoisie étaient connues de tous. Le plus âgé après lui était Agravain, excellent chevalier, mais très orgueilleux. Son cœur était envieux, et sa bouche prompte à lâcher des paroles méchantes et viles. Ses frères Gaheriet et Guerrehet étaient connus comme des chevaliers hardis, entreprenants et généreux. Quant au plus jeune, Mordret, il était fort beau et vaillant, mais de caractère fourbe et dissimulé.

Agravain n'avait jamais beaucoup aimé Lancelot, car l'envie le rongeait devant ses prouesses. Il avait pris l'habitude d'espionner ses allées et venues, et il comprit qu'un amour secret l'unissait à la reine. Apprenant que Lancelot comptait rester à Camaalot plutôt que d'aller à Wincestre, il se réjouit à la pensée que son heure était venue. Plus que le souci de l'honneur d'Arthur, c'était le désir de nuire à Lancelot qui le poussait à agir. Il alla donc trouver le roi son oncle.

— Seigneur, je voudrais vous parler en secret. Sachez qu'il y va de votre honneur.

— Mon honneur ? La chose est-elle si grave que mon honneur soit en jeu ?

— Oui, seigneur. Voici ce qu'il en est : Lancelot aime la reine d'un amour coupable, et cet amour est réciproque. Demain, Lancelot restera ici, car il a dit à sa suite d'aller sans lui au tournoi de Wincestre. Pendant que vous y serez, ils pourront se retrouver à loisir.

Mais pour le roi Arthur, ces paroles ne pouvaient être que des mensonges.

— Agravain, mon cher neveu, cessez de parler ainsi, car je ne puis vous croire. Jamais Lancelot n'agirait de cette façon.

— Comment, seigneur, ne ferez-vous rien de plus ?

— Et que voulez-vous que je fasse ?

— Je pense qu'il faudrait les faire espionner, jusqu'à ce qu'on les prenne ensemble. Vous ne pourriez alors nier la vérité.

— Faites comme vous voudrez, soupira le roi.

Agravain n'en demandait pas plus.

Toute la nuit, le roi pensa à ses paroles, mais son cœur ne parvenait pas à les admettre. Il ne pouvait croire que ce fût vrai. Au matin, il se leva et s'équipa pour se rendre au tournoi. Il fut rejoint par la reine, qui souhaitait aussi y assister. Le tournoi fut magnifique, Lancelot s'y illustra et ne se fit reconnaître qu'à la fin.

Peu de temps après, le roi parlait avec monseigneur Gauvain, et celui-ci lui rappelait le tournoi de Wincestre, et comment Lancelot avait finalement révélé son identité.

— Certes, fit le roi, c'est le meilleur chevalier du monde. Et pourtant, si j'avais cru votre frère Agravain, je l'aurais fait tuer !

— Et que vous avait-il dit ?

— Il est venu à moi l'autre jour et a prétendu me révéler la honte que me faisait Lancelot. Il m'a dit qu'il aimait la reine d'un amour coupable et qu'ils étaient amants. C'était pour cette raison que Lancelot voulait demeurer à Camaalot pendant que moi j'étais à Wincestre !

— Et il n'y est resté que pour venir secrètement au tournoi ! Oui, mon oncle, il faut vous garder des envieux. Lancelot vous est parfaitement loyal. Je serais prêt à le défendre en champ clos contre toute accusation.

Le roi quitta Gauvain complètement rasséréné. Quant à Agravain, malgré sa déception, il ne renonça pas à surveiller Lancelot et la reine.

Un mois après, le roi eut envie de chasser et il partit pour quelques jours avec Sagremor et une petite escorte de chevaliers. Un soir, la chasse les emmena plus loin qu'ils ne pensaient et ils parvinrent dans une contrée qu'ils ne connaissaient pas. La nuit venait et il devenait urgent de s'héberger, quand ils entendirent le son d'un cor. Chevauchant dans cette direction, ils arrivèrent à un château superbe caché dans les profondeurs de la forêt. Ce château appartenait à Morgane. C'est là que son sénéchal avait jadis recueilli Lancelot tout un hiver quand son esprit était troublé par la folie. Quand Sagremor vint demander l'hospitalité pour le roi Arthur, Morgane était là. Elle donna aussitôt des ordres pour que tous fussent reçus magnifiquement. Quand le roi et les chevaliers furent désarmés, on les introduisit dans la salle où Morgane se trouvait avec une compagnie de dames et de chevaliers. Elle s'avança vers le roi :

— Seigneur, vous êtes dans la demeure où l'on désirait le plus vous voir. Sachez qu'il n'y a femme au monde qui vous aime plus que moi.

— Dame, qui êtes-vous pour m'aimer tant ?

— Seigneur, vous n'avez pas plus proche amie par le sang, car je suis Morgane, votre sœur.

Il la regarda et la reconnut.

— Par ma foi, dit-il en la serrant dans ses bras, je pensais que vous étiez morte ! Depuis plus de trente ans j'étais sans nouvelles de vous.

Le roi était plus heureux qu'on ne saurait le dire.

— Ma chère sœur, puisque Dieu m'a donné de vous retrouver, je veux vous emmener avec moi à Camaalot. Vous demeurerez désormais à ma cour, où vous serez en compagnie de la reine Guenièvre, ma femme. Je sais qu'elle sera ravie lorsqu'elle saura que vous êtes en vie.

— Mon cher frère, ne me demandez pas cela. Je n'irai jamais à la cour. Quand je partirai d'ici, j'irai dans l'île d'Avalon[1], où je me retirerai en compagnie de dames qui connaissent tous les enchantements du monde.

Après un repas délicieux, servi avec raffinement, Morgane fit accompagner le roi par deux demoiselles portant des chandeliers d'or. Elles le conduisirent dans la chambre même où Lancelot avait séjourné jadis, là où il avait peint son histoire sur les murs.

Au matin, le jour se leva et un beau soleil brillant

1. L'*île d'Avalon* est une île merveilleuse, peuplée de fées : c'est l'Autre Monde des légendes celtiques.

pénétra dans la chambre, l'éclairant comme en plein jour. Le roi s'était levé et son regard fut attiré par les peintures qui ornaient les murs. Il savait assez lire pour déchiffrer les inscriptions sous les images. C'était l'histoire, qu'il connaissait bien, de Lancelot et de ses exploits quand il était tout nouveau chevalier.

Le roi s'absorba donc dans cette lecture, et quand il vit les images qui racontaient comment Lancelot, sous la conduite de Galehaut, était devenu l'ami de Guenièvre, quand il vit leur premier baiser, il fut stupéfait et accablé.

— Par ma foi, dit-il à voix basse, si tout cela est vrai, alors Lancelot m'a déshonoré. Sa liaison avec ma femme se révèle clairement. Rien ne pouvait me causer plus de douleur et de honte.

Il alla chercher Morgane et la fit venir dans la chambre.

— Ma chère sœur, je vous en prie, dites-moi la vérité.

— Assurément, si je le peux.

— Par la foi que vous me devez, dites-moi qui a peint les images de cette chambre.

— Ah ! seigneur, si je vous le révélais, j'aurais à redouter la vengeance de leur auteur.

— Soyez sans crainte, vous aurez ma protection, je vous le garantis.

— Alors je vous le dirai sans mentir d'un seul mot. La vérité est que Lancelot aime la reine depuis le premier jour où il reçut l'ordre de chevalerie. C'est pour elle qu'il a accompli toutes ses prouesses. Souvenez-vous du château de la Douloureuse Garde : vous n'avez pu y mettre le pied avant l'arrivée de la reine.

— Oui, mais je n'avais pas compris alors pourquoi.

— Lancelot aimait la reine plus qu'aucun mortel puisse aimer une dame, mais il souffrit longtemps de cet amour avant d'oser le déclarer. Galehaut vit qu'il languissait au point de perdre le boire et le manger, tant il aimait la reine. C'est lui qui la convainquit de se donner à Lancelot.

— Vous m'en avez assez raconté. Je vois ma honte étalée sur ces murs, et la trahison de Lancelot. Mais dites-moi qui a peint ces images ?

— Seigneur, c'est Lancelot lui-même. Vous souvenez-vous qu'il disparut de la cour plus d'un an, après avoir délivré Gauvain de la Douloureuse Tour où il était prisonnier ? Son esprit était alors égaré, et il séjourna tout un hiver dans ce château. C'est à ce moment-là qu'il fit les peintures que vous voyez.

Le roi resta un long moment sans parler, les yeux fixés sur les murs de la chambre.

— Agravain m'a dit la même chose, et je n'ai pas voulu le croire, car je pensais qu'il mentait. Mais ces images ne mentent pas : elles témoignent que Lancelot m'a couvert de honte. Quant à moi, je ne connaîtrai pas le repos tant que je ne les aurai pas pris sur le fait. J'en prendrai alors justice de telle façon qu'on en parlera à jamais, je le jure sur ma couronne.

Morgane détestait Lancelot plus qu'aucun autre homme, car il était aimé de la reine, qu'elle haïssait. Elle fit donc tout pour attiser la colère et le désir de vengeance du roi. Quand celui-ci prit congé d'elle pour rentrer à Camaalot, sa résolution était prise.

2

Les amants surpris

Oubliant les précautions qu'ils avaient toujours prises lors de leurs rendez-vous, Lancelot et la reine se comportèrent avec tant d'imprudence que bientôt leur liaison fut connue de Gauvain et de ses quatre frères. Un jour qu'ils étaient réunis au palais, une vive discussion les opposa à ce sujet. Agravain voulait tout révéler au roi, mais Gauvain et Gaheriet s'y refusaient farouchement.

Le roi Arthur survint et voulut savoir de quoi ils discutaient. Mais Gauvain préféra quitter les lieux avec Gaheriet pour éviter de répondre.

— Par ma foi, dit Gauvain à son frère, si le roi savait cela et se brouillait avec Lancelot, c'est la cour entière qui serait détruite, car Lancelot aurait avec lui toute sa parenté et ceux de France.

Mais le roi était resté avec les autres frères. Il pressa Agravain de lui dire pourquoi ils étaient en train de se quereller.

— Seigneur, je disais à Gauvain et à Gaheriet qu'ils vous trahissaient en supportant plus longtemps la honte et le déshonneur que Lancelot du Lac jetait sur vous.

— Comment ? Lancelot me fait donc honte ?

— Seigneur, il vous déshonore avec la reine, votre femme, avec qui il a une liaison.

Le roi changea de couleur et devint tout pâle.

— Quelle chose étrange, dit-il après un long silence.

Mordret prit la parole :

— Seigneur, nous vous l'avons caché aussi longtemps que possible, mais un plus long silence serait déloyauté de notre part. Vous devez connaître la vérité. À vous maintenant d'en prendre vengeance.

Le roi resta un long moment pensif, en proie à un profond malaise. Mais quand il parla, sa voix était ferme :

— Si vous m'aimez autant que vous le prétendez, faites en sorte de les surprendre en flagrant délit. Et que je perde ma couronne, si je n'en prends pas vengeance comme d'un traître !

Tous trois jurèrent qu'ils le serviraient fidèlement. Quand Gauvain et Gaheriet revinrent au palais, ils se doutèrent à la mine du roi que leurs frères avaient parlé.

Le lendemain, le roi fit venir Agravain, Guerrehet et Mordret.

— Seigneurs, Lancelot viendra à la cour pour le prochain tournoi que je donnerai à Karahès. Trouvez-moi un moyen de le surprendre à cette occasion.

— Voilà ce qui serait possible, dit Agravain. Faites savoir que vous irez chasser au matin, et demandez à tous vos chevaliers de vous accompagner, sauf à Lancelot. Il restera bien volontiers et, pendant que vous serez dans la forêt, il viendra coucher avec la reine. Nous trois, nous serons restés au château, et nous serons postés en secret dans une chambre voisine. Nous le prendrons et le garderons jusqu'à votre retour.

Ils se mirent d'accord sur ce plan. Gauvain s'était aperçu de ce conciliabule secret entre le roi et ses frères. La mine soucieuse, il dit à Gaheriet :

— Agravain a tout révélé au roi. J'ai bien peur que de grands malheurs ne s'abattent sur nous.

Deux jours avant le tournoi, Lancelot se présenta à la cour avec ses cousins et une grande compagnie de chevaliers. Il s'aperçut bien de la froideur du roi à son égard.

— Avez-vous vu, dit-il à Bohort, le visage que m'a montré le roi Arthur ? Je crois qu'il est courroucé contre moi, mais j'ignore de quoi.

— On a pu lui tenir des propos sur vous et la reine. Prenez garde à ce que vous ferez, car l'heure est peut-être venue d'une guerre qui ne prendra jamais fin.

Le lendemain matin, quand le jour parut, monseigneur Gauvain dit à Lancelot :

— Seigneur, viendrez-vous dans la forêt avec mon frère et moi ?

— Non, je compte rester, car je ne me sens pas très bien.

Quand ils furent tous partis pour la chasse, la reine envoya un messager à Lancelot pour l'inviter à venir sans délai. Tout heureux, celui-ci se leva et s'habilla pour le suivre. Bohort, qui était encore là, le pria de ne pas y aller, pour l'amour du Ciel. Mais il n'était pas question pour Lancelot d'y renoncer. Tout au plus, il accepta de prendre son épée, comme son cousin l'en suppliait.

Lancelot prit un petit sentier discret qui le conduisit à un jardin en contrebas de la tour où la reine avait sa chambre. Mais Agravain avait posté un peu partout ses espions, qui le prévinrent de son arrivée. S'approchant de la fenêtre, il le montra aux chevaliers qu'il avait avec lui.

— Le voilà. Quand il sera dans la chambre, prenez garde qu'il ne vous échappe !

Lancelot pénétra dans la tour et se rendit à la chambre de la reine. S'étant déshabillé, il la rejoignit dans son lit. Peu de temps après, les chevaliers, avec Agravain à leur tête, arrivèrent devant la porte fermée. Ce bruit alerta la reine.

— Ami, nous sommes trahis !

— Comment est-ce possible, dame ?

Il entendit alors le vacarme que faisaient les arrivants, qui voulaient briser la porte.

— Mon ami très cher, nous voilà livrés au déshonneur et à la mort. Le roi saura tout sur nous. C'est l'œuvre d'Agravain.

— Dame, ne vous troublez pas. Il sera le premier à mourir pour cette action.

Ils sautèrent tous deux du lit pour se préparer le mieux possible.

— Avez-vous ici un haubert, pour que je puisse me protéger ?

— Hélas, non ! Quelle malchance ! Nous allons mourir, vous et moi. Mais si Dieu vous permet d'en échapper sain et sauf, alors moi aussi je serai sauvée, car personne n'osera me livrer à la mort si l'on sait que vous êtes en vie.

Lancelot, l'épée au poing, se dirigea vers la porte et l'ouvrit.

— Maudits lâches, lequel d'entre vous osera s'attaquer à moi ? Allons, avancez !

Un chevalier du nom de Tanaguin, qui le détestait, s'élança. Lancelot leva son épée et lui en asséna un tel coup sur son heaume qu'il le fendit en deux jusqu'aux épaules. Quand les autres le virent s'écrouler à terre, ils reculèrent épouvantés. Lancelot se tourna vers la reine :

— Que dois-je faire maintenant ?

— Pensez avant tout à votre sécurité. Il faut que vous partiez d'ici au plus vite.

Lancelot regarda le corps du chevalier tombé en travers du seuil. Il l'attira dans la chambre, ferma la porte et se mit en devoir de le désarmer. Une fois équipé de ses armes, il ouvrit la porte et retrouva ceux qui l'attendaient. L'épée haute, il s'élança vers le plus proche et, du premier coup qu'il lui porta, l'étendit à terre. Le groupe des chevaliers s'ouvrit pour le laisser passer. Traversant le jardin, il rentra tout droit à son logis où il trouva Bohort. Comme celui-ci s'étonnait de le voir tout armé, il lui raconta l'incident :

— Agravain et ses deux frères m'ont espionné et ont voulu me prendre en flagrant délit avec la reine. Ils m'ont tendu un piège avec d'autres chevaliers, mais j'ai réussi à les mettre en déroute.

— Ah ! seigneur, cette victoire ne vous servira à rien, car votre secret est découvert. Maintenant va commencer une guerre sans fin. Le roi vous a aimé plus qu'aucun de ses chevaliers, et il vous haïra d'autant plus. C'est désormais votre ennemi mortel. Quant à la reine, j'ai bien peur qu'elle ne soit livrée à la mort à cause de vous.

Lionel arriva sur ces entrefaites. Mis au courant, il fut consterné de la tournure que prenait la situation.

— La meilleure solution pour nous, dit-il, est de partir d'ici. Allons nous installer discrètement avec nos hommes dans la forêt voisine. Quand la reine sera jugée, elle sera, j'en suis certain, emmenée en dehors de la ville pour subir son châtiment. C'est là que nous pourrons venir à son secours, et nous nous emparerons d'elle sans qu'ils puissent nous en empêcher. De là, nous la conduirons en sûreté dans le royaume de Bénoïc ou dans celui de Gaunes, et le roi Arthur ne pourra rien contre nous.

Lancelot et Bohort l'approuvèrent. Ils firent monter en selle les chevaliers et hommes d'armes, au nombre de trente-huit, qui constituaient leur suite, et ils allèrent se cacher au plus profond de la forêt. Lancelot avait cependant laissé à Camaalot un écuyer chargé de s'enquérir discrètement du sort de la reine et de le tenir au courant des événements.

Pendant ce temps, Agravain et ses hommes, dépités d'avoir laissé échapper Lancelot, n'étaient pas restés inactifs. À peine ce dernier était-il parti qu'ils pénétrèrent dans la chambre pour saisir la reine.

— Dame, la preuve est faite de votre inconduite. Vous voilà prise en flagrant délit. Et vous ne pourrez échapper à la mort.

La reine pleurait, éperdue de honte, mais ces chevaliers cruels n'éprouvaient aucune pitié. À l'heure de none, le roi pénétra dans la cour du château, et on lui apporta la nouvelle que la reine avait été surprise avec Lancelot.

— A-t-on pris Lancelot ?

— Non, seigneur. Il s'est défendu avec acharnement.

— Allez donc le chercher à son logis. Je veux faire justice de lui et de la reine ensemble.

Mais les chevaliers ne purent le trouver et ils n'en furent pas fâchés, car pas un ne se sentait capable de l'amener de force. La nouvelle ne plut guère au roi, qui dut se résigner à ne prendre vengeance que de la reine. Il fit annoncer à ses barons qu'il les réunirait en conseil le lendemain matin, afin qu'ils jugent de quelle mort elle devait mourir. De toute la soirée, il ne but ni ne mangea et à aucun moment il ne voulut voir la reine. Au matin, à l'heure de prime, après une nuit sans sommeil, il réunit le conseil de ses barons pour leur poser la question :

— Seigneurs, quelle justice doit-on faire de la reine ?

Les barons se retirèrent pour délibérer, et ils demandèrent à Agravain ce qu'ils devaient faire.

— Seigneurs, elle doit mourir dans la honte, car elle a déshonoré le roi, son seigneur, en couchant avec un autre chevalier. Elle a bien mérité la mort.

Ils se rallièrent à cet avis, car ils voyaient bien que c'était la volonté du roi. Quand monseigneur Gauvain vit que le sort de la reine était décidé, la douleur l'accabla. Il quitta la salle pour aller trouver le roi.

— Seigneur, lui dit-il, je ne veux plus être votre vassal. Je renonce à vous servir, si vous tolérez cette injustice.

Mais le roi ne répondit pas, et Gauvain quitta la cour pour rentrer chez lui, en proie à un chagrin mortel.

Le roi ordonna à ses hommes de dresser dans la prairie de Camaalot un bûcher, où la reine serait jetée. Une reine coupable de trahison ne pouvait mourir autrement, puisqu'elle avait été sacrée. On fit donc un très grand bûcher auquel on mit le feu. Les flammes étaient si hautes que l'on pouvait les voir de la ville.

Le bruit courut par la cité qu'un bûcher était élevé pour la reine. Les gens de Camaalot accoururent devant le palais, pleurant et gémissant comme s'il se fût agi de leur mère. Le roi commanda que la reine lui fût amenée. Elle arriva vêtue d'une robe de soie vermeille, les larmes coulant sur son visage : on n'avait jamais vu si belle femme au monde. Le roi la vit, et éprouva une telle pitié qu'il ne put la regarder. Il ordonna donc qu'on l'emmène sur le lieu de son supplice.

Quand la reine fut sortie du palais et que les gens de la cité la virent, ce ne fut qu'un cri :

— Ah ! noble dame, plus généreuse et plus courtoise que nulle autre ! Qui aura désormais pitié de nous ? Ah ! roi Arthur, quelle déloyauté ! Les traîtres qui ont comploté sa mort auront à s'en repentir.

Ils suivaient la reine en se lamentant et en pleurant.

Le roi commanda à Agravain de prendre avec lui quatre-vingts chevaliers pour aller garder le champ où le bûcher avait été allumé, car il craignait une intervention de Lancelot.

— J'irai, seigneur, répondit-il, mais ordonnez à mon frère Gaheriet de m'accompagner.

Gaheriet refusa, mais le roi le menaça jusqu'à ce qu'il obéisse. Il alla donc s'armer et rejoignit Agravain.

— Sachez bien, Agravain, que je ne combattrai pas Lancelot, s'il vient au secours de la reine. Je l'aime trop pour me battre contre lui.

Agravain et Gaheriet s'approchèrent du feu, avec

leur troupe de quatre-vingts hommes. Mais Lancelot était là en embuscade. Il avait appris de son écuyer le jugement qui condamnait la reine au bûcher et avait réuni, avec ses cousins, les trente-huit hommes de leur suite. Saisissant écus et lances, ils éperonnèrent leurs chevaux et s'élancèrent vers ceux qui étaient dans le pré. Lancelot, qui était à leur tête, se dirigea tout droit vers Agravain :

— Maudit traître, ta dernière heure est venue !

Il lui enfonça son épée dans la poitrine avec une telle force qu'aucun haubert n'aurait pu résister. Agravain tomba à terre. Bohort arrivait, de toute la vitesse de son cheval. Voyant Guerrehet, il le défia puis fonça sur lui lance baissée : le fer traversa son corps. La mêlée commença.

Mais Gaheriet avait vu ses frères tomber. Son cœur se remplit de colère et de chagrin, et il se lança dans la bataille, malgré sa résolution de ne pas intervenir dans un combat injuste. Il se battait avec rage quand Lionel le vit. Il vint à lui l'épée haute et le frappa si durement qu'il fit voler son heaume. Tout étourdi par le choc, Gaheriet resta la tête découverte. Lancelot, qui parcourait les rangs de la mêlée, ne le reconnut pas. Il lui asséna un tel coup qu'il lui fendit le crâne jusqu'aux dents. Les hommes du roi Arthur, voyant tomber Gaheriet, perdirent courage. Ils prirent la fuite, avec Mordret.

Quand Lancelot vit que ses adversaires avaient été mis en déroute, il vint à la reine :

— Dame, que pouvons-nous faire pour vous ?

— Seigneur, mettez-moi en sûreté, dans un lieu où le roi Arthur ne pourra m'atteindre.

Il la fit monter sur un palefroi et l'emmena avec eux dans leur refuge de la forêt. Quand ils furent tous rassemblés, ils s'aperçurent que trois de leurs compagnons manquaient.

— Ma foi, dit Lionel, je pense qu'ils ont été tués par Gaheriet.

— Comment, fit Lancelot, Gaheriet était là ?

— C'est vous-même qui l'avez tué, dit Bohort.

Lancelot soupira, accablé, car il aimait beaucoup Gaheriet :

— Jamais plus nous ne connaîtrons la paix avec le roi Arthur et monseigneur Gauvain. Leur amour pour Gaheriet les conduira à une guerre qui n'aura pas de fin.

Bohort reprit :

— Et que ferons-nous, seigneur, pour mettre en sûreté la reine ?

— Nous pourrions la mener dans un château que je conquis jadis, et où elle n'aurait rien à craindre du roi Arthur. Il est très bien fortifié, et impossible à assiéger. J'y ferais venir en nombre suffisant des hommes qui me sont fidèles.

— Et quel est son nom ?

— C'est le château de la Joyeuse Garde. Mais quand je l'ai conquis, tout nouveau chevalier, on le nommait la Douloureuse Garde.

Tous furent d'accord sur ce projet. Par longues étapes, ils s'acheminèrent vers la Joyeuse Garde. Parvenu à quatre lieues du château, Lancelot envoya un messager pour annoncer son arrivée. Les gens de la ville vinrent lui souhaiter la bienvenue et lui faire un accueil encore plus joyeux qu'ils ne l'auraient fait pour le roi Arthur. Quand il leur eut expliqué pourquoi il était ici, ils jurèrent sur les reliques qu'ils l'aideraient et lui seraient fidèles jusqu'à la mort.

3

La guerre sans fin

Quand le roi Arthur vit revenir Mordret avec ses compagnons, il lui demanda ce qui s'était passé.

— Seigneur, tout a mal tourné pour nous. Lancelot a sauvé la reine de la mort et il est parti se réfugier avec elle dans la forêt de Camaalot.

Le roi envoya chevaliers et hommes d'armes dans la forêt, mais en pure perte : les fugitifs étaient déjà partis. Il se rendit alors à l'endroit où ses chevaliers étaient morts. Regardant sur sa droite, il vit Agravain, le corps transpercé par une épée. Plus loin, Guerrehet, que Bohort avait tué.

— Ah ! mes chers neveux, dit-il, ceux qui vous ont tués devaient bien vous haïr !

Il fit placer leurs corps sur leurs écus, pour qu'on puisse les ramener vers la ville. Regardant vers la gauche, il vit alors le corps de Gaheriet, celui de ses neveux qu'il aimait le plus, en dehors de Gauvain. Il courut à lui et s'évanouit de douleur sur son corps.

— Ah ! cher neveu, j'ai vraiment vécu trop longtemps ! Maudite soit l'épée qui vous a transpercé, maudit soit celui qui vous a tué ! C'est moi-même et tout mon lignage qu'il a frappés !

Il l'embrassa sur les yeux et sur la bouche, et tous, autour de lui et dans la ville, pleuraient, tant ils aimaient Gaheriet. La clameur fit sortir de son logis Gauvain, qui se rendit sur les lieux du combat. Le roi l'interpella :

— Gauvain, Gauvain, voyez ici votre douleur et la mienne ! Ici gît mort Gaheriet votre frère, et avec lui les plus vaillants hommes de notre lignage.

Et il lui montra le corps sanglant qu'il tenait entre ses bras. Gauvain resta un moment muet, incapable de répondre, puis le cœur lui manqua et il tomba évanoui. Quand il reprit ses esprits, il courut s'agenouiller à côté de Gaheriet et le serra contre sa poitrine en l'embrassant.

— Ah ! mon frère chéri, maudit soit le bras qui vous a frappé ! Je ne veux plus vivre si je ne puis vous venger du traître qui vous a tué.

Il ne put prononcer un mot de plus, tellement son cœur était serré. Jetant les yeux sur sa droite, il reconnut les corps d'Agravain et de Guerrehet, gisant sur leurs écus.

— Ah ! Dieu, j'ai vraiment trop vécu, puisque je vois morts ceux qui sont ma chair et mon sang !

Il tomba évanoui à côté des corps de ses frères, et les barons eurent peur qu'il ne meure de douleur.

Sur l'ordre du roi, on le ramena à Camaalot et on le coucha dans une chambre où il resta prostré, sans qu'on puisse en tirer une parole.

Tout le jour et toute la nuit, le deuil fut immense dans la cité. Le lendemain matin, on prépara de riches cercueils et de magnifiques tombeaux pour ensevelir les morts. Le roi fit placer ses neveux dans le monastère Saint-Étienne, tous les évêques et archevêques du pays vinrent pour la bénédiction. Sur le tombeau de Gaherict, le roi fit graver l'inscription :

ICI GÎT GAHERIET, LE NEVEU DU ROI ARTHUR
QUE TUA LANCELOT DU LAC

Après la cérémonie, le roi s'adressa à ses barons :

— Seigneurs, la perte que nous avons subie est irréparable. Celui qui nous l'a infligée est Lancelot du Lac, que nous avons accueilli dans notre royaume et aimé plus qu'aucun autre. Vous êtes mes vassaux, conseillez-moi, comme vous le devez à votre seigneur, afin que ma honte soit vengée.

Les barons furent unanimes à vouloir venger l'honneur de leur seigneur. Mais l'entreprise n'était pas facile : ils auraient contre eux toute la parenté du roi Ban. La nouvelle était arrivée, que Lancelot s'était réfugié avec la reine à la Joyeuse Garde. L'assiéger ne serait pas une petite affaire. Le roi fit apporter les reliques et tous jurèrent de porter la guerre au château de la Joyeuse Garde.

La nouvelle que la guerre était décidée parvint peu après à Lancelot. Celui-ci envoya des messagers en

Sorelois afin que tous les amis qu'il y avait laissés viennent le secourir contre le roi Arthur. Il fit aussi parvenir un message dans les royaumes de Bénoïc et de Gaunes, pour qu'on garnisse les forteresses d'hommes, de vivres et d'armes, au cas où il lui faudrait quitter la Bretagne pour se replier en France.

Le roi Arthur mit quinze jours à rassembler ses chevaliers à Camaalot. Sur le conseil de Gauvain, il choisit les meilleurs d'entre eux pour devenir chevaliers de la Table Ronde, à la place de ceux qui étaient morts ou qui étaient devenus des ennemis. Puis ils firent route vers la Joyeuse Garde, où ils parvinrent quelques jours après. Arrivés à une demi-lieue, ils installèrent leur campement dans les prés.

Quand Lancelot vit que le siège du château se préparait, il éprouva un grand chagrin, car le roi était l'homme qu'il aimait le plus au monde. Il lui envoya donc une demoiselle pour lui porter une offre de paix. Celle-ci délivra son message, mais Gauvain, qui était à côté du roi, bondit pour prendre la parole :

— Seigneur, vous avez juré à Camaalot de vous venger et d'anéantir la parenté du roi Ban. Si vous faites la paix avec Lancelot, c'en est fait de votre honneur !

— Gauvain, la chose est allée trop loin. Lancelot a fait pour moi jadis plus qu'aucun autre chevalier, mais à présent il m'a ôté mes plus proches amis par le sang. Jamais je ne ferai la paix avec lui, quoi qu'il puisse faire ou dire. Je vous en donne ma parole de roi.

Quand Lancelot apprit l'échec de sa tentative, il fut très affligé. Il ne lui restait plus qu'à combattre, mais il se jura que jamais le roi ne mourrait de sa main.

Le lendemain commença le premier assaut. Le combat fut acharné de part et d'autre. Les adversaires ne se ménageaient pas, se portant des coups terribles. La haine était maintenant entre eux aussi forte qu'avait jadis été l'amitié. Ceux qui s'illustrèrent le plus ce jour-là furent Gauvain et Lancelot. Gauvain tua bien trente chevaliers, si grande était la rage qu'il éprouvait pour la mort de Gaheriet. Quand la nuit fut venue, chacun regagna son camp, épuisé par le combat. Ceux du château avaient perdu cent hommes, et les assiégeants deux cents.

Le jour suivant, aussitôt que le soleil fut levé, les assiégés coururent prendre leurs armes et sortirent du château en bon ordre. Quand ceux du campement les virent, ils sortirent des pavillons tout armés, Gauvain à leur tête. Il trouva face à lui Bohort. Mus par une haine égale, ils s'élancèrent l'un contre l'autre, l'épée levée. Ils se heurtèrent si violemment qu'ils tombèrent à terre, chacun transpercé par l'épée de l'autre. Leurs compagnons se précipitèrent pour les dégager, mais ils étaient trop gravement blessés pour reprendre le combat, malgré le désir qu'ils en avaient. Bohort fut allongé sur son écu et transporté au château, où un médecin le soigna. L'état de Gauvain ne valait guère mieux. Toute la journée, la bataille fit rage sans qu'aucun avantage décisif pût être pris.

Le troisième jour, la mêlée recommença, et elle

dura jusqu'à l'heure de vêpres. La bataille fut cruelle et il y eut beaucoup de blessés et de tués. Ce jour-là, le roi Arthur porta les armes, et, malgré son âge, peu de chevaliers auraient pu se comparer à lui. Il faillit donner la victoire à son camp, tant sa vaillance était grande, mais il se trouva face à Lancelot. Il s'élança vers lui l'épée haute et l'assaillit hardiment. Quand Lancelot le vit venir, il se contenta de se protéger, sans porter lui-même aucun coup, car il aimait trop le roi. Un coup d'épée du roi abattit son cheval et Lancelot tomba au sol. Mais Lionel n'était pas loin, il courut sus au roi et le frappa si violemment sur son heaume qu'il le fit tomber de cheval à côté de Lancelot. Il cria à son cousin :

— Seigneur, coupez-lui la tête ! C'en sera fini de notre guerre !

— Que dites-vous, Lionel ? Je ne veux plus entendre un mot là-dessus.

C'est ainsi que Lancelot sauva de la mort le roi Arthur, car Lionel l'aurait tué.

Quand, au soir, le roi retrouva les siens, il leur dit :

— Avez-vous vu ce que Lancelot a fait pour moi ? Il avait tout loisir de me tuer. Par ma foi, il a surpassé en générosité et en courtoisie tous les chevaliers que j'aie jamais connus. Il a vaincu mon cœur par sa noblesse plus qu'il n'eût pu le faire par la force. Quel malheur que cette guerre !

Le roi fit ainsi le siège de la Joyeuse Garde durant deux mois et plus. Les assiégés ne faisaient plus que des sorties brèves mais fréquentes, car ils craignaient de perdre trop d'hommes, alors que les assaillants étaient plus nombreux.

Le pape de Rome avait appris que le roi Arthur s'était séparé de sa femme et se promettait de la tuer, s'il pouvait la tenir. Quand il sut qu'il n'y avait pas eu de flagrant délit pour le crime qu'on reprochait à la reine, le pape intervint auprès des archevêques et des évêques. Il ordonna que le royaume fût frappé d'interdit, si le roi ne reprenait pas sa femme et ne la traitait pas honorablement, comme une reine.

Quand le roi prit connaissance de cet ordre, il fut très courroucé, car il était persuadé que la reine était en faute. Cependant il l'aimait beaucoup, et il se laissa convaincre facilement. Il dit toutefois que, si la reine revenait, la guerre ne cesserait pas pour autant avec Lancelot.

L'évêque de Rovecestre alla donc trouver la reine pour lui dire :

— Dame, il vous faut revenir auprès du roi Arthur votre époux, c'est l'ordre du pape. Le roi promettra solennellement, en présence de tous ses barons, de vous traiter comme il convient à une reine, sans tenir aucun compte de ce qui a pu être dit sur vous ou sur Lancelot.

La reine, avant de donner sa réponse, voulut consulter Lancelot, Bohort et Lionel. Elle leur fit part de la proposition du roi.

— Dame, lui répondit Lancelot, mon cœur ne désire qu'une chose : que vous restiez ici. Mais dans cette affaire, votre honneur passe avant mon désir.

Vous retournerez donc auprès du roi Arthur, car il serait déloyal de ma part de vous en dissuader.

Bohort vit les larmes dans les yeux de Lancelot, et aussi dans ceux de la reine. Il voulut les mettre en garde :

— Seigneur, réfléchissez bien. J'ai peur que vous n'ayez à vous en repentir. Vous irez en France et la reine restera en Bretagne. Vous risquez de ne plus jamais la revoir.

Mais Lancelot resta inébranlable. La reine donna sa réponse à l'évêque, qui retourna rendre compte au roi Arthur.

— Par Dieu, fit le roi, si les relations entre Lancelot et la reine étaient aussi coupables qu'on a voulu me le dire, il ne la rendrait pas aussi noblement.

Il fut donc fixé que la reine serait rendue le lendemain, et que Lancelot pourrait regagner le royaume de Gaunes en toute tranquillité. Les gens du roi Arthur étaient contents de l'heureuse issue de cette guerre. À la Joyeuse Garde, au contraire, régnait la tristesse.

Au matin, Lancelot fit ses adieux à la reine.

— Dame, le jour de notre séparation est venu. Il me faut quitter ce pays, et je ne sais si je vous reverrai. Voici l'anneau que vous m'avez jadis donné et que j'ai gardé pour l'amour de vous. Portez-le désormais pour l'amour de moi, et donnez-moi celui que vous avez au doigt.

Elle le lui donna. Ainsi finit leur entretien.

Lancelot et ses cousins s'équipèrent richement et ils s'avancèrent vers le campement, suivis par une escorte magnifique. Le roi vint à leur rencontre, et Lancelot mit pied à terre. Saisissant par la bride le palefroi de la reine, il dit au roi :

— Seigneur, voici la reine que je vous rends. Elle serait morte à cause de la déloyauté des gens de votre maison, si je ne lui avais porté secours. C'est la plus noble dame du monde, et sa perte aurait été trop douloureuse, si ces traîtres étaient parvenus à leurs fins. S'ils sont morts, c'est de leur propre déloyauté.

Devant ces paroles, le roi resta sombre et pensif.

— Seigneur, reprit Lancelot, si j'avais aimé la reine d'un amour coupable, comme on vous l'a fait entendre, je ne vous l'aurais pas rendue avant des mois.

— Vous avez bien agi, Lancelot, et je vous en sais gré.

Mais monseigneur Gauvain s'avança et dit durement à Lancelot :

— Le roi vous sait gré de ce que vous faites. Mais il a autre chose à vous demander.

— Et quoi donc, seigneur ?

— Il vous demande de quitter son royaume, et qu'on ne vous y revoie plus jamais !

— Est-ce bien votre désir ? demanda Lancelot au roi.

— Oui, puisque monseigneur Gauvain le veut. Retournez dans votre royaume.

— Et quand j'y serai, que devrai je attendre de vous ? La paix ou la guerre ?

— Vous pouvez être sûr, dit Gauvain, que ce sera la guerre. Et cette guerre durera jusqu'à ce que Gaheriet, mon frère que vous avez tué lâchement, soit vengé sur votre tête.

— Monseigneur Gauvain, intervint Bohort, assez de menaces ! Mon seigneur ne vous craint guère. Si vous venez dans le royaume de Bénoïc ou dans celui de Gaunes, soyez sûr que c'est votre tête qui sera en danger. Quant à cette accusation d'avoir tué votre frère Gaheriet de manière déloyale, je suis prêt à la réfuter en me battant avec vous en champ clos.

Monseigneur Gauvain tendait déjà son gage au roi, car il brûlait d'en découdre. Mais le roi refusa : Lancelot regagnerait la France en paix avec les siens, sa parole royale était engagée. Une fois rentré chez lui, cependant, il pouvait être sûr de trouver la guerre.

— Certes, seigneur, lui dit Lancelot, cette guerre, vous ne serez pas en peine de la mener. Mieux, sans doute, que celle qui vous opposa jadis à Galehaut, le seigneur des Étranges Îles. Ce jour-là, vous auriez été perdu sans mon aide. Et vous, monseigneur Gauvain, vous qui ne cessez d'exciter la colère du roi contre nous, souvenez-vous de la Douloureuse Tour, et du jour où je vous ai délivré de la prison de Caradoc !

— Lancelot, répondit Gauvain, vous n'avez rien fait pour moi que vous ne m'ayez fait payer finalement très cher. Car vous m'avez privé des êtres que j'aimais le plus au monde. Il n'y aura jamais de paix entre vous et moi, aussi longtemps que je vivrai.

Ainsi se termina la rencontre. Le lendemain, Lancelot confia la Joyeuse Garde à un chevalier fidèle qui l'avait longtemps servi, puis il prit la route avec ses cousins et toute leur compagnie. Il y avait bien quatre cents chevaliers, sans compter les hommes d'armes. Lancelot monta sur le bateau, qui quitta bientôt la rive. Regardant la terre et le pays où il avait connu tant d'aventures et gagné tant de gloire, ses yeux se remplirent de larmes et il dit à voix basse :

— Ah ! douce terre où j'ai connu tant de bonheur, puisses-tu être bénie ! Bénis soient ceux qui y restent, qu'ils soient mes amis ou mes ennemis ! Qu'ils soient en paix ! Que Dieu leur donne joie et bonheur !

Tant qu'il put voir le royaume de Logres, il resta sur le pont du navire, puis il alla se coucher. Mais il ne put trouver le sommeil, et sa douleur dura jusqu'à son arrivée en France.

Quand le navire eut abordé en Petite-Bretagne, Lancelot et ses compagnons gagnèrent leurs terres, où ils furent accueillis avec beaucoup de joie. Le jour de la Toussaint, devant les barons rassemblés, Lionel fut couronné roi de Gaunes, et Bohort roi de Bénoïc, car Lancelot lui fit don de son héritage. Tous trois passèrent l'hiver à mettre en état les forteresses et à les garnir d'hommes et de vivres.

Le roi Arthur passa tout l'hiver dans le royaume de Logres. Il alla de ville en ville et de château en château, et il aurait pu y couler des jours agréables, mais monseigneur Gauvain ne cessait de le harceler pour qu'il reprenne la guerre contre Lancelot. Le roi finit par lui promettre que, dès que la fête de Pâques serait passée, il convoquerait sa grande armée pour aller guerroyer. Il abattrait les forteresses de Bénoïc et de Gaunes, et il n'en resterait pierre sur pierre.

À Pâques, dès que le beau temps fut revenu, il rassembla ses barons dans la cité de Londres et fit équiper des navires pour passer la mer.

— Seigneur, lui demanda Gauvain, à qui laisserez-vous la garde de notre dame la reine ?

Et comme le roi demeurait songeur, Mordret bondit pour se proposer.

— Seigneur, je resterai pour la protéger. J'en prendrai soin comme de mon propre corps, n'ayez aucune crainte.

Et le roi lui accorda cette faveur. Il plaça la main de Guenièvre dans la sienne en lui disant de la garder loyalement, comme l'épouse de son seigneur. La reine était fort courroucée, car elle connaissait la fourberie de Mordret et pensait bien qu'il ne pouvait en advenir que du mal. Le roi confia ensuite à son neveu la clef de ses trésors, afin qu'il puisse lui envoyer or et argent lorsqu'il serait en France. Enfin il commanda à tous ceux qui restaient au pays de lui obéir, et leur fit prêter serment de fidélité sur les reliques.

Le jour venu, le roi sortit de la cité de Londres avec ses hommes, pour se rendre au lieu d'embarquement. Quand il dut monter sur la nef, la reine l'embrassa en pleurant.

— Seigneur, que Dieu vous conduise et vous ramène sain et sauf ! Mais je n'ai jamais eu aussi peur, car mon cœur me dit que nous ne nous reverrons pas.

— Dame, la crainte est inutile. Tout est entre les mains de Dieu.

Les voiles furent tendues pour recevoir le vent, et

les navires s'éloignèrent rapidement, gagnant la haute mer. Les vents leur furent favorables et ils ne tardèrent pas à aborder en France. Là, ils débarquèrent en remerciant Dieu d'avoir protégé leur voyage, et s'installèrent dans une grande prairie. Le roi fit le compte de ses hommes : ils étaient plus de quarante mille. Avant de se mettre en route, ils tinrent conseil.

— Seigneur, dit Gauvain, allons tout droit à la cité de Gaunes. C'est là que se trouve Lancelot, avec les rois Lionel et Bohort. Si nous en venons à bout, notre guerre sera vite finie.

— Par Dieu, fit Yvain, c'est folie ! Il nous faut auparavant détruire les forteresses du pays. Notre position sera plus sûre quand nous irons assiéger Gaunes.

— Ils n'oseront pas bouger de leurs châteaux, quand ils nous verront prendre position dans le pays.

— Allons donc assiéger Gaunes, puisque vous le voulez, conclut le roi.

Quand Lancelot apprit que le roi était à une demi-lieue de Gaunes avec son armée, il proposa de l'attaquer avant qu'il n'ait eu le temps de se retrancher. Le lendemain matin, dès l'heure de prime, chevaliers et hommes d'armes se rassemblèrent, fort joyeux, car ils avaient hâte d'en découdre. Lancelot et Lionel les formèrent en ordre de bataille, avec un chef à la tête de chaque groupe, et ils sortirent de la cité. Aussitôt l'armée du roi fondit sur eux, et la mêlée commença.

Face à eux, Lancelot et Bohort trouvèrent immédiatement Gauvain et Yvain, qui les cherchaient. Le choc fut si rude que les quatre hommes tombèrent à terre, et qu'Yvain manqua de se briser le bras. Lancelot, remontant sur son destrier, tira son épée pour distribuer des coups furieux de tous côtés. Quand Gauvain eut retrouvé une monture, son adversaire n'était déjà plus là, et il dut se lancer à son tour dans la mêlée. La bataille dura toute la journée. Lionel, de son côté, accomplissait des prouesses, et il aurait donné l'avantage à son camp, s'il n'avait été blessé à la tête par le roi Arthur, qui faisait merveille pour défendre ses hommes. À l'heure de vêpres, les combattants finirent par se retirer dans la ville.

Dès le lendemain, la bataille recommença, et pendant plus de deux mois, les deux camps s'affrontèrent quatre fois par semaine. Beaucoup de bons chevaliers périrent, mais davantage dans l'armée du roi que chez les assiégés.

Un jour, le roi Arthur dit en privé à son neveu :

— Gauvain, vous m'avez lancé dans une entreprise dont nous ne sortirons pas victorieux. Nous avons plus à perdre qu'à gagner, car la parenté du roi Ban l'emporte sur tous en bravoure, et ils ont avec eux nombre de chevaliers valeureux.

Monseigneur Gauvain réfléchit un moment, puis il s'agenouilla devant le roi.

— Seigneur, accordez-moi un don !

Le roi le lui accorda de bonne grâce et le releva.

— Seigneur, grand merci ! Voilà ce que vous m'avez octroyé : j'appellerai Lancelot de trahison, et je soutiendrai cette accusation en champ clos contre lui. Si je suis vainqueur, je ne demande pas plus. S'il l'emporte, vous lèverez le siège et regagnerez le royaume de Logres.

— Mon cher neveu, dit le roi avec accablement, renoncez à ce projet tant qu'il est encore temps. Lancelot est le meilleur chevalier du monde. Je préférerais perdre ma meilleure cité que vous voir tenter ce combat.

— Seigneur, j'ai confiance en l'aide de Dieu, car j'ai le droit pour moi, et il est dans son tort. Il est bien juste que cette guerre, qui a commencé entre lui et moi, finisse entre lui et moi.

Et monseigneur Gauvain envoya aussitôt un messager porter son défi dans la cité de Gaunes. Lancelot le reçut en compagnie de Bohort et Lionel, et, l'ayant écouté, fut rempli de chagrin et de colère.

— Mon ami, lui dit-il, l'idée même d'un combat contre monseigneur Gauvain m'est odieuse. Il fut mon compagnon et mon ami depuis le temps de mon adoubement. Mais une accusation de trahison est chose si grave que je serais un homme sans honneur, si je ne la relevais pas. Il me trouvera donc armé en champ clos à l'heure qu'il voudra.

Le messager parti, Lancelot resta seul avec ses cousins.

— Mais comment, dit Bohort, un homme aussi sage que Gauvain a-t-il pu concevoir une pareille folie ? Tous savent bien que vous avez tué Gaheriet en loyal combat, et non par trahison !

— Pour moi, fit Lionel, je pense qu'il souffre tant de la mort de ses frères qu'il préfère mourir que vivre.

— Je ne sais, dit Lancelot, ce qu'il en adviendra,

mais je ne souhaite pas le tuer. Il est l'homme que j'aime le plus après le roi Arthur.

— Vous l'aimez de grand cœur, fit Bohort, mais lui vous hait mortellement !

— Oui, c'est étrange, mais il ne me haïra jamais autant que moi, je l'aime.

Le lendemain, Lancelot vint avec Bohort et Lionel se présenter devant le roi, pour que soient fixées les conditions de la rencontre. Monseigneur Gauvain s'avança :

— Lancelot, je vous accuse de mortelle trahison pour la mort de mes frères que vous avez tués traîtreusement, nous le savons tous. Mon oncle est ici pour garantir que, si vous êtes vainqueur, il se retirera, avec toute son armée, pour regagner le royaume de Logres.

— Monseigneur Gauvain, si vous le vouliez, vous renonceriez à la bataille. Sachez que je ne parle pas par couardise, car je ne vous crains pas. Monté sur mon destrier, je saurais bien me défendre. Mais je désire faire la paix, et je vous propose pour cela de vous prêter hommage, avec toute ma parenté, à l'exception des deux rois. Je ferai pénitence, pieds nus et en chemise, pour la mort de vos frères. Mais je suis prêt à jurer sur les reliques que je n'ai pas tué Gaheriet par trahison ni de sang-froid, et que j'en ai éprouvé un profond chagrin.

Tous ceux qui l'entendaient avaient les larmes aux yeux. Le roi, stupéfait de tant de générosité, dit à Gauvain :

— Mon cher neveu, faites ce qu'il vous demande !

— Les prières ne servent à rien. Je préférerais qu'on arrache mon cœur de ma poitrine plutôt que de renoncer à ma vengeance !

Il tendit au roi son gage, et Lancelot fut bien obligé d'en faire autant.

Le lendemain matin, Lancelot se fit équiper de bonnes armes légères et solides, puis on lui amena son destrier robuste et rapide. Accompagné de ses cousins et de ses chevaliers, il sortit de la ville et se dirigea vers le pré où la rencontre devait avoir lieu. Il y fut bientôt rejoint par monseigneur Gauvain et ses hommes, mais autant la compagnie de Lancelot était joyeuse, autant celle de Gauvain était morne et triste. Plus d'un pensait que c'était grand orgueil de sa part d'avoir repoussé les offres de paix de la veille. Le roi Arthur et le roi Bohort accompagnèrent les deux hommes jusqu'au champ clos, puis les laissèrent pour prendre place avec les autres dans les barbacanes[1].

Le jour était beau et clair, le soleil qui se levait faisait étinceler leurs armes. Les chevaliers s'élancèrent au galop de leurs destriers et le choc des lances fut tel qu'ils volèrent à terre, tout étourdis. Les chevaux, libérés de leur poids, prirent la fuite sans qu'on songe à les rattraper.

Le premier à se relever fut Lancelot, qui mit la main à l'épée, encore tout étourdi de sa chute. Mon-

1. Élément avancé d'une fortification, placé parfois à l'extrémité d'un rempart.

seigneur Gauvain courut prendre son écu, qui lui avait échappé sous le choc, et tira Escalibur, la bonne épée du roi Arthur, que celui-ci lui avait prêtée. Il asséna à Lancelot un coup sur son heaume qui lui rendit ses esprits. Lancelot riposta sans faiblir, et la mêlée commença, acharnée et cruelle. Très vite, les hauberts furent en lambeaux et les heaumes tout cabossés. Les coups d'épée ne tranchaient plus les mailles d'acier mais les chairs découvertes. Le sang ruisselait. À l'heure de tierce, les adversaires étaient si épuisés que leurs coups n'étaient plus aussi forts, et c'était une chance, car sinon ils ne seraient pas demeurés en vie.

Monseigneur Gauvain, le premier, recula un peu pour s'appuyer un moment sur son écu. Lancelot en fit autant.

— J'ai peur maintenant pour Lancelot, dit Bohort. C'est la première fois que je le vois faire une pause dans un combat.

— Non, fit Lionel, il n'en avait pas besoin. S'il l'a fait, c'est pour ménager monseigneur Gauvain.

Le combat dura ainsi jusqu'à midi. Et là on vit soudain Gauvain reprendre de la vigueur[1] et assaillir Lancelot, aussi frais et vaillant que si le combat venait de commencer. Lancelot en était ébahi. Il avait entendu parler de ce don, mais n'avait jamais eu à l'éprouver lui-même. À midi, Gauvain courut donc

1. C'est une particularité de Gauvain, présente dans de nombreux romans : sa force augmente considérablement vers midi. Ce trait souligne l'origine solaire du héros.

sus à son adversaire et lui asséna de tels coups qu'il le blessa en plus de dix endroits. Lancelot se défendit de son mieux, mais il souffrait beaucoup. Il parvint cependant à résister, et quand arriva l'heure de none, il reprit assez de force et d'haleine pour courir assaillir son adversaire. Il lui donna de si grands coups qu'il le fit chanceler. À l'heure de vêpres, les chevaliers avaient reçu tant de blessures que tout autre qu'eux serait mort. Gauvain avait à peine la force de tenir son épée, et le sang lui coulait par le nez et la bouche, à cause d'un coup terrible qu'il avait reçu à la tête. Lancelot recula de quelques pas.

— Seigneur, nous pourrions nous arrêter là. Vous le savez, celui qui porte l'accusation de trahison doit vaincre avant l'heure de vêpres. Sinon il a perdu sa querelle. Ayez pitié de vous-même !

— Non ! l'un de nous deux doit mourir en ce champ.

Mais Lancelot ne voulait pas tuer Gauvain, car il l'aimait trop pour cela. Il se dirigea là où était le roi.

— Seigneur, je vous en prie, demandez à monseigneur Gauvain de cesser la bataille. Si nous continuons, un trop grand malheur arrivera.

— Lancelot, fit le roi, touché par sa noblesse, Gauvain n'abandonnera pas, mais vous, vous pouvez le faire. L'heure de vêpres est passée et vous avez eu le dessus dans ce combat.

— Je m'en irai donc avec votre congé.

Lancelot rejoignit Bohort et Lionel, qui le désapprouvèrent fort de n'avoir pas profité de la situation pour en finir avec son adversaire. Mais Lancelot aurait préféré se frapper lui-même de son épée. Il rentra au palais de Gaunes, et les médecins qui vinrent l'examiner s'ébahirent de le voir encore vivant avec de telles plaies.

Pendant ce temps, les hommes du roi Arthur étaient allés porter secours à Gauvain, qui tenait à peine debout. Ils l'amenèrent dans la tente du roi pour le désarmer et là, ils découvrirent sur son corps tant de plaies horribles qu'ils furent épouvantés. Le roi lui dit en pleurant :

— Cher neveu, votre folie vous a tué. Quel dommage irréparable pour vous et tout votre lignage !

Mais Gauvain était trop malade pour répondre. Le médecin doutait qu'on pût le guérir, à cause de la grande plaie qu'il avait à la tête. Toute la nuit, ils le veillèrent, de peur de le voir trépasser.

Dès le lendemain, le roi commanda qu'on lève le camp. Il voulait séjourner quelque temps en France, pour que Gauvain puisse guérir. Ils le firent donc porter en litière et quittèrent Gaunes pour se rendre dans la ville de Meaux.

4
Salesbières

Le roi resta longtemps à Meaux. L'état de Gauvain ne s'améliorait guère, et l'on voyait bien qu'il ne s'en relèverait pas. C'est alors qu'arriva un messager de la reine Guenièvre. Il lui raconta ce qui s'était passé en son absence dans son royaume. Mordret s'était acquis la fidélité des plus puissants seigneurs de Bretagne, en donnant à profusion autour de lui l'or et l'argent du trésor royal. Un jour était arrivée une lettre portant le sceau du roi Arthur : le roi avait été blessé à mort, et il demandait que son neveu soit élu roi à sa place, et qu'il prenne pour épouse la reine Guenièvre. Les barons de Bretagne avaient donc donné la couronne à Mordret, et mis la reine en demeure de le prendre pour époux. Mais la reine avait profité du délai qu'on lui accordait pour se réfugier dans la tour de Logres, avec une poignée de chevaliers fidèles. Pleine de méfiance au sujet de la lettre venant du roi, elle avait envoyé un messager en France pour avoir des nouvelles sûres.

Le roi Arthur, à ces nouvelles, resta un moment sans prononcer un mot. Il se souvint du songe qu'il avait fait jadis : un serpent sortait de ses propres entrailles, pour brûler sa terre et le dévorer.

— Ah ! Mordret, c'est toi le serpent sorti de mon ventre ! Mais tu mourras de mes propres mains !

Le roi se prépara aussitôt à lever le camp dès le lendemain. On démonta les pavillons et l'on prépara une litière pour monseigneur Gauvain. Dès le petit jour, l'armée se mit en marche. Quelques jours après, ils arrivaient au bord de la mer. Le roi fit coucher Gauvain dans sa propre nef, les marins tendirent les voiles et les bateaux prirent le large.

— Ah ! Dieu, où suis-je ? demanda le blessé au roi.

— Mon cher neveu, nous sommes sur la mer. Nous regagnons le royaume de Logres.

— Béni soit ce jour ! Je mourrai donc sur cette terre que j'ai tant aimée.

— Pensez-vous mourir ?

— Oui, je ne vivrai plus longtemps à ce jour. Ce qui m'afflige, c'est d'expirer sans revoir Lancelot. J'aurais voulu lui demander pardon de l'avoir traité de façon si folle et outrageante. Mon âme serait partie plus sereine.

— Cher neveu, votre folie m'a causé grand dommage, car elle m'aura privé de vous, et aussi de Lancelot. Jamais Mordret n'aurait osé une telle félonie si je vous avais eus tous deux avec moi.

— Comment ? Mon frère Mordret a donc été déloyal ?

Le roi lui raconta brièvement la situation.

— Ah ! Que ne puis-je être à vos côtés pour combattre ce traître ! Cher oncle, je vais mourir. Saluez pour moi ma dame la reine, et Lancelot si vous le voyez. Ne craignez pas de faire appel à lui contre Mordret, il est si noble et si généreux qu'il oubliera ses griefs. Quant à moi, faites-moi enterrer dans l'église Saint-Étienne de Camaalot, avec mon frère Gaheriet. Vous ferez graver sur notre tombeau : « *Ici gisent Gaheriet et Gauvain, Que Lancelot du Lac tua par leur faute.* »

» Que Dieu me pardonne mes méfaits ! ajouta-t-il.

Après ces paroles, il croisa les mains sur sa poitrine, et c'est ainsi qu'il trépassa.

Le roi fit un deuil incroyable de la mort de son neveu. Les barons, craignant de le voir mourir de chagrin, durent l'écarter de son corps. Mais sur toutes les nefs, ce n'était que pleurs et lamentations, car Gauvain était le chevalier que tout le monde aimait. Quand le roi débarqua, il fit placer son corps dans un riche cercueil et l'envoya sous bonne escorte à Camaalot, selon ses vœux. Quant à lui, il s'achemina vers la plaine de Salesbières, car il avait appris que Mordret y avait rassemblé ses hommes.

Mordret en effet avait entendu la nouvelle du retour du roi Arthur. Il était d'abord resté un moment éperdu, tremblant à l'idée de la colère du roi et de sa propre félonie. Mais ses barons avaient ranimé son courage : ils lui étaient très attachés à cause de toutes les richesses qu'ils avaient reçues de lui. Ils étaient prêts à marcher contre le roi Arthur, et pleins de confiance en eux : que pourrait l'armée du roi, lasse et fatiguée d'une campagne en France, contre des troupes fraîches et bien équipées ?

Mordret fit donc convoquer ses troupes de tout le royaume et les rassembla dans la plaine de Salesbières.

Lui-même quitta Londres avec ses hommes, et ce faisant il leva le siège de la tour de Logres où la reine était réfugiée. Guenièvre apprit ainsi la nouvelle de l'arrivée du roi. Elle en fut heureuse, mais ses craintes ne furent pas calmées pour autant. Si Mordret l'emportait, elle serait tuée ou déshonorée. Si c'était son époux, il risquait de ne pas croire qu'elle ait pu résister à Mordret, et il la tuerait. Son avenir était sombre. Elle passa la nuit à prier Dieu qu'il la conseille. Au matin, sa résolution était prise. Elle irait dans une abbaye que ses ancêtres avaient fondée, et là elle prendrait le voile. Accompagnée de deux demoiselles qui ne voulaient pas la quitter, elle se rendit le jour même à ce monastère où l'abbesse l'accueillit.

Le roi n'était plus loin de Salesbières. Il fit étape afin que ses troupes soient fraîches pour la journée du lendemain. Comme il dormait dans son lit, il crut voir Gauvain, son neveu, qui venait vers lui.

— Roi Arthur, lui dit-il, gardez-vous de combattre Mordret ! Vous seriez blessé à mort.

— Par l'âme d'Uter Pendragon, mon père, je le combattrai, au risque de ma vie ! Je dois défendre ma terre contre ce traître !

Alors Gauvain le quitta en pleurant.

Au matin le roi parvint dans les vastes plaines de Salesbières. C'était un lieu bien dégagé, propice à une grande bataille. En arrivant, le roi aperçut un rocher de pierre dure où était gravée une inscription :

Dans cette plaine se tiendra la bataille
Qui laissera le royaume de Bretagne orphelin

— Seigneur, lui dit l'archevêque, c'est une inscription que grava jadis le prophète Merlin. Prenez garde ! Ne vous battez pas contre Mordret !

— Que Dieu me vienne en aide ! dit le roi.

Au loin, dans la plaine, les troupes de Mordret étaient en position. Le roi vit venir à lui un jeune chevalier, porteur d'un message :

— Roi Arthur, je ne te salue pas, car je suis ton ennemi. Mon seigneur est Mordret, roi du royaume de Logres. Tu as fait la folie de pénétrer sur ses terres, mais il t'épargnera, si tu déguerpis avec ton armée. Sinon, il te faudra livrer bataille.

— Va dire à ton seigneur que cette terre m'appartient par droit héritage, et que j'en jetterai dehors Mordret le parjure.

Le chevalier regagna son camp et la bataille put commencer.

Les troupes de Mordret étaient deux fois plus nombreuses, car il avait rassemblé des hommes du pays de Galles, d'Écosse et d'Irlande. Il y avait même des Saxons, ennemis de toujours du roi Arthur. Les chevaliers du roi s'avancèrent au galop dans la plaine. Ils trouvèrent en face d'eux des combattants bien rangés, dont les bannières flottaient au vent. Toutes les lances s'abaissèrent, et en peu de temps la terre fut jonchée de chevaliers tués de part et d'autre.

Le roi avait établi dix corps de bataille, avec à leur tête Yvain, Girflet fils de Do, Lucan le Bouteiller, Sagremor, le roi Yon, Guivret, le roi Aguisant, Dodinel le Sauvage, et Keu le sénéchal. Le dixième était celui du roi Arthur. La bataille commença, féroce. Les épées étincelaient puis allaient se ficher dans les bras, dans les épaules. Elles traversaient les heaumes pour se baigner de sang dans les cervelles. Dans la mêlée, monseigneur Yvain fut tué de deux coups de lance. Voyant cela, le roi Yon s'élança contre les chevaliers d'Irlande et fit un carnage, écrasant les blessés et les morts sous les sabots de son cheval. La terre était rouge de sang.

Dodinel le Sauvage galopa vers le roi des Saxons. Il le heurta si violemment qu'il troua son écu et son haubert, et l'abattit mort à ses pieds. Mais le roi d'Irlande le lui fit payer cher : il lui enfonça son fer aigu dans la poitrine.

Des deux côtés, les chevaliers étaient si braves que leurs coups, bien appuyés, faisaient des ravages. Chacun tentait de venger la mort d'un compagnon. Ils se battaient sans relâche, animés d'une haine mortelle. Le vacarme de la bataille était assourdissant : les cris et les plaintes se mêlaient au choc des épées et au froissement des écus brisés. La poussière montait du sol foulé, obscurcissant le ciel.

À midi, il ne restait plus dans la plaine que deux mille hommes. Tous les corps de bataille avaient été disloqués, sauf ceux de Mordret et du roi Arthur. Le roi vit que ses troupes étaient deux fois moins nombreuses. Des chevaliers de la Table Ronde, il ne restait que soixante-douze, mais ils étaient résolus à se battre jusqu'à la mort. Il fit lever son étendard par Keu le sénéchal, fit un signe de croix, et commanda aux siens d'avancer contre ceux de Mordret.

Le choc fut violent. Le roi se dirigea vers Mordret aussitôt qu'il le vit, et l'autre ne l'esquiva pas. Au contraire, il frappa le premier. Mais le roi était si solide qu'il ne fut même pas ébranlé. Il culbuta le traître de son cheval, mais malheureusement ses chevaliers le remontèrent immédiatement. Le combat reprit, sans pitié, entre les hommes du roi et ceux de Mordret.

Vers l'heure de none, des cent mille combattants qui s'étaient affrontés dans la plaine, il n'en restait plus que quarante. Les chevaliers de la Table Ronde avaient tous été tués, sauf quatre, le sénéchal Keu, Girflet fils de Do, Lucan le Bouteiller et Sagremor le

Déréglé, si mal en point qu'il ne pouvait tenir en selle.

Mordret lança son cheval contre Sagremor et le frappa si durement qu'il lui fit voler la tête. Quand le roi vit ce coup, il éperonna son cheval vers Mordret. Celui-ci le reconnut et ne refusa pas l'assaut, car il désirait plus que tout le tuer. Le roi, venant alors vers lui de toute sa force, le frappa de son épée en pleine poitrine. Les mailles du haubert se rompirent et le fer transperça le traître de part en part. Girflet, qui était témoin du coup, raconta plus tard qu'il avait vu un rayon de soleil passer parmi la plaie, comme un signe du Ciel. Mais quand Mordret se sentit blessé à mort, il frappa le roi sur le heaume d'un coup si violent qu'il atteignit le crâne, le faisant basculer de son cheval à terre, avant de s'écrouler lui-même. C'est ainsi que le roi tua Mordret et fut tué par lui.

Quand les hommes d'Arthur le virent à terre, une colère terrible s'empara d'eux. Ils se ruèrent sur ceux de Mordret pour recommencer le mortel combat. À l'heure de vêpres, tous avaient été tués, à l'exception de Girflet. Il s'approcha du roi et vit qu'il était encore vivant et cherchait à se relever. Il parvint à le hisser sur un cheval et l'emmena à l'écart, loin du champ de bataille.

— Je ne veux pas mourir parmi mes ennemis, dit le roi. Conduis-moi vers la mer.

Ils chevauchèrent tous deux et parvinrent au rivage. Là, le roi mit pied à terre et déceignit son épée. La tirant du fourreau, il la regarda un long moment.

— Ah ! Escalibur, bonne épée, la meilleure qui fût jamais, tu vas perdre ton maître ! Qui te portera ? Seul Lancelot en aurait été digne.

Il appela Girflet.

— Va derrière cette colline, tu trouveras un lac. Tu jetteras dedans mon épée. Elle ne peut rester en ce monde.

— Seigneur, je vous obéirai. Mais je préférerais avoir cette épée, si vous vouliez me la donner.

— Non, fit le roi. C'est impossible.

Girflet prit l'épée. Mais quand il vint au lac, il la regarda. Elle était si belle qu'il ne put la jeter. Il la coucha dans l'herbe et préféra lancer la sienne. Revenant au roi, il lui dit :

— Seigneur, j'ai fait votre commandement.

— Et qu'as-tu vu ?

— Rien que de normal.

— Ah ! comme tu me tourmentes ! Retourne au lac et jette-la, car tu ne l'as pas fait.

Girflet retourna au lac et tira l'épée du fourreau. Quel dommage qu'elle soit ainsi perdue ! Il se contenta de jeter au lac le fourreau et revint au roi.

— Qu'as-tu vu ? lui demanda-t-il.

— Ce qu'il y avait à voir.

— Tu n'as pas exécuté mon ordre. Va la jeter, car je sais qu'elle ne disparaîtra pas sans un grand prodige.

Girflet, tout honteux, courut reprendre l'épée belle et bonne, et il la lança dans le lac, aussi loin qu'il le pouvait. Et comme elle approchait de l'eau, il vit alors surgir du lac une main, qui la saisit par la poignée et la brandit trois fois en l'air avant de disparaître avec elle dans les profondeurs du lac[1].

Girflet resta un moment médusé, puis il revint auprès du roi pour lui conter ce prodige.

— C'est bien, dit le roi. Je vois que ma fin est proche. Maintenant, mon ami, tu vas partir d'ici et me laisser seul, car tu ne me reverras plus.

— Mais je ne veux pas vous abandonner ! dit Girflet, les larmes aux yeux.

— Tu ne peux rester ici. Va-t'en, je t'en prie, au nom de l'amour qui a toujours été entre nous.

— Mais où irez-vous ?

— Cela, je ne puis te le dire.

Girflet reprit son destrier et partit en pleurant. Aussitôt, une pluie prodigieuse commença à tomber, et cette pluie l'accompagna jusqu'à ce qu'il parvînt en haut de la colline. L'orage avait cessé, il s'arrêta sous un arbre et regarda vers le rivage où il avait laissé le roi. Il vit alors venir sur la mer une nef magnifique pleine de belles dames[2], qui accosta au rivage. Parmi elles était Morgane, la sœur du roi

1. L'*épée Escalibur* est d'origine magique : c'est un présent des fées. Il est donc normal qu'à la mort du roi elle retourne dans l'Autre Monde. Autre Monde fréquemment situé sous les eaux dans les légendes celtiques.

2. La tradition légendaire des Bretons veut que le roi Arthur ne soit pas mort : il a été emmené par les fées dans l'île d'Avalon, d'où il reviendra un jour pour faire renaître le royaume de Bretagne.

Arthur. Elle l'appela doucement et lui se leva pour entrer dans la nef, suivi de son cheval. Le vent fit gonfler les voiles du navire, qui repartit vers le large, laissant Girflet bouleversé, se demandant s'il avait rêvé.

[illegible]

[illegible]

[illegible]

Épilogue

La nouvelle du grand désastre de Salesbières se répandit dans tout le royaume de Bretagne. Les deux fils de Mordret, qui étaient restés à Wincestre, s'emparèrent du pouvoir sans grande peine, car tous les bons chevaliers du pays avaient péri.

Quand Lancelot apprit que le roi Arthur était mort, et que le royaume était livré aux fils du traître, il fut rempli de colère, et passa la mer avec une puissante armée. L'affrontement eut lieu près de Wincestre, les usurpateurs furent écrasés et les fils de Mordret périrent.

Quittant, le soir venu, le champ de bataille, Lancelot s'enfonça dans une grande forêt solitaire, et entendit sonner une cloche. Il arriva à un monastère où il demanda à être hébergé pour la nuit. Quand il fut désarmé, l'abbesse le reconnut, car elle avait jadis été une haute dame de la cour. Elle fit appeler la reine Guenièvre et la laissa avec le chevalier.

La reine vit Lancelot et tomba à terre évanouie. Quand elle fut revenue à elle, elle s'écria :

— Ah ! Lancelot, que venez-vous faire ici ?

Lancelot la reconnut sous son voile, et il en fut bouleversé.

— Douce dame, que faites-vous sous cet habit ?

Elle lui raconta alors quelles menaces elle avait dû subir du fait de Mordret, puis de ses fils.

— Dame, sachez qu'ils sont morts aujourd'hui même. Si vous le voulez, vous pouvez être reine de tout ce pays. Que voulez-vous faire ?

— Ah ! mon ami, j'ai déjà connu tous les honneurs de ce monde. Mon seul désir maintenant est de rester ici pour mener une sainte vie et racheter mes péchés.

— Dame, lui répondit-il en pleurant, puisque c'est votre souhait, qu'il en soit ainsi ! Pour moi, je m'en irai dans un ermitage, et je servirai Dieu tout le temps qu'il me reste à vivre.

Lancelot demeura deux jours au monastère, et le troisième, il prit congé de Guenièvre en pleurant.

La reine ne devait pas vivre plus d'une année. Elle la passa au service de Notre-Seigneur, à prier Dieu pour l'âme du roi Arthur et pour Lancelot.

Lancelot trouva un ermitage dans une montagne sauvage et isolée. Un vieil ermite voulut bien l'accueillir et le prendre pour compagnon, dans cette vie d'austérité et de prière. Au bout de quatre ans, Lancelot mourut. Il avait demandé que son corps soit transporté à la Joyeuse Garde et repose auprès de

Galehaut, le compagnon de sa jeunesse. On le coucha donc à ses côtés, et l'on grava sur leur tombe commune :

ICI GÎT LE CORPS DE GALEHAUT, SEIGNEUR DES ÎLES LOINTAINES
ET AVEC LUI LANCELOT DU LAC
LE MEILLEUR CHEVALIER QUE CONNUT JAMAIS
LE ROYAUME DE BRETAGNE.

[illegible]

[illegible] Lancelot

[illegible]

[illegible]

Chrétien de Troyes, au XIIe siècle, avait déjà écrit un Lancelot ou le Chevalier de la charrette, ne traitant qu'un épisode, celui de l'enlèvement de la reine. Le sujet de

Pour mieux comprendre *Lancelot*

Un grand roman en prose

L'histoire de Lancelot a été écrite au début du XIIIe siècle dans un énorme roman que l'on a coutume d'appeler le *Lancelot en prose*. Le roman représente en effet 11 volumes, et l'on a donc été obligé de faire un choix des aventures principales, pour retracer l'histoire de Lancelot du Lac.

Ce roman anonyme a été écrit dans les années 1220-1230, vraisemblablement par plusieurs auteurs travaillant suivant le plan établi par un maître d'œuvre, car l'ensemble témoigne d'une construction très étudiée. Il comprend le *Lancelot* proprement dit, véritable « roman-fleuve » de 9 volumes, suivi de *La Quête du Saint-Graal* et terminé par *La Mort du roi Arthur*.

Chrétien de Troyes, au XIIe siècle, avait déjà écrit sur Lancelot : un roman en vers, *Lancelot ou Le Chevalier de la Charrette*. Mais il ne traitait qu'un épisode, celui de l'enlèvement de la reine. L'objectif de l'auteur du XIIIe siècle était très ambitieux : retracer la vie de Lancelot depuis sa naissance jusqu'à sa mort, avec l'histoire de ses amours avec la reine Guenièvre, en terminant par la fin tragique du royaume d'Arthur.

Autre innovation : le choix de la prose. Jusque-là, les romans étaient écrits en vers. La prose était surtout utilisée pour l'histoire. Notre auteur a probablement voulu rendre son récit plus crédible : l'histoire de la vie de Lancelot devenait ainsi une sorte de chronique du royaume arthurien.

Mais, pas plus que Chrétien de Troyes, l'auteur du XIIIe siècle n'a inventé son personnage central, Lancelot, et encore moins le cadre général de son roman. Il a puisé dans le fonds légendaire celtique.

La légende arthurienne

Chrétien de Troyes avait été le premier romancier à situer ses œuvres dans le cadre de la cour du roi Arthur. Son public connaissait cependant déjà, dans ses grandes lignes, les principales composantes de ce monde arthurien légendaire. Des conteurs celtiques circulant entre la France et les îles Britanniques avaient assuré la transmission orale de ces légendes. Des clercs plus savants les avaient mises par écrit.

Les romans du XIIIe siècle ne font que reprendre ces données bien établies. Arthur, selon cette tradition, est roi de Bretagne. Mais par Bretagne, il faut entendre tout un vaste territoire celtique comprenant l'Angleterre ou Terre de Logres, et le pays de Galles.

D'autres royaumes, celtiques également, l'entourent : l'Irlande, la Cornouailles et la Petite-Bretagne (notre actuelle Bretagne française). C'est un grand roi conquérant à la réputation glorieuse. Il s'entoure d'un compagnonnage guerrier, les chevaliers de la Table Ronde, dont les exploits font grandir le prestige de sa cour.

Le roi Arthur

C'est un roi guerrier, prenant part personnellement aux combats, et cela est conforme au personnage historique. À la source de l'Arthur légendaire qui apparaît au Moyen Âge dans les romans, on trouve en effet un chef de guerre de la fin du Ve siècle : à la tête des guerriers bretons (c'est-à-dire celtes), il remporte au Mont Badon une grande victoire sur les Saxons, envahisseurs germaniques des îles Britanniques alors peuplées de Celtes.

Autre caractéristique du personnage : c'est un roi « droiturier », c'est-à-dire respectueux du droit, de la justice. On voit effectivement dans le *Lancelot* un Arthur soucieux d'observer les procédures, mais cette image est considérablement ternie dans l'épisode de *La Fausse Guenièvre*, où l'on assiste à une caricature de justice.

De façon plus générale, c'est le personnage d'Arthur tout entier qui est remis en question. Il est clair qu'il a manqué à ses devoirs de suzerain envers le roi Ban, son vassal. Aux faiblesses du souverain s'ajoutent les faiblesses de l'homme : avant même l'épisode de *La Fausse Guenièvre*, il avait cédé aux charmes de l'enchanteresse Gamile, lors du siège de la Roche aux Saxons. Mais il fallait bien justifier l'adultère de Guenièvre avec Lancelot !

La légende du Graal

La quête du Graal avait toujours été jusqu'ici attribuée à Perceval, dont Chrétien de Troyes avait raconté l'histoire dans *Le Conte du Graal*. L'auteur du *Lancelot en prose* s'en empare et fait de Lancelot le héros de cette aventure. Mais Lancelot s'est rendu indigne de ce destin à cause de son amour coupable pour la reine. C'est donc son fils Galaad, le chevalier parfaitement pur, qui sera le héros de la quête du Graal. On voit ici pointer le jugement moral de l'auteur sur les amours de Lancelot et Guenièvre.

Lancelot et la reine

La relation entre Lancelot et la reine reflète parfaitement l'idéal aristocratique de cette époque. Cet idéal, qui s'est tout d'abord exprimé dans la poésie lyrique des troubadours, c'est la « fine amor », littéralement « parfaite amour » (expression souvent traduite en français moderne par « amour courtois »).

La « fine amor » calque la relation amoureuse sur la relation vassalique : la dame est la suzeraine de l'amant vassal. Elle est en position de supériorité et n'accorde ses faveurs que si l'amant les mérite par son dévouement, sa soumission et sa fidélité. L'amour est ainsi source de perfectionnement moral et de gloire chevaleresque, car l'amant devra accumuler les prouesses pour se rendre digne de sa dame. C'est son amour pour la reine qui fait de Lancelot le meilleur chevalier du monde.

Selon les conceptions de la « fine amor », cet amour ne peut naître au sein du mariage, calculé en fonction des intérêts du lignage, et destiné à produire des enfants. La « fine amor » sera donc une relation adultère, nécessitant un secret absolu : c'est dans ce cadre que s'inscrit l'amour de Lancelot pour la reine.

L'amour est pour le héros une valeur suprême, absolue. Lancelot se situe constamment dans les extrêmes : la vision de sa dame provoque son extase au point de lui faire perdre contact avec la réalité, la crainte de l'avoir perdue met en danger sa santé et sa raison. Il est capable de lui sacrifier son honneur de chevalier en montant dans la charrette d'infamie, et il est le seul à triompher au Val sans Retour, épreuve que ne peut remporter qu'un amant parfaitement fidèle.

Cette conception de l'amour comme valeur absolue n'était guère conciliable avec la vision du monde chrétienne, pour laquelle le culte de la dame ne pouvait être qu'une idolâtrie. N'oublions pas qu'à cette époque les écrivains sont tous des clercs, c'est-à-dire des hommes d'Église. Le sens du dénouement est clair : l'amour adultère, si longtemps tenu secret et enfin dévoilé, conduit à la catastrophe le monde arthurien. Lancelot et Guenièvre rachèteront leur péché par une fin de vie édifiante.

TABLE

Première partie
LES ENFANCES DE LANCELOT

Deuxième partie
LA DOULOUREUSE GARDE

Troisième partie

Galehaut, seigneur des Étranges Îles

Quatrième partie

La fausse Guenièvre

Cinquième partie
LE VAL SANS RETOUR

Sixième partie
L'ENLÈVEMENT DE LA REINE

Septième partie
LA FIN DES AVENTURES

« Pour l'éditeur, le principe est d'utiliser des papiers composés de fibres naturelles, renouvelables, recyclables et fabriquées à partir de bois issus de forêts qui adoptent un système d'aménagement durable. En outre, l'éditeur attend de ses fournisseurs de papier qu'ils s'inscrivent dans une démarche de certification environnementale reconnue. »

Composition PCA - 44400 Rezé

Achevé d'imprimer en Espagne par LIBERDUPLEX
Sant Llorenç d'Hortons (08791)
32.10.2384.9/01 - ISBN : 978-2-01-322384-3
Loi n° 49-956 du 16 juillet 1949 sur les publications destinées à la jeunesse
Dépôt légal : janvier 2008